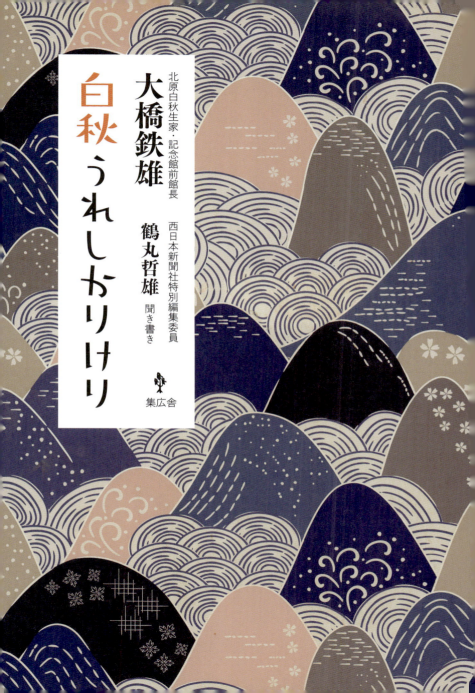

北原白秋生家・記念館前館長
大橋鉄雄

白秋うれしかりけり

西日本新聞社特別編集委員
鶴丸哲雄
聞き書き

集広舎

白秋とゆかりの人々

「早稲田の三水」（左から）射水こと北原白秋、中林蘇水、若山牧水（★／本書79頁）

旧制中学伝習館時代の北原白秋（後ろ）と弟の鉄雄（本書12頁）

福岡県文学会と「五足の靴」一行との記念写真（★／本書90頁）

旧制中学伝習館四年の中島鎮夫（白雨）（★／本書43頁）

北原白秋の二番目の妻となった江口章子（本書１６９頁）

八幡製鉄所の招きで八幡を訪れた北原白秋（本書251頁）

北原白秋・菊子夫妻（★／本書183頁）

北原家と江崎家の記念写真（★／本書284頁）

北原白秋（右）と山田耕筰（★／本書188頁）

福日文化賞を受け、記念講演をする北原白秋（一九四一年三月十六日／本書287頁）

★は北原白秋生家・記念館提供

『思ひ出』の函。白秋が自ら描いた「骨牌《かるた》の女王」のイラスト（本書17頁）

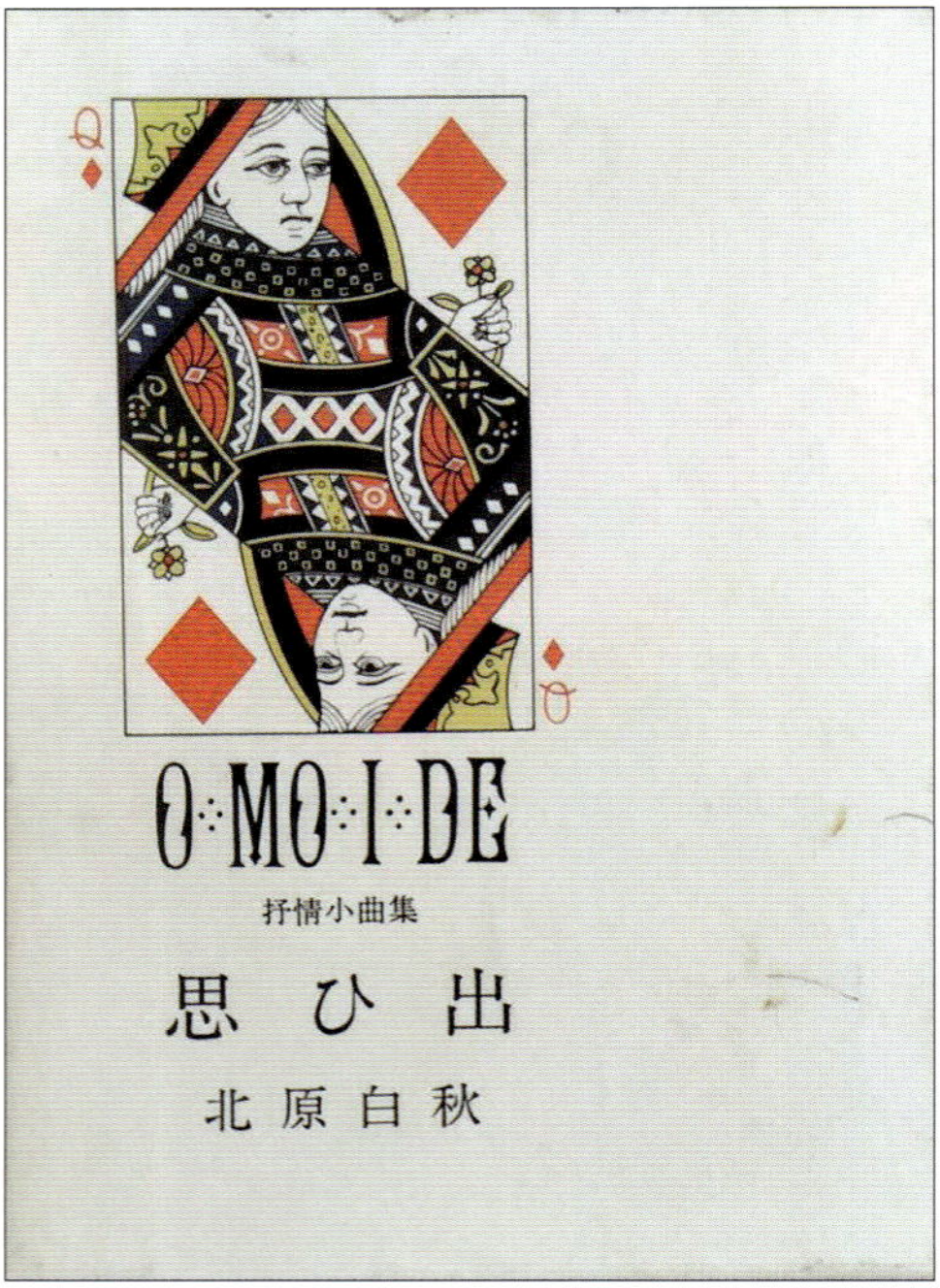

白秋が『思ひ出』の背表紙に自ら描いた「赤い蛍」の装画（本書17頁）

北原白秋が1924年の著書『お話・日本の童謡』に「柳河」と題して自ら描いた口絵（本書116頁）

北原白秋が第一歌集『桐の花』に描いた挿絵。囚人の編みがさをかぶった俊子の姿と見られる（本書１５１頁）

第一歌集『桐の花』のカバーに北原白秋が描いたアール・ヌーヴォー調のしゃれた絵（本書１５３頁）

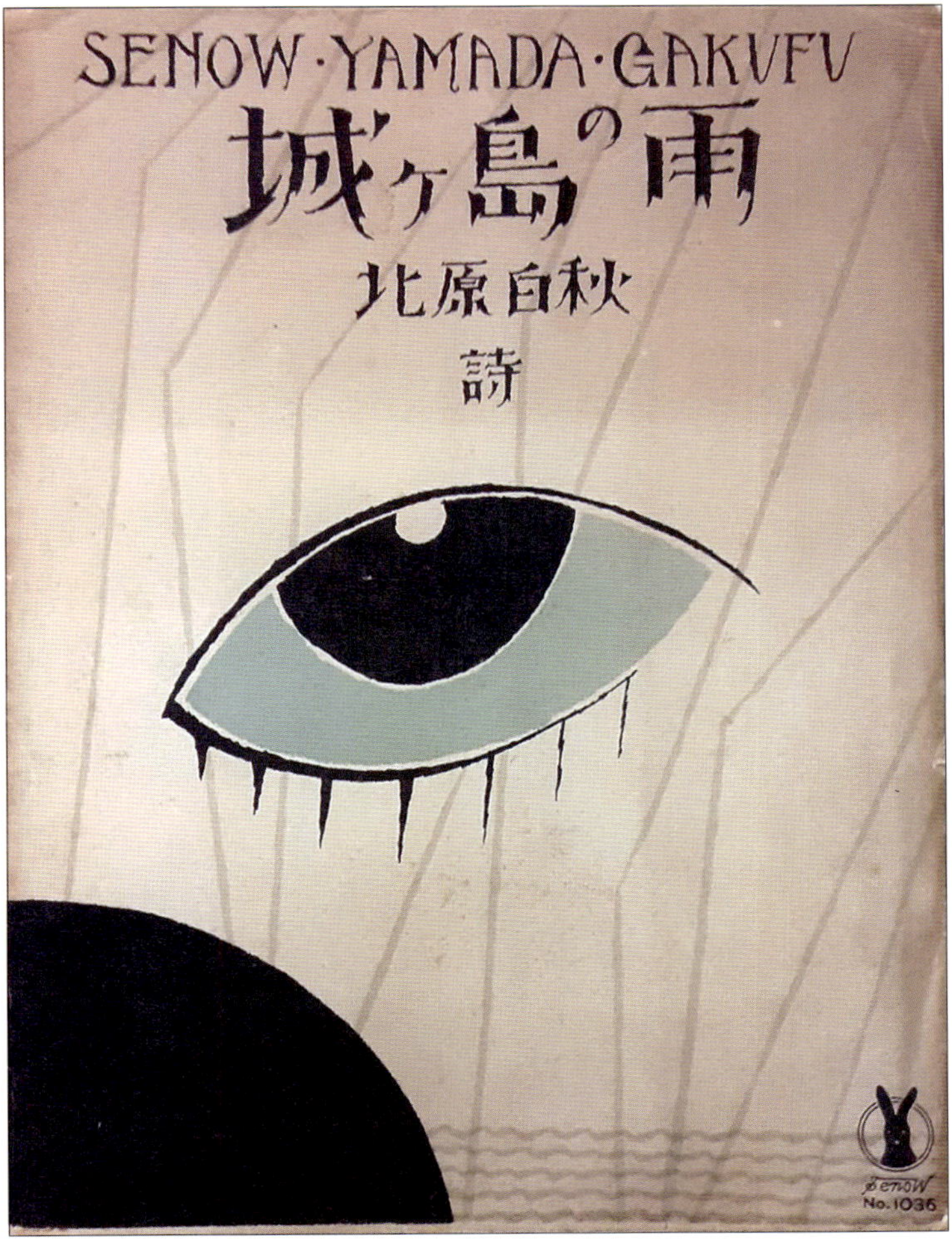

竹久夢二が表紙を描いた「城ヶ島の雨」の楽譜（1926年、セノオヤマダ楽譜刊。★）（本書161頁）

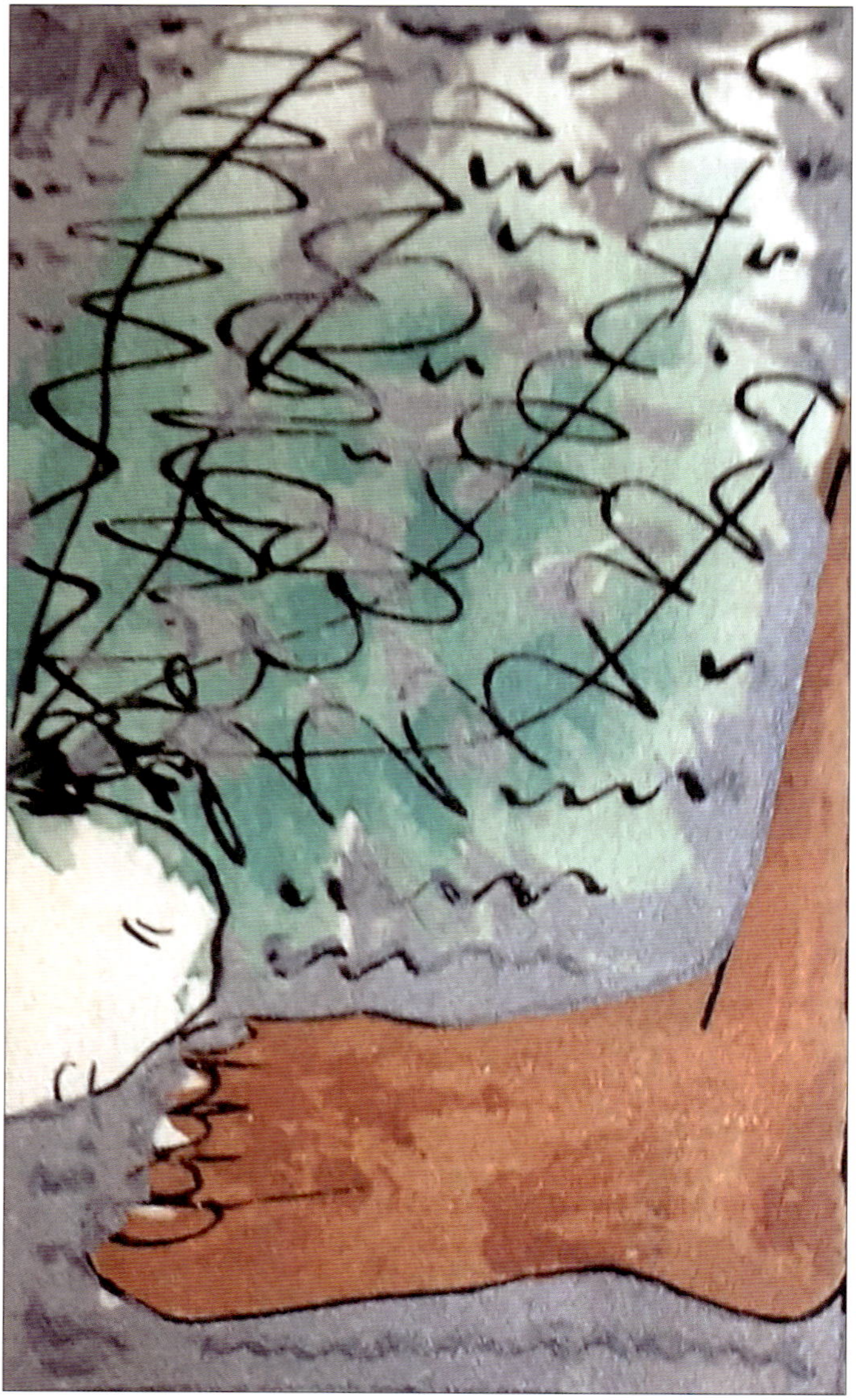

『雲母集《きらら》』の「地面と野菜」の章に添えて、北原白秋が描いた挿絵（本書１６７頁）

鈴木三重吉により創刊された『赤い鳥』第1号の表紙（復刻版）（本書173頁）

北原白秋が詩、山田耕筰が音楽のそれぞれ主幹を務めた『詩と音楽』の創刊号。関東大震災のため1年余りで終刊となったが、2人の密接な関係は終生つづいた（本書198頁）

はじめに

「聞き書き」形式のこの本で「語り手」という大役を務めてもらった大橋鉄雄さんはちょっとひょうきんな方です。初めて出会ったのは二〇一五年八月。北原白秋生家・記念館で開催中だった「明治日本の産業革命遺産と白秋展」の取材でした。大橋さんは当時の館長。あいさつして名刺を差し出すと、こんな言葉が返ってきました。

「ほう、てつお（哲雄）さんですか。いい名前ですね。実は私もてつお（鉄雄）なんですよ。いやー、奇遇ですね」

取材先で名前を褒められるなんて滅多にない経験です。

「ええ、まあ。父は私が生まれた年にアニメ放送が始まった『鉄腕アトム』にちなんで鉄の男と付けようとしたけど、母がそれではあまりに固すぎると、字を変えさせたそうです」

と答えると大橋さん曰く「それは誠に残念でしたな」。

残念？　その真意が分からず思わずきょとんとしていると、こんな言葉が続きました。

「私の名前は鉄に雄《おす》。北原白秋の弟と全く同じ字なんですよ。いやー、鶴丸さんは一字違いでしたか。それは残念でしたな。はっはっは」

この本の中でも触れていますが、白秋の弟鉄雄は、ときに牢獄から兄を救い出すため金策に奔走し、兄の作品発表の場として出版社「ＡＲＳ（アルス）」を切り盛りしました。アルスはラテン語で「芸術」の意味。美しい文章表現という「芸術」を追い求め、常人の何倍も濃密な人生を生きた白秋にとって、鉄雄はかけがえのない相棒でした。

白秋を心から敬愛する大橋さんにとっては、そんな鉄雄と同じ名であることが一生の誇りであり、まさに「うれしかりけり」だったのです。

この本は、西日本新聞に二〇二三年五月二日から十月十四日まで計一一九回連載した聞き書きシリーズ「白秋うれしかりけり」を、より読みやすく再構成して、一部加筆したものです。

明治の中ごろ、水郷柳川の漁師町、沖端《おきのはた》で「トンカ・ジョン」（大きな坊っちゃん）と呼ばれた白秋が、文学を志し、「詩聖」「国民詩人」と称されるに至るまでの波瀾《はらん》万丈の生涯を、たっぷりとお楽しみください。と同時に、詩と短歌にとどまらず、童謡に校歌に社歌に民謡にと、多彩な創作活動を繰り広げたマルチアーティスト、白秋の魅力もお伝えします。

さらには、白秋の故郷に生まれ、教職を志した大橋さんの、ときにずっこけ、ときに感動的な半生も、この本のもう一つの読みどころになっているかと思います。

二〇二四年十月

鶴丸哲雄

白秋うれしかりけり——目次

第三章 文豪たちとの交流と詩集出版——白秋のこと

第四章 新米音楽教師時代——私のこと

第六章　ブラジルから白秋の母校の校長へ——私のこと

第七章　次代へと受け継がれる「白秋」——白秋と私のこと

本書に掲載した写真や図版のうち、★マークのあるものは北原白秋生家・記念館の提供です。

白秋のこと

柳川で過ごした少年・青年時代

奥深い「美」見いだす

私が念願だった長野県の軽井沢に足を踏み入れたのは二〇一七年十月。敬愛する北原白秋先生……おっと、私は職業柄「先生」という呼び方が染み付いていますが、しつこくなるので以後、「白秋」と呼びますね。

私が軽井沢を訪ねた目的は、三十六歳の白秋が一九二一年、結婚したばかりの妻菊子と朝に夕に歩いた落葉松《からまつ》林を、この目で見るためでした。白秋の二万点以上のきら星のような作品群の中でも私はこの軽井沢の体験を基にした「落葉松」という詩が一番好きなのです。

詩の内容が深いためか、多くの作曲家が競って曲を付けていますが、私は後藤惣一郎さんの曲が好きです。言葉とメロディーが織り成す永遠の世界を、ぜひ一度聴いてみてください。

さてその詩は全八章。「からまつの林を過ぎて／からまつをしみじみと見き」「たびゆくはさびしかりけり」と感傷的に始ま

落葉松林に立つ北原白秋の「落葉松詩碑」を訪ねて（2017年、長野県軽井沢町）

り、道の描写が延々と続きます。「霧雨のかかる道なり」「さびさびといそぐ道なり」。ようやく林を抜けると、浅間山に立つ煙が見えてきます。それでも聞こえるのは、閑古鳥《カッコウ》の声だけ。落葉松はただ霧雨にぬれるのです。ところが第八章で、この詩は突然、全く違う顔を現します。

世の中よ、あはれなりけり／常なけどうれしかりけり

「世の中には、しみじみとした趣があるものだ。無常ではかないが、それもうれしいものだ」——といった意味ですな。私は白秋がこの一節を書きたいがため、延々と落葉松のセンチメンタルな描写を続けたと思えてならないのです。

福岡県、そして九州の偉人である詩聖、白秋はどんな人物と思いますか？　詩に短歌に童謡に社歌に校歌に民謡にと信じられない量の作品を残しましたが、その人生は波瀾《はらん》万丈でした。姦通罪に問われてまで結婚した最初の妻と別れ、苦しい再起の時代を共にした二人目の妻も白秋のもとを去ります。ようやく三人目の妻と心の安息を得た白秋が、しみじみと歩いたのが軽井沢の落葉松林でした。

常緑樹の青々とした松は縁起物ですが、落葉松は落葉樹。松の世界の異端児で、冬は素っ裸になります。でも春になれば再び鮮やかな新緑をまとうのです。まさに「人生」のようと思いませんか。こうした奥深い「美」を見いだすのが、白秋の素晴らしさなのです。

こんなふうに私は白秋からさまざまな光や喜びをもらいました。『白秋うれしかりけり』、始まりです。

肉親の支えあってこそ

ちょっと格調高く北原白秋の詩「落葉松《からまつ》」の講釈なんぞ垂れたので、私のことを高尚な文学研究者と勘違いされた読者もいるかもしれません。

もう、ぞーだん（冗談）のごつ！（たまに柳川弁が出ますのでご勘弁を）。私の元々の専門は文学ではなく、音楽教育です。それに白秋は柳川藩御用達の商家の御曹司ですが、私は柳川の城下町の外れで生まれた農家のせがれ。そんな私がまさか還暦を過ぎ北原白秋生家・記念館（福岡県柳川市）の館長になるとは思いもしませんでした。

旧制中学伝習館時代の北原白秋（後ろ）と弟の鉄雄（★）

そして今では、私の一番の自慢はこの「鉄雄」という名前。白秋の弟、北原鉄雄と同じなのです。

鉄雄は白秋にとって、絵画の巨匠ゴッホの弟、テオのような存在でした。燃えるようなタッチで数々の名画を残したゴッホですが、生前は全く絵が売れず、不遇な生涯でした。画商の会社に勤めていたテオは、兄の唯一の理解者として、絵の販売を引き受けたり生活費を援助したりして、創作活動を支えたのです。

同様に、鉄雄は出版社「アルス（ＡＲＳ）」を創設。「白秋全集」をはじめ白秋の多くの著作を出版しています。絵がうまかった白秋は装丁にも凝りましたが、鉄雄は兄の要望に応えつつ経営に励みました。ちなみにアルスはラテン語で「芸術」の意味。兄が言葉で編み出す芸術を、日本中に広めたかったのですね。

また、アルスは日本初の写真雑誌『カメラ（CAMERA）』を創刊したことでも知られます。白秋が亡くなって二カ月後の一九四三年一月、アルスから刊行されたのは、白秋の文章と共に「水郷《すいきょう》柳河」の魅力を切り取った『水の構図』という写真集でした。鉄雄は出版を終え、万感の思いだったに違いありません。

ここでこのページにある白秋のにこやかな肖像にご注目を。これは白秋の長女岩崎篁子《こうこ》さんが生前、「一番好きな父の写真です」と当記念館に寄贈してくださったもの。篁子さんは明治の実業家岩崎弥之助の孫、岩崎英二郎さんと結婚された後も、ずっと白秋に関する新聞記事を切り抜いておられました。きっとお父さんが大好きで誇りだったのでしょう。そのかなりの量のスクラップも記念館に寄贈され、研究の一助となっています。

ほんとに人が輝けるのは家族や肉親の支えがあってこそですな。もちろん私は安月給の家計をやりくりし三人の男子を育て上げてくれた妻に、最大限の感謝と敬意をささげております。

北原白秋の肖像写真（★）

彼女に歌った「あめふり」

子どもの頃、どんな音楽に親しんだか、皆さんは覚えていますか。私が一番最初に記憶があるのは、サンサーンスの「白鳥」です。

といえば、何だか良家のお坊ちゃんのようですが、私は福岡県三橋町（現柳川市）の農家のせがれ。両親が農作業で忙しいため、二歳から保育園に預けられました。園ではちょっとした古株となり、やがて栄えあるお役目を与えられました。昼寝の前、レコード盤に針を置く係です。流れ出す曲が、この「白鳥」でした。

七十歳になっても、あの麗しいチェロの音色を聴いた途端に眠くなります（笑）。「三つ子の魂百まで」ということわざがありますが、ありゃ本当ですな。

そして北原白秋の歌が初めて私の記憶の箱に納まったのは一九六〇年、小二のときでした。農村地帯の小学校では珍しいことに児童が一人、転校することに。学校を後にするその女の子を見送った日は、雨でした。彼女の背中にクラスメートで声を張り上げて歌ったのが、その情景にぴったりのこの童謡――。

♬あめあめふれふれかあさんが／じゃのめでおむかいうれしいな／ピッチピッチチャップチャップランランラン

題名は「あめふり」。白秋作詞、中山晋平作曲です。それにしても「ピッチピッチ」と来て、次は「チャップチャップ」、締めは「ランランラン」ですぞ。中山の曲も良いですが、白秋によるオノマトペの軽快さが際立っていますね。三番以降の歌詞では、柳の下でずぶぬれで泣く子に自分の傘を貸してあげる心温まる友情も描かれます。だからこそこの歌は長年、この国の人々に愛されてきたのでしょうな。

　そして、その対象は日本人にとどまりません。柳川名物といえば、どんこ舟に乗って掘割を行く「川下り」です。水面すれすれからしだれ柳の緑を仰ぎ見つつ、ゆるゆると進めば心が豊かになります。乗船客の国際色も豊かでして、中でも多いのが台湾の観光客。すると船頭さんはサービスで、この「あめふり」を歌うのです。

　大正の終わりより日本で広まったこの歌は、親日的な台湾では、今もかなりの人が歌えます。どんこ舟のお客さんが「♫ランランラン」と合唱して盛り上がっていたら、それは大抵、台湾からのご一行です。

　おっと話が脱線しました。実は転校した彼女に、私はほのかな恋心を抱いておりました。そういうわけで私の脳裏には今も、「あめふり」の歌と共に小学校を後にする彼女の後ろ姿が鮮明に残っているのです。

1925年の「コドモノクニ」11月号で発表された北原白秋作詞の「アメフリ」

「思ひ出」は「赤い蛍《ほたる》」

福岡県柳川市のイベントといえば何が思い浮かびますか？「さげもんめぐり」や「中山大藤まつり」。近年は「柳川ひまわり園」もインスタ映えで人気ですが、最も水郷がにぎわうのが、北原白秋を顕彰する十一月一～三日の「白秋祭」です。旧城下町に張り巡らされた掘割一帯でどんこ舟の水上パレードが繰り広げられ、市民が堀端でコーラスや演奏、花火などを披露して、おもてなしします。

核となる行事が命日の二日、白秋生家にほど近い白秋詩碑苑で営まれる「白秋祭式典」。一般公募した詩の中から入選作を白秋にささげるのですが、参列者にはある特典がありますぞ。九十年近く前の白秋の肉声を聞くことができます。

白秋が一九三七年に吹き込んだレコードを、少年時代に白秋と交友が深かった大城有樹さんという医師が保存されていたのです。第二詩集『思ひ出』（一九一一年刊行）に掲載された「序詩」を白秋が重々しい声で朗読します。冒頭はこう。ちょっと低めの声で音読してみてください。

思ひ出は首すぢの赤い蛍《ほたる》の／午後《ひるすぎ》のおぼつかない触覚《てざわり》のやうに、／ふうわりと青みを帯びた／光るとも見えぬ光？

どうですか、この豊かな叙情性は。触覚を「てざわり」と読ませ、ほのかに明滅する蛍を「ふうわりと」

白秋が『思ひ出』の背表紙に自ら描いた「赤い蛍」のイラスト

と表現しております。誰しも幼い頃の記憶はあやふやで、ある視覚や光景として頭に残っていますよね。それを言葉で捉えた白秋は天才だと、私は思うのです。

「抒情小曲集」という副題の付いたこの詩集。白秋は最初の記憶であるこの赤い蛍の絵を自ら描いて背表紙に配置する念の入れようでした。昔の柳川で幼少期を過ごした私からすれば、それはごく自然な行為だったように感じます。

私が子どもの頃の昭和三十年代は、掘割に蛍がたくさん飛んでいました。水は澄み、子どもたちがたくさん泳いでいました。私は毎朝、早起きしては掘割でウナギ釣りに精を出したものです。前夜仕掛けておいた針に獲物がかかっていればガッツポーズ。魚屋に持って行くと、いい小遣いになりました。

蛍もウナギもいなくなった今の掘割を白秋が目にすればやはり寂しいでしょうな。ちなみに柳川名物のせいろ蒸しに使われるウナギの多くは今は鹿児島や宮崎産とか。それでも伝統の調理法によるそのお味は格別です。お値段の方も格別で、地元の者もそうそう食べられませんが。

話が脱線してきましたね。次は『思ひ出』がいかに優れた作品だったかを話します。

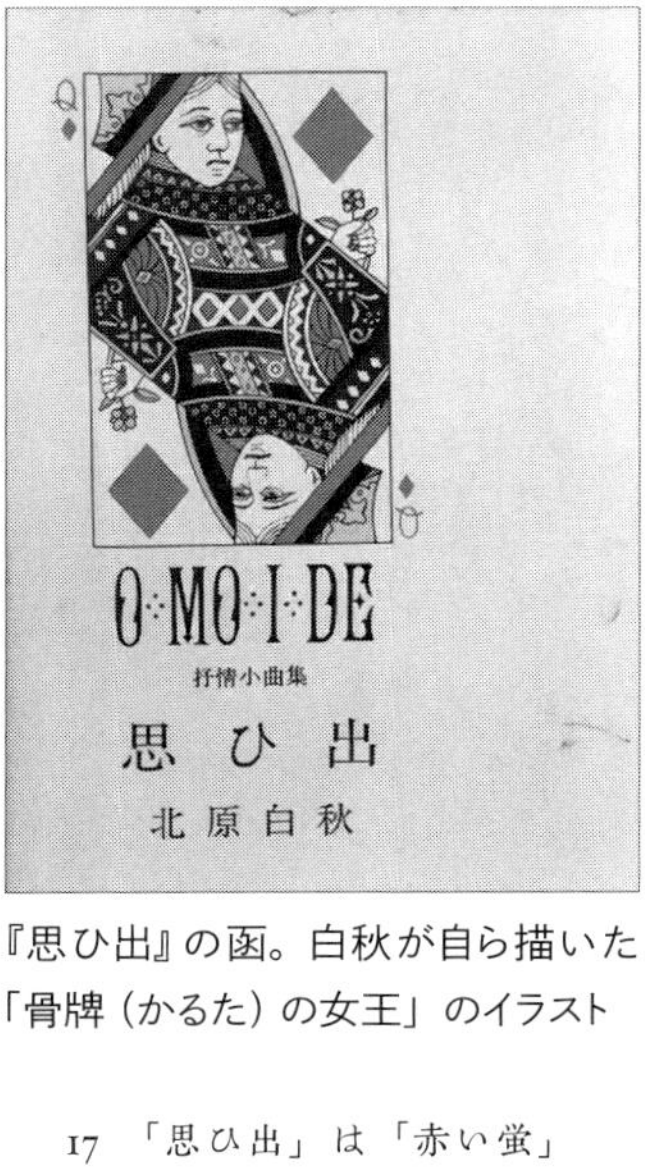

『思ひ出』の函。白秋が自ら描いた「骨牌（かるた）の女王」のイラスト

「わが生ひたち」に落涙

今も昔も純文学の新人作家が喉から手が出るほど欲しいのが「芥川賞」。若き太宰治が選考委員だった佐藤春夫に、受賞を懇願する手紙を送ったエピソードは有名ですな。

その栄えある賞に名を残す文豪が、七歳上の白秋に多大な憧《しょう》憬《けい》を抱いていたことをご存じですか。芥川龍之介は一九一四年、旧東京帝国大学在学中に菊池寛らと同人誌『新思潮』（第三次）を刊行した頃、本名の芥川龍之介ではなく「柳川隆之介」の名を用いていました。「柳川」は白秋の故郷ですね。「隆之介」は白秋の本名「隆吉」から取ったに違いありません。後に芥川は随筆「西方の人」で「わたしは北原白秋氏や木下杢太郎《もくたろう》氏の播《ま》いた種をせつせと拾つてゐた鴉《からす》に過ぎない」と記しています。

中でも芥川が傾倒したのが前回お話しした白秋の詩集『思ひ出』に、序文として掲載された随筆「わが生ひたち」でした。触発された二十歳の芥川は「大川の水」と題し、故郷東京の川を追憶する随筆をしためました。「わが生ひたち」はそれほどの名文でありますぞ。さわりを紹介します。

私の郷里柳河は水郷である。さうして静かな廃市の一つである（略）街を貫通する数知れぬ溝渠《ほりわり》のにほひには日に日に廃れてゆく古い封建時代の白壁が今なほ懐かしい影を映すこの『思ひ出』は、明治日本にブッセやベルレーヌらの西洋近代詩を紹介した上田敏に、激賞されます。明治の末の十一年九月、日本初とされる出版記念会が白秋のために催されました。上田は、日本古来の歌謡の伝統に根差しつつフランスなど西洋の新しい感覚を取り入れた官能的な詩風——と述べ、こう称賛しました。

「わが生ひたち」を読んで我は落涙した。筑後柳河の詩人北原白秋を崇拝する

何と「崇拝」ですぞ。明治の詩壇の第一人者に望外の賛辞を浴びた二十六歳の白秋。激しく涙にむせび返礼のあいさつもできず、座はしらけてしまったとか。当時、九州一円に知られた造り酒屋だった実家が破産し「詩業」に一家の命運を懸けた白秋。一人の若者の肩にのしかかっていた重荷が少し下りたのでしょうか。

翌十月、雑誌『文章世界』が読者に募り各分野で毎年の十傑を決める人気投票では、白秋が断トツで詩人の一位に輝きました。これを機に白秋は「国民的詩人」への道を歩み始めたわけです。ほんなこつ、よかったぁー。あ、肝心の白秋の生い立ちの話がまだでしたね。それは次からじっくりと。

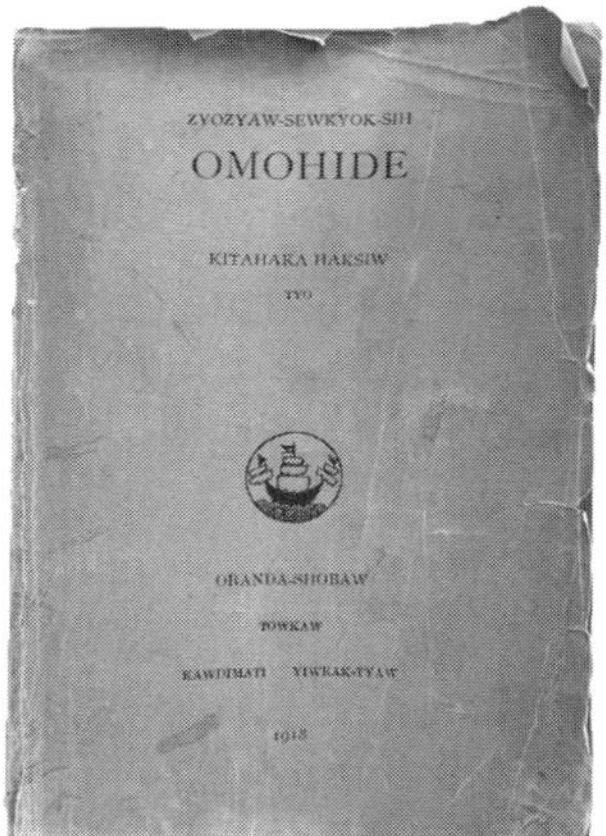

人気を集めた詩集『思ひ出』は、1918年にローマ字版も出版された(★)

「油屋」のTonka John

いきなりですがクイズです。Tonka John（トンカ・ジョン）とは、どんな意味でしょうか？

白秋好きの方ならお分かりですね。これは白秋の少年時代の呼び名です。「トンカ」は柳川弁で「大きい」、「ジョン」は「坊《ぼっ》ちゃん」。つまり「大きい方の坊ちゃん」という意味です。ちなみに私と同じ名である白秋の二歳下の弟、鉄雄は「小さい方の坊ちゃん」という意味で、Tinka John（チンカ・ジョン）と呼ばれておりました。

白秋は一八八五（明治十八）年一月二十五日、今の福岡県柳川市の沖端《おきのはた》という漁師町の造り酒屋、北原酒造の次男として生まれました。長男は四カ月で亡くなっており待ちに待った跡取り息子。生家は九州一円に知られた柳川藩御用達の海産物問屋で、屋号は「油屋」もしくは「古問屋《ふっどいや》」。明治になり酒造業に手を広げ、そちらが主業となりました。

沖端の漁師たちは「六騎《ろっきゅ》」と呼ばれます。平家の落人六人がこの地に逃げ延び漁を営んだ伝承に由来するとか。彼らは酒と遊楽を好み、実に開放的でした。白秋を育てた二人の乳母もそんな六騎の出身。白秋は六騎の子らと遊び、沖端川を挟んで対岸の校区の子どもたちと石を投げ合ったこともあったとか。

この沖端には有明海の六メートルもの干満の差を利用して長崎、五島、平戸などから商いの帆船が往来していました。油屋の御曹司である白秋は珍しい西洋だこなどを手に入れ、オランダなまりの面白い言葉を知り、南蛮文化に触れていきます。

また、干潟が広がる有明海は珍しい魚介類の宝庫でした。求愛ダンスで知られるムツゴロウ、焼くと美味なアゲマキ、三味線のような形をしたメカジャ、グロテスクな風貌のワラスボ……。白秋はこうした変わった生き物をその目で見て、干潟の神秘も知るのです。

この地で少年期を過ごしたことは、詩人にとって大きなアドバンテージとなりました。冒頭でTonka Johnと横文字で記しましたが、これは白秋独自の表記です。何か外国語みたいですね。一風変わった柳川弁の響きと沖端の開放的な風土が、白秋の詩に南蛮風のエキゾチックな情緒を生み出したのですな。

例えば詩集『思ひ出』から拾うと、Banko（バンコ）は夕涼みに使う縁台のこと。Noskai（ノスカイ）は遊女。そして、Gonshan（ゴンシャン）は何のことか分かりますか？　このクイズの解答は次に回すことにして、実は白秋には「もう一つの故郷」がありました。

北原白秋が小学時代に通っていた私塾の記念写真。前列左端が白秋、同右端が弟の鉄雄、後列右端が姉の加代（★）

第二の故郷は「南関」

まずは前回のクイズ、Gonshan（ゴンシャン）の意味をお答えします。柳川弁で「良家のお嬢さん」のこと。北原白秋は七歳にして、沖端《おきのはた》水天宮の祭りで見た可憐《かれん》なゴンシャンに淡い恋心を抱いております。

でもゴンシャンなんて言葉がなぜ生まれたのか。あくまで私の推測ですが、時代劇などで「娘」や「姉」に敬称の「御」を添え「娘御」「姉御」と呼びますが、それが詰まって「ゴン」に。「シャン」は「様」のなまりと考えられます。とすればゴンシャンは「娘御様」といった誠に恭しい言葉……。かつて筑後一帯を治めた柳川藩の名残で、柳川には今も慎み深い「召し言葉」が残っていますので。一度、柳川は沖端の白秋生家へおいで召せ（笑）。

ちなみに白秋の詩集『思ひ出』で異彩を放つ詩が「曼珠沙華《ひがんばな》」。「Gonshan. Gonshan.」の印象的なリフレインに、「墓」「血」など不穏な単語が重なり、読み手をサスペンスドラマに引き込むような緊迫感です。この詩に白秋の盟友山田耕筰が曲を付けた歌は、美空ひばりさんもアルバムに収録し、今もクラシック歌手が競って歌っていますぞ。

またも話が長くなりました。白秋にはもう一つの故郷があった——。それがこの回の本題でしたね。白秋は『思ひ出』の序文「わが生ひたち」に「私の第二の故郷は肥後の南関であった」と記しております。

熊本県南関町は同県北西部の県境に位置し、古代から関所があった山里です。白秋はこの地にあった母シケの実家「石井家」で誕生しました。出産を終えたシケは一カ月後、赤子の白秋を連れて黒塗りのかごで柳川へ戻ったのです。

この石井家がこれまた立派な旧家でありました。その邸宅の威容を白秋はこう書き残しております。

> 旧道をゆく人の瞻仰《せんぎょう》の的となつた天守造りの真白な三層楼があつた。それが母の生れた家であつて、数代この近郷の尊敬と素朴な農人の信望とをあつめた石井家の邸宅であつた

瞻仰とは仰ぎ見て敬うこと。まるでお殿様の屋敷ですな。そこで白秋がどんな体験をしたかは次にじっくり話すことにして、南関町は二〇二三年三月『北原白秋物語　二つの故郷』と題した漫画を発行しました。二千部を作成し、地元の小学校や有明圏域の図書館に配ったそうです。次世代へ郷土の偉人白秋の生い立ちを伝えたい――。その趣旨に柳川の私たちももろ手を挙げて賛同です。「二つの故郷」で白秋を盛り上げて参りましょう！

熊本県南関町が発行した漫画『北原白秋物語　二つの故郷』の表紙

お母さまと馬車で……

前回、北原白秋が生まれたのは熊本県南関町の「石井家」とお話ししていて、私、重大なことに気付いてしまいました。生家とは「生まれた家」という意味ですね。すると、私の大切な福岡県柳川市の白秋生家は厳密に言えば「生家」に当たりません。でも「白秋実家」では格好が付きません。これは弱りましたな……。

ここは一つ「二つの生家」ということで、大人の対応をお願いいたします！（笑）

白秋は石井家で「柳川のびいどろ（ガラス）瓶」と呼ばれ大切にされました。夏、冬、春の休みのたび長逗留《とうりゅう》し、乳母と山や谷を巡ります。初めて松ヤニの匂いをかぎ、イモリの腹が赤いことを知り、タマムシやハンミョウに触る。その体験をこう記しています。

薄い紗《きれ》に冷たいアルコールを浸して身体の一部を拭いたあとのやうに山の空気は常に爽やかな幼年時代の官感を刺激せずには措《お》かなかった

もう一つ、白秋が文学の素養を少年期にどう育んだのかは、教育者の端くれである私も大いに興味があるところです。その点、石井家には「知識の泉」がありました。祖父石井業隆《なりたか》の膨大な蔵書であります。業隆は南関の素封家で、幕末の思想家横井小楠の流れをくむ人物。白秋の本名「隆吉」は業隆から一字をもらっています。業隆の自慢が蔵書でした。三国志、西遊記、竹取物語、平家物語、源氏物語、万葉集にアラビアンナイトまで。隆吉少年はこれらを次々と読破し知識を蓄えていったのです。

私は二〇一九年、南関町が保存のため購入した石井家の内部を視察したことがあります。三層の建物のうち「天守閣」と呼ばれた楼は取り壊されていましたが二階に登り口が残っていました。驚いたのがおびただしい数の本。担当者が「把握が大変です」と悲鳴を上げておられたのを思い出します。

大自然の下、読書に没頭できる南関の地は、柳川で使用人ら多くの人々に囲まれ喧噪《けんそう》の中で暮らす隆吉少年の心に安らぎを与えたことでしょう。

最後に白秋の童謡でひときわ人気が高い「この道」の話を少々。「この道はいつか来た道」で始まって、「あかしやの花」「白い時計台」などが歌われ、歌詞の主な舞台は北海道です。ただ三番の歌詞だけ舞台が違います。それは母に連れられて通った南関。これは白秋も認めております。

♫この道はいつか来た道／ああ　そうだよ／お母さまと馬車で行ったよ

母の里、南関までの五里（約二十キロ）の道は、隆吉少年を別世界へといざなう追憶の道程であったのです。

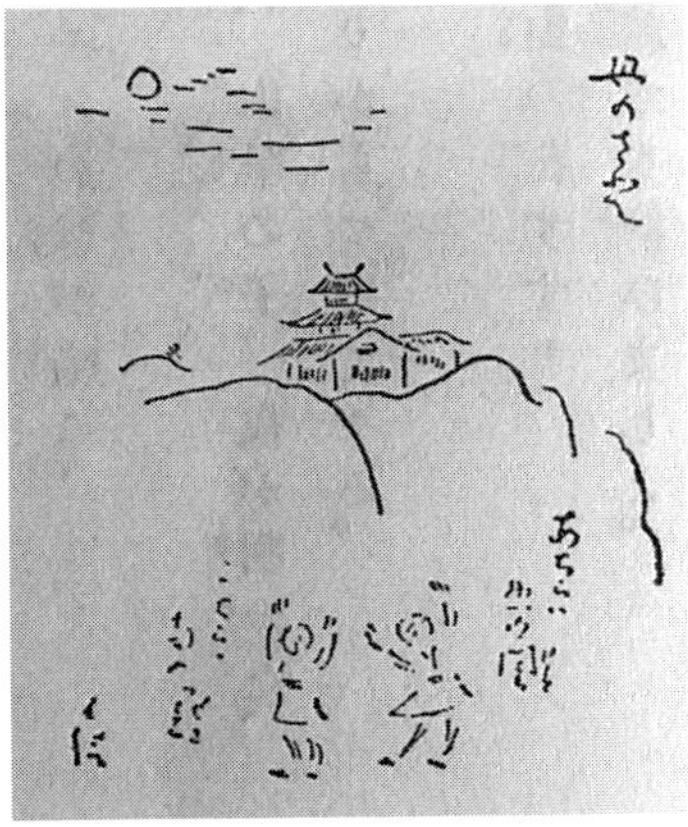

白秋が童謡集『子供の村』に描いた南関の母の実家、三層楼のカット。「あちら北の関　こちら南の関」と記している

「白秋」は「青春」の対極

これより北原白秋の青春時代、旧制中学伝習館（現伝習館高校）の頃の出来事をお話ししてまいります。その前にまずは皆さんに頭の体操を。「青春」という言葉から何を連想しますか？　夢、希望、初恋と、いろいろありますね。誰かに憧れたり、何かに夢中になったりする多感な時代にぴったりの言葉です。

では「青春」の反対、対極に位置する言葉とは何でしょうか。それが「白秋」です。ここでいきなりわが白秋の名が出てくること、意外ではありませんか。

特に若い頃の白秋の詩といえば、南蛮文化の香りが漂い叙情豊か。ときにセンチメンタルで、ときに挑発的で、何より自由奔放です。内容からすれば、北原白秋より「北原青春」のペンネームの方がしっくりきそう。実際、白秋は作家志賀直哉から昔、こんなことを言われた、と記しております。

君の詩からうける感じは北原白秋ではなく、南恒春と云った方がいいね

さすがは「小説の神様」と称された作家の観察眼。「みなみ・こうしゅん」とは、面白い名ですな。

では「青春」と「白秋」がなぜ対極なのかを詳しく説明します。青春も白秋も古代中国の「陰陽五行思想」に由来する言葉です。

五行思想では、自然界の全ての物を「木・火・土・金・水」の五要素に分けます。それぞれの方位と色も決まっており、まずは土を中央に据え黄とします。木は東で青（緑）、火は南で朱（赤）、金は西で白、水は北で玄（黒）。よって古来、春夏秋冬のことを順に「青春」「朱夏」「白秋」「玄冬」と呼ぶのです。

少し脱線しますが、一九八三年に発見されたキトラ古墳（奈良県明日香村）が日本中の注目を集めましたね。五行思想では各方位を守る四神がいます。国宝「キトラ古墳壁画」には、石室内の対応する方位に合わせ、東に青龍、南に朱雀《すざく》、西に白虎、北に玄武が生き生きと描かれていました。色や方位、季節というものは古来、日本や中国の人々の生活に密接だったのですなあ。

おっと、話を戻します。「青春」が初々しく奔放な春ならば、「白秋」は経験豊富で熟練の秋。作家五木寛之さんは二〇一九年の『白秋期　地図のない明日への旅立ち』という本で、「白秋期とは今の五十〜七十五歳くらいで、人生の収穫期」と指摘しておられます。

伝習館で詩歌作りに目覚めた北原隆吉青年がなぜ、そんな円熟味をたたえた言葉「白秋」を雅号としたのか——。ミステリーですなあ。

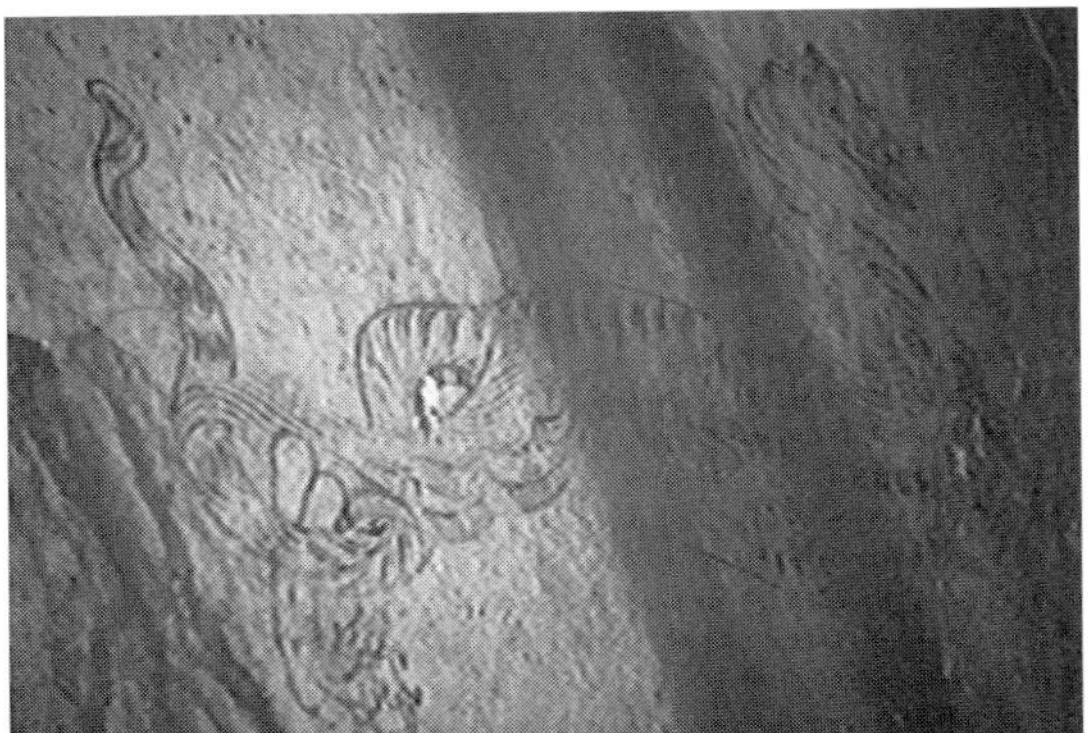

キトラ古墳石室内の西壁に描かれた「白虎」。中央部と左下の帯は雨水などの染み（1998年撮影）

漱石と『星の王子さま』

五高記念館で夏目漱石の報告書を読む大橋（右）と村田由美客員准教授（2018年）

なぜ北原隆吉はペンネームを「白秋」としたのか——。その謎解きに入る前に、白秋の青春時代の始まりからのエピソードをお伝えします。ざっとはいかんかもしれまっせんが、よろしゅうお付き合い召しませ（また柳川弁が出ました）。

福岡県柳川市の漁師町、沖端《おきのはた》の商家の後継ぎとして生まれた白秋は一八九七年、高等小学校二年を修了した時点で旧制中学伝習館（現伝習館高校）へ進みます。当時の高等小学校は四年制でして、二学年もの「飛び級」でした。

同級生より二歳下、まだ十二の白秋。黒のセルの羽織姿も初々しく、伝習館に通い始めた年の十一月、後に国民的作家となる人物が来校します。明治の文豪、夏目漱石。当時は旧制五高（現熊本大学）の英語科主任教授でありました。新入生の英語力が低下してきた現状を憂え、学生の供給元である佐賀、福岡両県の四中学校の英語授業を視察して回ったのです。漱石といえば神経質なイメージがありましたが、意外に教育熱心だったのですなあ。

私は二〇一八年夏、この聞き書きの聞き手と共に熊本大学の五高記念館を訪ね、漱石が記した「佐賀福岡尋常中学校参観報告書」を見せていただきました。視察した学校、学年、教師名、授業の内容や評価がやや辛口にきちょうめんな字で書き込まれておりました。

白秋がいた伝習館一年の評価が気になりますよね。これがなかなか良かったのです。漱石は、担当教師に米国遊学の経験があることに触れ、「生徒の出来も教師の教え方も可」と好意的に記しておりましたぞ。漱石の視線を感じながら、背筋を伸ばして英文を暗唱する白秋少年の姿が、脳裏に浮かんだものです。

さらに当時の伝習館一年には、後の高名なフランス文学者もおりました。この一節、ご存じですよね。

　おとなは、だれも、はじめは子どもだった（しかし、そのことを忘れずにいるおとなは、いくらもいない）

サン＝テグジュペリの不朽の名作『星の王子さま』。これを日本で初めて翻訳した内藤濯《あろう》が、白秋の二歳上の同級生だったのです。

ただ、濯は熊本市出身。普通なら地元の旧制中学済々黌《せいせいこう》（現済々黌高等学校と熊本高等学校）に入りますよね。なぜわざわざ県境を越え進学してきたのでしょう。そこに関係してくるのが、白秋の母方の祖父石井業隆《なりたか》が敬愛した思想家、横井小楠です。

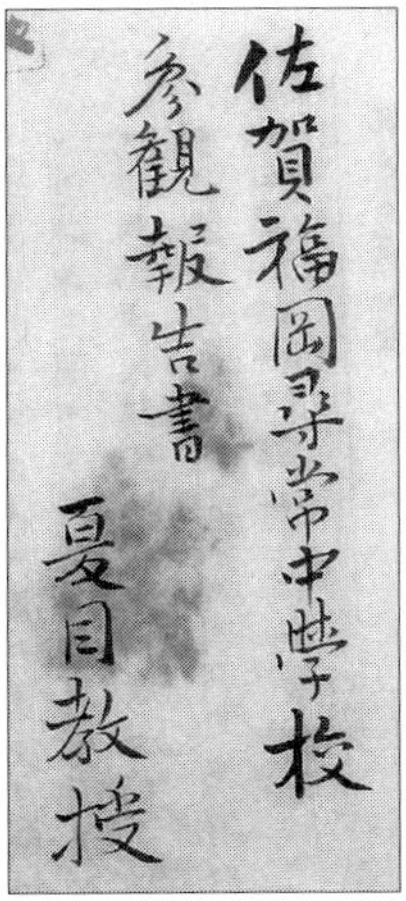

夏目漱石の参観報告書への署名（五高記念館所蔵）

天才へのジェラシー？

北原白秋が異例の二年飛び級で入学した旧制中学伝習館の同学年に、後に『星の王子さま』を日本に紹介するフランス文学者内藤濯《あろう》がなぜいたのか――。普通なら地元熊本の藩校の流れをくむ旧制中学済々黌《せいせいこう》へ、進みそうなものですがね。

全ての発端は濯の父泰吉が、明治維新の志士横井小楠の直弟子だったこと。小楠は、あの坂本龍馬にも影響を与えたことで知られる思想家。ですが当時の済々黌では、小楠の開明的な思想に敵対し国権主義を尊ぶ勢力が幅を利かせていました。これを嫌った泰吉が、小楠の思想がある程度浸透していた柳川で濯を学ばせることにしたようです。

そしてお話しした通り、白秋の母方の祖父、石井業隆《なりたか》も小楠に私淑していました。さらには泰吉と業隆は同じ熊本県南関町の出身です。白秋と濯には意識せずとも、こうした因縁がもともとあったのですな。

濯は翌一八九八年に東京の中学へ転校し、白秋と席を並べたのはわずか一年でした。ですが、沖端《おきのはた》の秋祭りの夜、白秋の家に招かれた記憶を、大きな酒庫のにおい、豆太鼓の音、里唄《さとうた》の高ぶりなどと共に、懐かしく書き記しています。

白秋と同様に詩歌を志した濯は、やがてフランス文学研究者へと道を変えました。それでも詩歌を愛する心は白秋と同じ。フランス留学時代、白秋のこんな短歌をフランス語に翻訳し現地で紹介しています。

薄暮《たそがれ》の水路に似たる心ありやはらかき夢のひとりながるる
美しき「夜」の横顔を見るごとく遠き街見て心ひかれぬ

一首目の「薄暮の水路」といい、二首目の「『夜』の横顔」といい、その表現の美しいこと。フランス語訳はもちろん割愛しますが（笑）。こうした歌を選んだ濯の、白秋への憧れがうかがえます。二人が再会を果たすのは、伝習館時代から四十二年後の一九四〇年のこと。既に目を患っていた白秋を濯はこう記しています。

往年の少年北原の童顔は、老詩人白秋となってもやはり同じだった

年を老い、視力をほぼなくしても、詩人白秋の顔には常に「好奇心」が浮かんでいたのでしょうな。

ただ、濯は晩年の著書で「白秋が故郷を凱旋《がいせん》飛行した際、母校伝習館の上空でつばを吐いた」といった旨も記しております。これが根も葉もないうそであることは、同乗した白秋の長男隆太郎さんが強く証言しておられます。なぜ濯がそんな意地悪なことを書いたのか——。詩歌の天才であった友への、最後のジェラシーかもしれません。

熊本県立図書館の裏にある内藤濯文学碑

泥にまみれた『若菜集』

苦手科目って誰にもありますよね。私は高二のとき、物理で赤点を取って、だめだこりゃと、理系から文系に進路を変更しました。でもおかげで北原白秋の顕彰に携われたと考えれば、人間万事塞翁《さいおう》が馬ですなあ。

さて、二年飛び級で旧制中学伝習館に入った北原白秋。三年進級時に落とし穴が。算術代数で五十四点の赤点を取ったのです。当時の伝習館の考課は厳しく、一科目でも六十点未満は落第と決められていました。

大商家の御曹司で「小聖人」と呼ばれた白秋。「他の科目の成績はこんなに良いのに」と級友の同情を集め、級長に選ばれもしました。この年は発奮し、平均八十二点で学年五番に。特に国語や漢文、歴史は九十点以上の高得点でした。

そして一九〇〇年春、三年に進んだ十五歳の白秋。この頃、一冊の魅惑的な詩集に出合うのです。

まだあげ初めし前髪の／林檎《りんご》のもとに見えしとき／前にさしたる花櫛《はなぐし》の／花ある君と思ひけり

近代日本浪漫主義の代表的詩人、島崎藤村の『若菜集』。紹介したのは「初恋」という詩の冒頭です。少年少女の頃にそらんじた方も結構いるのでは。私の苦難の浪人時代、歌手舟木一夫さんがこの「初恋」を歌っていましたなあ。

新進気鋭の藤村のロマン薫る『若菜集』を、白秋は耽読《たんどく》します。そして、青年期のあり余るエネルギーを「文学」へ注ぎ始めたのです。

そんな一九〇〇年四月、与謝野鉄幹により創刊されたのが文芸雑誌『明星』でした。与謝野晶子を筆頭に上田敏、蒲原有明、薄田泣菫らそうそうたる詩人、歌人が織り成す、浪漫主義と象徴詩の世界。母の実家石井家でアラビアンナイトなどを語ってくれた叔父道真《どうしん》が、東京からこうした詩歌の本を送ってくれました。白秋は勉学そっちのけで文学にのめり込んでいきました。

ところが、白秋が四年に上がる春休みの一九〇一年三月三十日、北原家に災厄が降りかかります。「沖端《おきのはた》の大火」に巻き込まれたのです。翌日の福岡日日新聞（西日本新聞の前身）によると、六十戸と船十隻が全焼。北原家は母屋を残し、酒倉十一棟が全焼し新酒二千石（三六万リットル）を失いました。その悲しい記憶を白秋は詩集『思ひ出』にこう記しています。

> 運び出された家財のなかにたゞひとつ泥にまみれ表紙もちぎれて風の吹くままにヒラヒラと顫《ふる》へてゐた紫色の若菜集をしみじみと目に涙を溜《た》めて何時《いつ》までも何時《いつ》までも凝視《みつ》めてゐた

うーん。何度読んでも涙を誘われます。

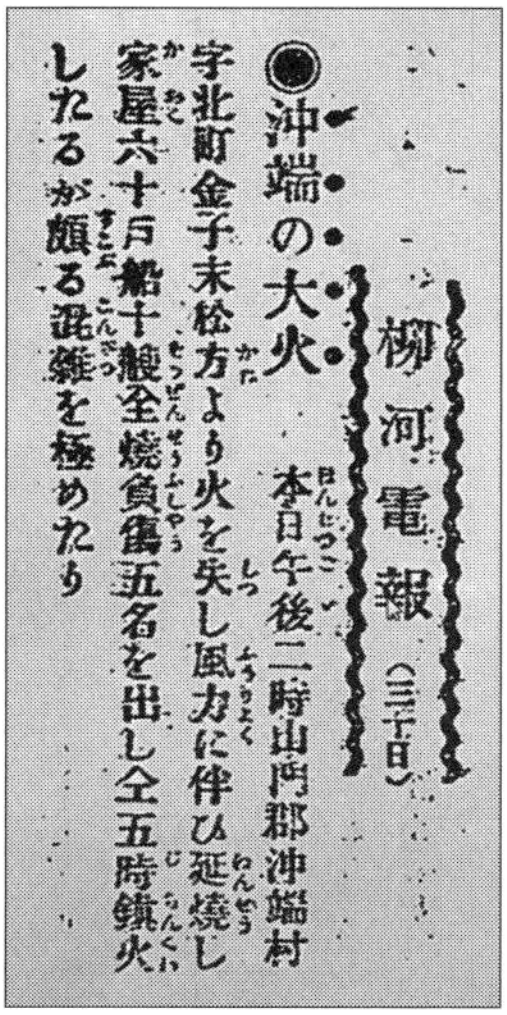
柳河電報（三十日）
◉沖端の大火　本日午後二時山門郡沖端村字北町金子末松方より火を失し風力に伴ひ延焼し家屋六十戸船十艘全焼負傷五名を出し全五時鎮火したるが頗る混雑を極めたり

「沖端の大火」を報じた福岡日日新聞（一九〇一年三月三十一日付）

くじ引きで「白秋」に？

一九〇一年三月、「沖端《おきのはた》の大火」に巻き込まれた北原家。酒倉十一棟を全焼し、二千石もの新酒が掘割に流れ出ました。「潮《うしお》」と名付けられた銘酒ですから、この酒を掘割から飲んで酔っぱらう者が続出。現場は大混乱だったとか。

新聞にも「この巨大の酒桶《さかおけ》やけたるため清酒道路河溝に溢《あふ》れ酒気紛々」と詳報が載ったほどです。その喧噪《けんそう》の中で北原白秋は、泥まみれになった『若菜集』に涙したわけですな。

それにしても二千石は一升瓶二十万本分。今なら軽く億単位の被害でしょう。白秋の父長太郎は借金して何とか酒倉などを再建しましたが、火事を境に家運は衰退、やがて破産に至るのです。

北原家の悲運とは裏腹に白秋は一層、文学に熱を入れます。旧制中学伝習館の文学仲間とこの年の冬、自作詩や短歌の回覧雑誌『蓬文《ほうぶん》』を始めることにしました。それには雅号《ペンネーム》が必要ですよね。

大変長らくお待たせしました。ここで「白秋の雅号」の謎解きです。といっても、白秋自身があっさり白状しているのですが。

白秋と云《い》ふ私の雅号の由来は、単に白紙《しらがみ》です

ん、どういうこと？　と戸惑う方もいるのでは。白秋が三九年、新聞に発表した一文によると、中三の

頃、文学少年五、六人で回覧雑誌を出すので雅号を付けることにした。白紙を細かく切って一つ一つに字を書き引き合い、自分は「秋」の字を引いた。皆で「白」の字を頭に冠すると決めていたので「白秋」になった――と偶然を強調したのです。

このくじ引きにより、親友の中島鎮夫は「白雨」、由布熊次郎は「白影」、藤木秀吉は「白葉」、桜庭純三は「白月」、立花親民は「白川」を名乗ることになりました。

と、これが「白秋の雅号」を巡る定説です。何せ本人がそう記していますからね。でも私にはどうしても、母の実家の蔵書を読みあさり漢文の素養も豊かな白秋が、くじで大切な雅号を決めたとは思えないのです。

実際、白秋の説明を否定した当事者がいます。その場にいた由布白影、後の俳人松尾竹後です。白秋没後の四八年、母校伝習館の学園新聞部が発行した「白秋特集号」に寄稿しました。それによると、おのおのが好きな字を選び、そろいの「白」を冠し雅号とした――。そしてこう結んでいます。

白秋の抽籤《ちゅうせん》説は、どうも白秋の創作だとわたくしは思っている

ん、どういうこと？　謎解きはまだ続きます。

旧制中学伝習館3年生のときの北原白秋（後列右）1900年（★）

『明星』の女流に憧れ

「白秋」の雅号は文学仲間と単なるくじ引きで付けた――。北原白秋が新聞で紹介した旧制中学伝習館三年生の頃の逸話に、「それは白秋の創作だ」とその場にいた仲間が異を唱えました。由布白影こと後の俳人松尾竹後。一九四八年の伝習館新聞への、白影の寄稿を読み込んでみます。

当時、白秋ら伝習館の文学仲間の憧れだったのが、与謝野鉄幹が主宰した文芸雑誌『明星』。そこには「女流歌人」という花が咲き競っておりました。鳳《ほう》(後の与謝野)晶子、山川登美子、増田(後の茅野)雅子らです。おのおの雅号を持ち、晶子は「白萩」、登美子は「白百合」、雅子は「白梅」。白影はこう記しております。

彼女らが「白」で統一した雅号で盛んに書いていた短歌などが〈大へんわたくし達の興味をそそった〉。それで〈倣って頭に「白」の字を冠《かぶ》せて号をつけよう〉となり、〈その下の字は銘々が好きな字を択《えら》んだ〉。すると、白秋、白葉、白月、白影など〈秋の季感のものばかり〉がそろったので、〈(仲間の)気持《きもち》がしっくり合っている象徴だといってよろこび合った〉。

ディテールが大変しっかりしていますよね。これに対し、くじ引きとした白秋の一九三九年の一文は〈雅号の由来は、単に白紙《しらがみ》です〉なんて、読者をけむに巻く雰囲気も漂います。どちらを信じるかは個人の自由です。読者がご自分で判断してください。ただ、くじ引きの話に続いて白秋は、十六歳から名乗る「白秋」の雅号を巡って率直な心境もつづっておりました。

白秋といふ二字が姓の北原と、うつりがよく、聊《いささ》か孤独的でありますが、寂しい中にも何か輝きがあるやうな気がして、その儘《まま》今日まで通して来てゐます

寂しい中にも輝きがある「白秋」。その言葉の由来を少し前の回で、古代中国の「陰陽五行思想」を引き長々と話しましたが、そんな古典的な要素も把握した上で十六歳の白秋はこの名を選んだと私は勝手に推測しております。さらに白秋はこうも。

年をとるに従つて、私の詩歌が文字面《づら》の北原白秋に近づきつつあることも感じられ、八十歳以上になれば名実ともにピツタリとなること、思ひます

作家五木寛之さんが五十〜七十五歳の人生の収穫期を「白秋期」と呼んでいることにも少し前で触れました。残念ながら白秋は五十七歳でこの世を去ります。ですが、仮にまだ十六歳の少年が、いずれ詩歌の実りをほしいままにする己の収穫期までをも見越して「白秋」の雅号を選んだとすれば、何という才能でしょうか。

『明星』で活躍し、歌集『みだれ髪』が人気を集めた与謝野晶子

「虹」で新聞に初掲載

どの分野でも、少し自信が付いてくると腕試しをしたくなるのは人間の性《さが》ですな。仲間と「白」を冠した雅号を付け合った白秋。旧制中学伝習館四年生となった一九〇二年の六月一日、西日本新聞の前身、福岡日日新聞の「葉書《はがき》文学」投稿者が集う初めての文学同好会に参加しました。開催地は由緒ある久留米城跡の篠山《ささやま》神社。親友の中島鎮夫は出席できず、後に雅号の由来を巡って白秋説を否定した由布熊次郎（雅号白影、このときは白蝶を名乗る）が同行しました。年上の参加者と文学観を語り合い、短歌や俳句を詠み合い……。文学の模索を続ける十七歳の青年には新鮮な体験だったことでしょう。

二日後、この会の記事が紙面に掲載されました。参加者が詠んだ作品七作が紹介されたのですが、そのトップを飾ったのが白秋の短歌でした。題は「虹」。

此儘《このまま》に空に消えむの我世《わがよ》ともかくてあれなの虹美《うるわ》しき

うらやましいほどみずみずしい感性ですなあ。雨上がりの空を彩る虹の色彩は格別です。このまま空へ消えていくはかない僕の人生だとしても、この虹のように美しく輝きたい――。僕は文学に生きるぞという、強い決意が伝わります。これが新聞や一般誌に掲載された、現存する白秋最初の作品です。白秋のデビュー作は詩集『邪宗門』ですが、この歌も陰のデビュー作として、覚えておいて損はありませんぞ。

これに大いに触発されたのが親友の中島でした。「白雨」の雅号で、中央の文芸雑誌『文庫』に投稿を始め、次々と採用されていきます。同年七月、初掲載された歌がこれ。

鐘の音にさめゆく春の水ゆるし花里一里曙の空

春の夜明け、桜に彩られた里の美をすがすがしく歌っています。この真っすぐさが白雨の魅力でしょうな。すると白秋も『文庫』への投稿を始め、十月に最初の一首が掲載されます。

ほの白う霞《かすみ》漂ふ薄月夜稚《おさな》き野の花夢淡からむ

こちらはやはり白秋らしいロマン志向の歌ですな。そして白秋は怒濤《どとう》のごとき投稿ラッシュを開始。わずか一年余りの間に計一八一首が掲載され、『文庫』の和歌欄の第一人者に。これに続いたのが白雨でした。こちらも計一一八首が掲載され、二人の活躍には目覚ましいものがありました。

まだ十六、十七歳の二人がなぜこれほど急成長したのか――。その研鑽《けんさん》の場となったとみられる回覧同人誌が一九六八年、福岡県大牟田市の土蔵から発見されました。

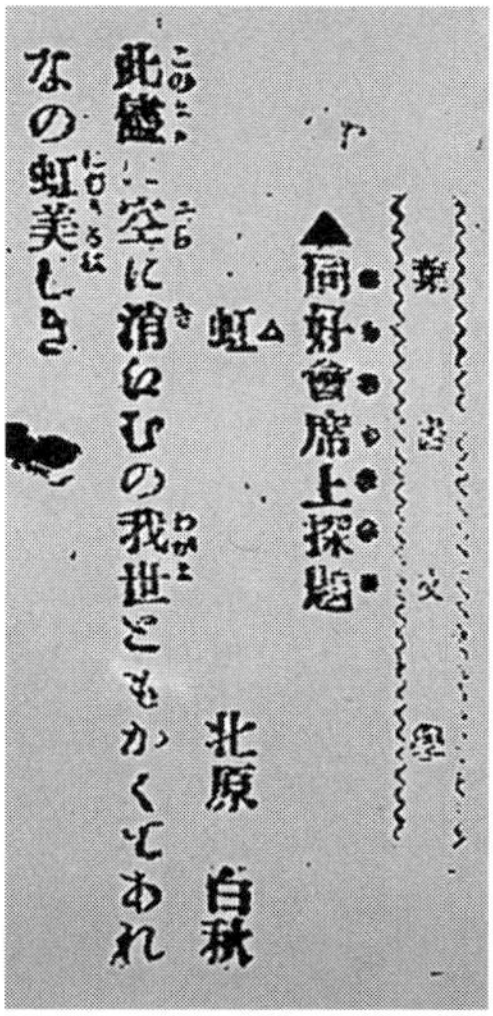
▲同好會席上探題
虹△　北原　白秋
此儘に空に消えむの我世ともかくてあれなの虹美しき

初めて新聞に掲載された北原白秋の短歌（一九〇二年六月三日付福岡日日新聞）

『常盤木《ときわぎ》』でもまれ成長

北原白秋が十代後半に中央の文芸誌『文庫』などで一気に頭角を現したのはなぜか――。その理由の一端がうかがえる回覧同人誌が一九六八年、福岡県大牟田市の素封家、白仁《しらに》家の土蔵から見つかりました。誌名は『常盤木《ときわぎ》』。発足の縁結びをしたのが、福岡日日新聞の投稿欄「葉書《はがき》文学」だったようです。発見されたのはその第三集と第五集。短歌と詩を載せ、余白に同人が遠慮のない批評を書き込みました。

まとめ役を務めたのが、後に銀水村長となる先代当主の白仁秋津《あきつ》（本名勝衛）。秋津は与謝野鉄幹に師事する明星派の歌人でした。旧制中学済々黌《せいせいこう》を卒業し、五高教授だった夏目漱石が主導した熊本の俳句結社「紫溟吟社《しめいぎんしゃ》」にも参画したとか。やがて、白秋が鉄幹らとあの「五足の靴」の旅に繰り出す際にも、また登場しますのでお楽しみに。

さて一九〇三年十二月発行の『常盤木』第五集は、奥付によると、同人わずか五人。秋津に、福岡日日新聞文学同好会の川口露骨（同県久留米市在住）と大石秋華（同八女市在住）。そこに旧制中学伝習館の学生だった白秋と親友の中島白雨（本名鎮夫）が加わっていました。秋華は白秋より五つ年上。さらに秋津は九歳、露骨は十歳も上でして、経験を積んだ彼らに、年下の二人はさぞやもまれたことでしょうな。白秋は秋津、秋華と共に「筑後の三秋《さんしゅう》」と呼ばれるほどに成長しました。

さらには発見された第三集には、白秋が同年の『文庫』十二月号に初めて発表した詩「恋の絵ぶみ」が先んじて収録されていました。

美《うる》はし夕、美はしの／桜が丘の花靄《もや》に／かゞよふ燭《しょく》や美女《くわしめ》や／絵踏の庭の華やかさ

これまたロマンチックの極みの詩ですが、白秋はまず『常盤木』で同人の評価を見定めてから、『文庫』へ投稿したのでしょう。まさしく『常盤木』は、白秋の研鑽《けんさん》の場だったわけであります。

こうして白秋が文学にのめり込むほど深刻化したのが父長太郎との対立です。「沖端《おきのはた》の大火」で痛手を受けた北原家。長太郎は、白秋を商業学校へ行かせて家督を継がせ、経営を立て直そうと考えていました。ですが、白秋は早稲田大学から文学の道へ進むと決めていました。父と激しくぶつかり、学校に行かなくなります。精神が不安定になり、静養のため阿蘇の栃木《とちのき》温泉に長期逗留《とうりゅう》したことも。

結局、白秋は五年でまた落第。自分と同じ二年飛び級で入ってきた一歳四カ月下の中島と同級生になりました。そして一九〇四年二月、痛ましい事件が起こるのです。

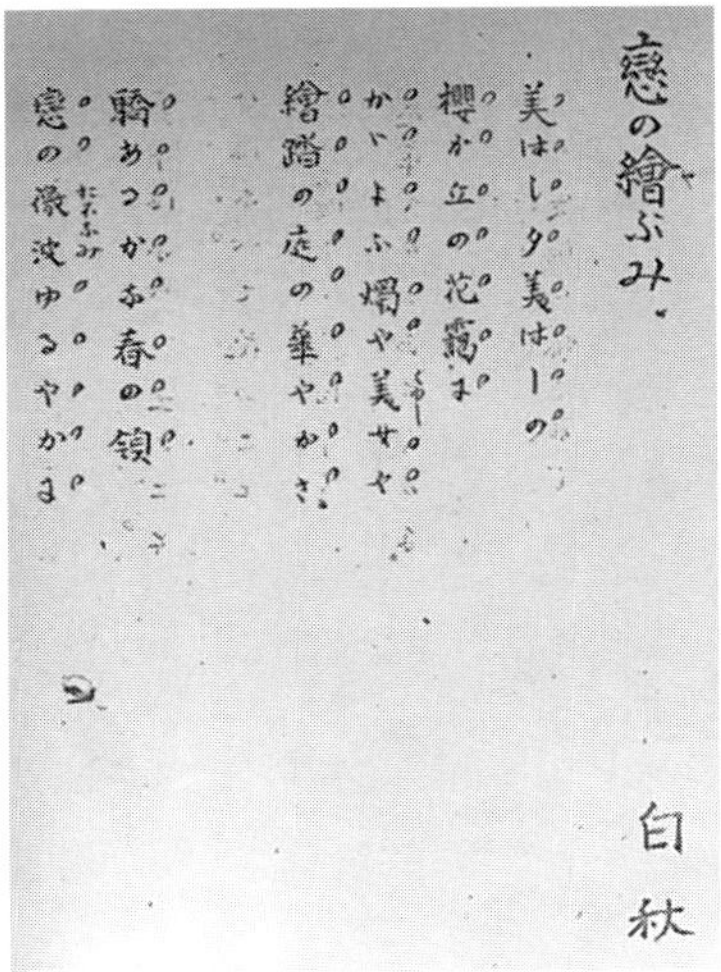

『常盤木』第三集に掲載された北原白秋の詩「恋の絵ぶみ」（★）

親友白雨　十七歳で自刃

かけがえのない存在が突然、この世から消えてしまったら……。私も両親や祖父の死を体験しましたが、十九歳の北原白秋を襲った衝撃は計り知れません。共に文学を志した親友中島白雨こと鎮夫が自刃したのです。享年十七。早すぎる死でした。

士族の長男として生まれた白雨は、白秋と同じ二年飛び級で旧制中学伝習館に進んだ秀才でした。家は沖端《おきのはた》の白秋宅まで五〇〇メートルほど。回覧同人誌『常盤木《ときわぎ》』に白秋と参加し、校内新聞「硯香《けんこう》」も一緒に発行するなど、常に行動を共にしてきました。白秋が教師や父との対立で精神のバランスを崩し、阿蘇の栃木《とちのき》温泉に逗留《とうりゅう》したときも、盛んに手紙をやりとりし励ましました。

そんな白雨が一九〇四年二月、福岡県柳川市の七《なな》ツ家《え》にあった母方の親戚宅で自ら喉を短刀で突いたのです。十日に日露戦争が開戦したばかり。自殺の理由に白秋は憤りました。後にこう記しています。

莫迦莫迦《ばかばか》しい、友は露探《ろたん》だといふのである。翌日愈々《いよいよ》死んだという通知を学校の教室で受取った時、私はもう涙をほろほろこぼしながら、教師を突き飛ばして駆け出したのである

「露探」とはロシアのスパイのこと。当時は新聞で露探の逮捕が報じられたりもしていましたが、白雨は外国語に堪能でした。米国の作家ポーの「初恋」を翻訳して文芸誌『文庫』に発表したことは特筆すべき

才能でしたし、ロシア文学も読んでいたとか。でもそれだけでスパイ呼ばわりするとは言語道断。白秋の憤りはもっともです。同月十三日、白雨は息を引き取ります。駆け付けた白秋は、白雨の亡きがらを乗せた釣り台を肩に担ぎ、自宅まで運んだのです。右手には有明海へ沈む血の色のような夕日。足元にはかれんなタンポポが咲き乱れていました。この情景を歌った詩「たんぽぽ」が白秋の詩集『思ひ出』にあります。

あかき血しほはたんぽぽの／ゆめの徑《こみち》にしたたるや、／君がかなしき釣台は／ひとり入日にゆられゆく……

あかき血しほはたんぽぽの／野辺をこまかに顫《ふる》へゆく。／半ばくづれし、なほ小さき、／おもひおもひのそのゆめに

釣り台を担いだ白秋の肩はおえつで震えていたのでしょうな。共に思い描いた文学の夢がつまらぬ噂のために壊されてしまった――。白雨の悔しさと白秋の悲しさを思うと涙を禁じ得ません。

友を弔うため、白秋は三六六行もの長大な詩「林下の黙想」を書き上げ、『文庫』へ投稿します。選者の河井酔《すい》茗《めい》は同年四月号の詩欄全ページを割き、非業の死を遂げた友を悼む白秋の思いに報いたのです。

1902年、旧制中学伝習館4年の中島鎮夫（白雨）（★）

絶命の地にタンポポ

十七歳で逝った北原白秋の親友、中島白雨（本名鎮夫）。彼が短刀で喉を突いた絶命の地はどこだったのか――。私はこの連載の聞き手と共に二〇一七年、現地の福岡県柳川市七《なな》ツ家《え》地区を調べたことがあります。半日かけて聞き回ったのですが、その親戚宅は特定できませんでした。

ところが二〇二三年になって、貴重な情報が相方のもとへ舞い込みます。子どもの頃、七ツ家に住んでいた中村学園大学元教授佐藤鉄太郎さん（福岡市在住）より、「中島が自殺した家を知っています」との連絡でした。

さらには佐藤さんが保存されていた、柳川郷土研究会の会誌『すいきょう』創刊号（一九九七年）に関係者が書いた中島の自殺を巡る一文が載っていました。家の間取り図も添えられ、喉を突いたのは従来言われていた「押し入れ」ではなく、仏間の手前の細長い「中ノ間」（五畳）だったことも分かりました。

三月のうららかな日。私と相方は地図を片手に現地へ。ついに中島絶命の地へたどり着いたわけです。地権者が替わっているため番地などの詳述は避けますが、その家は既に撤去されておりました。ですが、白秋が中島を悼んだ詩「たんぽぽ」のごとく、敷地のそこかしこに黄色いタンポポが咲いていたのです。まっすぐ天に冠を突き出す小さな花の姿に中島を重ね、相方と手を合わせました。

この「たんぽぽ」の詩を後世に残そうと、地元の有志が近くの吉原日吉神社境内に詩碑を建立されています。ぜひ訪れてください。
そんな中島は白秋に遺書を残しておりました。

貴方《あなた》は私の分も一緒に立派に成功してくれ

これを読んだ白秋。必ず上京し、文学で身を立てると誓ったことでしょう。手を差し伸べたのが母シケと弟鉄雄でした。父長太郎に知られぬよう、こっそり二階から白秋の布団や衣類を下ろし、準備を進めます。先立つものは「金」ですが、シケは一番番頭に相談。番頭が自分の家と土地を抵当に銀行から二〇〇円を借りて、用立てました。

旧制中学伝習館の最終学年で頑迷な教員と対立を続けていた白秋ですが、退学届を出して決別します。「酒屋の息子が文学をやったんでは酒は誰が造るのか」と、猛反対してきた長太郎も、最後は渋々折れたのではないでしょうか。

かくして一九〇四年三月末、十九歳の白秋は水郷柳川を後にし、矢部川駅（現瀬高駅）から旅立ちます。まだ見ぬ詩歌の大海原へと。

中島鎮夫が絶命したとみられる地で、タンポポを見やる（福岡県柳川市七ツ家）

白秋による挿絵　詩集『思ひ出』より

第二章 私のこと

音楽に目覚めた中学・高校時代

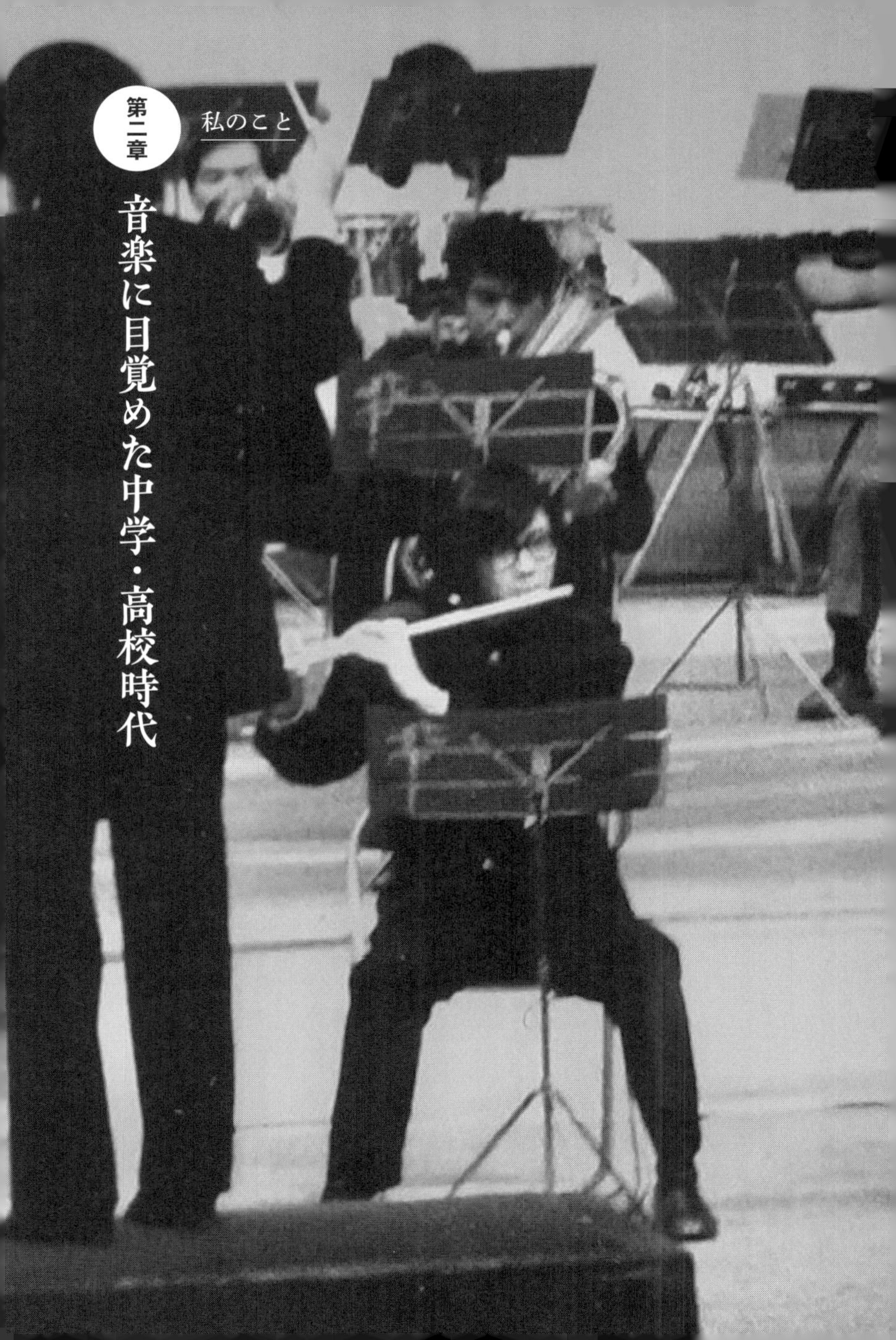

失敗続き　子ども時代

「失敗は成功の母」といいますが、できれば人間誰しも失敗はしたくないですよね。でも、私の子ども時代は失敗の連続でした。

家の裏に柿の木がありました。父から「柿の枝はすぐ折るっから登ると危《あん》なかぞ」と注意されていたのに、朱色のうまそうな実に釣られた私。手が届こうとした瞬間、枝がコキッ！　私の全身は堀へドボン！　無傷だったのは不幸中の幸いでした。

情けない失敗もありました。大人の言うことも聞かず畑を踏み荒らしチャンバラごっこに興じていたら、突然、肩まで穴にズボッ！

いわゆる「肥だめ」ですな。体中黄金《こがね》色になり、ものすごい臭さです。くもの子を散らすように逃げていく友人たち。堀に飛び込んで体も服も靴も何度も洗いました。ずぶぬれで家に帰ると、母が「服ば脱いで風呂に行け！」。せっけんで体を毎日ゴシゴシ洗いましたが、一週間ほど臭いは取れませんでした。とほほ。

死にかけた記憶もあります。小学に上がる前、ザリガニ釣りへ行って堀に落ちました。友達が全速力でうちの畑へ走り、駆け付けた私の母親に助け上げられました。ですが息をしておらず、近くに住んでいた学校の養護の先生の人工呼吸で息を吹き返したそうです。母の証言によれば、蘇生した私はこう発したそうです。

「虹が出ちょって、きれいかーて向こうに歩いて行きよったら、『てっちゃん、てっちゃん』て呼ぶ声のしたけん、引っ返した」

これって臨死体験？

小二のときには虫垂炎から腹膜炎を併発しました。腹が痛くて連れて行かれた近くの医院で、医師は「寝冷えじゃろう」。それで腹を温めたのが悪かったのです。設備の整った柳川市茂庵町の益子医院に駆け込むと、医師に「生命の危険がある」と言われ、母は卒倒。即、手術、私の盲腸は破裂寸前だったそうです。うみが出続けるので腹の傷は半分縫合せず開けたままで、一カ月も入院しました。退院しても運動会は見学で、寂しかったですな。

あと恥ずかしいことに、私は六年生になっても逆上《さかあ》がりができませんでした。体育が専門だった担任の中川卯一先生からハッパをかけられ、「こんままじゃ恥ずかしゅうて卒業でけん」と、こつこつ練習しました。そして三月の体育の授業。担任と級友が見守る前で逆上がりに挑戦です。すると初めて私の体はくるりと足から一回転。数々の失敗が、ようやく「成功の母」となったのです。

その瞬間、級友みんなが拍手喝采……と言いたいところですが、さにあらず。ようやくできたか、としらけた感じで、鉄棒の前から去っていったのでした。

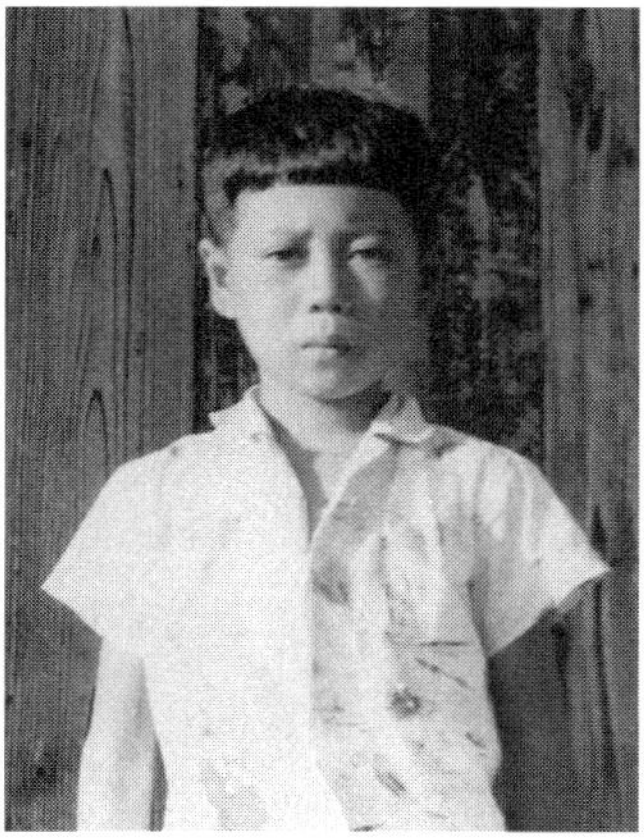

小6に上がった頃。まだ逆上がりができなかった

かっぱの生き肝取り

福岡県三橋町（現柳川市）で農家の一人息子として生まれた私。父の行吉《ゆきよし》と母のイツセ、明治生まれの祖父の喜蔵《きぞう》にかわいがられました。己も父に、やがて祖父となった今、三人への感謝の念を改めてかみしめております。

祖母のチトセが私が生まれる前に亡くなり、父母は米と麦の二毛作で忙しかったので、私は自然と「じいちゃん子」になりました。夜になると祖父の布団にもぐり込んでは話をねだります。

お決まりの話が「かっぱの生き肝取り」。○○寺の脇に深い堀がある。そこで泳いだ男が、かっぱに尻の穴から手を突っ込まれ、生の肝を抜かれて死んだ——という話。掘割と共に暮らす柳川の人々は、子どもの水難を防ぐため、こうした作り話を語り継いできたのでしょうな。でも、子どもの頃の私は何度もこの話を聞かされたのに何度も堀に落ちました（笑）。反省です。

この前、村内《むらうち》の飲み会で友から、私の祖父は怖かったという話が出て盛り上がりました。私をからかった子を、祖父が「鉄雄に何ばしよるかーっ」と、持っていた鎌を振りかざして追いかけたとか。少し威嚇しただけでしょうが、愛情に胸がジーンとしました。

父母も優しかったです。日本が発展途上の昭和三十年代にカメラを買ってくれました。小学校に持って行くと、えらく怒られました。

中学に上がりクラシック音楽に目覚めた私。中一の夏休み、音楽の今村典子先生の優しい計らいで、鑑賞用のレコードを家に持ち帰っていいことに。すると父母は直ちに卓上ステレオを買ってくれたのです。最高の夏休みになりました。

でもその頃の私にはずっと、どうしても欲しい楽器がありました。それは、卓上ステレオやカメラが束になってもかなわない高根の花——。なるべくそれとなく父にねだってみました。

「父ちゃん、おりゃ、ピアノば弾きたかばってん」

「あーん、何ば夢んごたるこつ言いよるか。リヤカーでん引いとけ！」

いやはや。「弾く」と「引く」を掛けた父のセンスに脱帽ですな。それで私は「鍵盤」でなく「笛」の方向へ進んでいくのですが、その話はまたおいおい。

そんなわけで私は、家で大人にたたかれた経験は一度もありません。それなのに高校の体育教師に突然「生意気だ」とビンタをされたときは心底驚き、腹が立ちました。「父ちゃんにもぶたれたことなかとに」——。なぜそう言い返せなかったかと、今も悔しく思い返します。

母イツセ（左）に抱かれて。「笑い過ぎないよう自分で脇腹をつねったのを覚えています」

憧れの先生と共演……

大人への階段を上り始める中学、高校時代。北原白秋が一気に文学へ傾倒した時期ですが、その頃に私はようやく音楽をかじり始めました。まずは私の中学時代をお話ししますね。

福岡県三橋町（現柳川市）で私は一九六五年、地元の三橋中学へ入学。前年の東京五輪の余韻が日本中にまだ残る中、何を血迷ったか、県大会での優勝歴を誇る強豪の卓球部へ入部し、いきなり挫折を味わいます。「うさぎ跳び」を覚えていますか。しゃがんだまま後ろ手を組み、ウサギが跳ぶように進むトレーニングです。関節や筋肉を痛めやすいので今は廃れましたが私たち新入部員に課せられた特訓がそれでした。

ところが、なぜか私だけいくらぴょんぴょん跳ねても前に進まないのです。大真面目にやっているのに、一人だけ取り残されます。母から「あんたはいつも三日坊主」と叱られていたもので、一週間頑張りました。でもいかりや長介さんのせりふじゃないですが、だめだこりゃー。主将に退部を申し出ると、あっさりOKされました。

それで入り直したのが、吹奏楽部です。元々音楽が大好きでしたから。まずトロンボーン、二年になるとテナーサックスを割り当てられ、家の庭で夜まで吹いて練習しました。今思えば近所迷惑ですな。熱心に部活へ通ううち、三年になると部長を任せられました。実は顧問の今村典子先生がおきれいで、そのお顔を一目見たさにせっせと通っていたのですが（笑）。

ある日、その今村先生から「大橋君。次の音楽の授業でサックスを持ってきてね」と指示が。言われた通りに準備すると、「私がピアノで伴奏するので、大橋君がサックスでメロディーを吹きなさい」。級友の前で、情緒あふれる「浜辺の歌」を、憧れの先生と共演するのです。ところが、なぜか音程が合わず演奏はぐちゃぐちゃに……。あれはへこみましたなあ。

少し専門的な話になりますが、多くの管楽器は譜面に記された音（記譜音）と実際に演奏する音（実音）がずれています。「浜辺の歌」を演奏したとき、テナーサックス用の記譜音の譜面があればよかったのですが、私が見た音楽の教科書の楽譜は実音でした。ですから音程を上げて演奏する「移調」をしないといけなかったのに、私はそれを全く知らなかったのです。知識不足です。悔しくてもっと音楽を勉強しようと思いました。

三橋中学3年のとき、吹奏楽部の記念撮影にて（後列左端）。前列右端が顧問の今村典子さん

フルートば吹きたか

北原白秋といえば誰しも詩と童謡が浮かびます。ですが、白秋は旧制中学伝習館時代から短歌の名手でして、『桐《きり》の花』を皮切りに多くの歌集を出しております。特にアララギ派の歌人、斎藤茂吉は終生のライバルでしたぞ。

そんな白秋とは正反対だったのが、福岡県三橋町（現柳川市）の三橋中学三年だった私。ある日の国語の授業は短歌作りでした。五・七・五・七・七と型にはめる「定型」が苦手な性分。どがしこ考えたっちゃ、なーんも浮かびません（たまに柳川弁が出ます）。

授業の終わりが刻一刻と近づきます。文学的素養に乏しい頭を絞りに絞って一首ひねり出しました。するど担任で国語の家中隆利先生が「この歌は面白い。大橋、おまえは大したもんだ」とえらく褒めるのです。いやー、面食らいました。どんな歌かって？「昔のことで忘れました」と言いたいところですが、これが不思議と覚えております。

一句作ろ一句作ろと焦る我国語の時間あと五分なり

これが私が生涯で唯一作った短歌です。今でもあのときの切羽詰まった焦燥感と予期せぬ激賞は忘れません。「一首」とすべきところを「一句」と間違えておりますが、中学生のご愛嬌《あいきょう》ということで（笑）。

もちろん、吹奏楽部の部長として部活に真面目に取り組んでおりました。ただ苦痛なのが一月早々の消防団の出初め式。吹奏楽部が入場行進で演奏するのですが、寒いの何の。演奏中は手袋が着けられず手がかじかみ、サックスなどうまく吹けるはずありません。

さらに閉会式でまた出番が来るまで、寒い日陰で待機です。私は後にアルゼンチンのウシュアイアという町で南米大陸最南端の寒さを体験しましたが、出初め式の方がこたえましたな。

中二から中三に上がる春、しびれる名曲が世に出ました。「♫森トンカツ、泉ニンニク」……ではなく、「♫森と泉にかこまれて」で始まる「ブルー・シャトウ」。当時はグループサウンズ（GS）全盛期。中でも人気を誇ったのがジャッキー吉川とブルー・コメッツでした。私はサックス担当の井上忠夫（後の井上大輔）さんの大ファン。その井上さんが間奏で軽快にフルートを吹き鳴らしたのです。格好良さに憧れました。

かくして、ある思いを胸に鉄雄少年は白秋の母校、伝習館高校へと進むのです。

「おいもいつかフルートば吹きたかあ」

え、雑巾でん拭いとけ！って？

フルートを手に歌うブルー・コメッツ時代の井上忠夫さん

高校抜けだし生家へ

前回は「フルートば吹きたかあ」に引っかけて「雑巾でん拭いとけ」と、われながら面白い落ちと思いました。でも、よくよく考えると「雑巾」は拭く道具であり、拭く対象ではありませんね。失礼しました。前回の落ちは「床の間でん拭いとけ」に変更致します。

さて、私は一九六八年、北原白秋の母校、伝習館高等学校（福岡県柳川市）に合格。迷わず吹奏楽部に入りました。憧れの井上忠夫さんと同じフルートを担当するぞ！と意気込みましたが、先輩に天才としか思えないフルーティストがいました。

一年上の島達朗さん。バッハの「無伴奏フルートソナタ」「シチリアーノ」などを涼しい顔で吹きこなします。おまけにフルートは女子の希望が多く、私は結局、中学時代と同じ楽器の担当に。そう、サックスでん吹いとけ！ですね（笑）。

それでも部活の後に島さんが、フルートを教えてくれました。その居残り特訓を通じ、私はこの小さな木管楽器の魅力に気付きます。日本の笛で例えれば尺八ですかな。音は小さくとも、上手に吹けばとてつもない深みが出るのです。

またオーケストラのクラシック演奏で、結構ソロの出番があるのもフルートです。ときには小鳥がさえずるように。ときには瞑想《めいそう》の海に潜るように。作曲家はいろんなイメージでフルートを用いるのですな。

その傍ら、楽しいアルバイトも。市内のとある会社の忘年会。呼び物のダンスタイムにバンドで生演奏するのです。楽曲は私の大好きな「ブルー・シャトウ」や「ブルー・ライト・ヨコハマ」。フルートは島さんの楽器なので、私はサックスを思い切り鳴らしました。この二曲の作詞家は橋本淳さん。後年、白秋を通じた縁から知り合うことになりますのでお楽しみに。

私が高二の一九六九年十一月一日、柳川発のビッグニュースが。復元された白秋生家が開館したのです。私も、同じ高校の大先輩である白秋の詩集『思ひ出』などを読み始めていた頃。大学入試に出やすいという卑しい動機もありましたが（白秋先生、すみません！）、その叙情性に大いに浸りました。

で、私は五十円払って白秋生家をたまに見学するように。「ここが白秋の勉強部屋か」とたわいもない感想をつぶやきつつですね。白秋が伝習館へ通った掘割沿いの道は今「白秋道路」と名付けられていますが、その道を生家へと、白秋になった気分で歩いた日もありました。こっそり学校を抜け出していたことは、時効になった今、白状します。

復元された北原白秋生家（1969年）

付け焼き刃　実技練習

　伝習館高校二年に上がったとき、わが家に大変なことが起こりました。一九六九年五月十二日、病気療養中の父行吉《ゆきよし》が亡くなったのです。まだ四十歳。私と妹道子のためにと、入院中に器用な手で作ってくれた宝船が形見となりました。

　自宅での葬儀。私はあまりに悲しくて、柱に額を押し当て、わんわんと声を上げて泣きました。すると。

「泣くなっ！」

　大声で私を一喝したのは母イツセでした。「男がめそめそするもんやなか」。後にも先にも母から怒鳴られたのはそれ一度きり。今思えば母の方こそ泣きたかったはず。頼りない長男に「自立」を促す腹の底からの叱咤《しった》だったのですな。

　母は祖父喜蔵《きぞう》と農業を営む傍ら、ホームヘルパーの仕事に就きました。妹は看護師への道を歩み、私は学費の安い国立大を目指すことに。ですが物理で赤点を取ったりしていた私。理系から文系に移り、受験勉強に励みました。でも志願校を高望みし過ぎたようで、受験に失敗しました。

　大黒柱がいなくなり、家計が大変なときに浪人生活とは……。次は絶対、受からないといけません。吹奏楽部の顧問だった三小田《さんこだ》正満先生に相談に行きました。

「大橋よ。人間は好きなことで身を立てた方が幸せだ。おまえが大好きな音楽の教師になればいい」

そして勧められたのが、福岡教育大学教員養成課程の音楽専科。「音楽は男の受験者が少ないから、入りやすいかもしれんぞ」とささやく先生。なるほど。姑息《こそく》、もとい現実的な提案です。「この大学を受けます」と二つ返事で答えました。

でも大きな問題が。音楽専科の入試には三種類の実技試験があったのです。一つ目は自分が志望する楽器の演奏。これは「フルート」で何ら問題ありません。大学に進んだらオーケストラに入りフルートを吹きたい——。そんな夢を抱いて高校の三年間、ずっと独学で練習していましたので。

二つ目は「声楽」。なかなかの難題ですが、声は自然と出ます。正式な発声法さえ身に付ければ何とかなるでしょう。

そして三つ目の実技を知らされた私は、がっくり肩を落としました。勘のいい読者ならお察しがつくのでは。「ピアノ」です。亡き父に「リヤカーでん引いとけ」と言われて買ってもらえなかった楽器。もちろん全く弾けません。

「そう気を落とすな。私がいい先生を紹介してやるから」。三小田先生の導きで、まさに付け焼き刃の実技練習が始まりました。

伝習館高校1年の頃の吹奏楽部の記念写真。前列右端が、浪人時代まで世話になった顧問の三小田正満先生

恩師のおかげで合格

♫仰げば尊し　わが師の恩――。この歌って胸にしみますね。若輩を導く「師」とはありがたい存在で、その恩は限りなく深いと、私は自らの浪人時代を振り返って感謝するのです。

背水の陣で福岡教育大学教員養成課程の音楽専科を受験すると決意した私。伝習館高校吹奏楽部の顧問だった三小田《さんこだ》正満先生が、福岡県柳川市の中学校で音楽を教えている二宮英昭先生を紹介してくださいました。

二宮先生は音大系受験生の指導はお手の物ということでした。実技試験のフルート、声楽、ピアノの全部をみてくださることになり、せっせとお宅に通いました。

さらに幸運なことに、音楽鑑賞仲間だった同級生の親類のつてで、福教大の専任教官で声楽家の吉田由《ゆ》布子《ふこ》先生（現同大名誉教授）に教えてもらえることに。月に一回、声楽のレッスンを受け、それらしい声が出るようになりました。

問題はピアノです。家にはピアノがありません。すると、卒園した垂見《たるみ》保育園の当時の園長先生から「夜間なら園のピアノを弾いていいですよ」と許可が。サンサーンスの「白鳥」を子守歌にした思い出の園に毎晩のように通い、午後八時から深夜までひたすら特訓です。基礎教則本「バイエル」から始めたのは言うまでもありません。

ですが試験では「ソナタ」以上のピアノ曲を演奏しないといけません。選曲に頭を抱えていると、二宮先生から「一つだけとても易しい曲があるぞ」と助け舟が。ベートーヴェンのピアノソナタ二〇番。第一楽章の主題と展開部の二、三小節だけ暗譜すれば大丈夫とか。「試験の演奏時間はわずかで、すぐ試験官に止められるから」と先生。半信半疑でひたすら反復練習を続け、先生に言われた部分だけはそらで弾けるようになりました。

そうやって私は一九七二年、福教大に何とか合格しました。あの教職への未来を懸けた実技試験で、今となっては趣深いのが声楽です。課題曲が北原白秋作詞の「かやの木山《きやま》の」でしたから。秋の静かな山里。おばあさんがいろりでかやの実をいる情景を、私なりに白秋の創作意図を考えつつ情感を込めて歌いました。

♬かやの木山の／かやの実は／いつかこぼれて／ひろわれて

この歌を起点に、教師を経て白秋生家・記念館の館長になった私。白秋に「こっちへおいで」と導かれたような、素晴らしい出会いだったと感じております。

福岡教育大学を目指し、ピアノの特訓をしていた頃

番外編　半世紀経て巡り会う

あれは一九七〇年、伝習館高校二年の終わり頃。私がよく聴いていたラジオ番組にＲＫＢ毎日放送の「ユーアンドミー」がありました。番組で詩の募集があり、柄にもなく作詩して応募してみました。題名は「風に吹かれて」。ここまで話したところで、聞き書きの相方が「それはボブ・ディランのパクリでしょ」と失礼なことを言ってきましたが、当時田舎の高校生だった私は当然、その曲を知りません。あくまでもオリジナルです。じゃあどんな歌詞かって？　小っ恥ずかしかけど一番を紹介します。

風に吹かれて／わたしはねむる／空の青さも／夕やけ空も／何にも見えはしないけれど／あなたの腕の中に／抱かれていれば／それでいいの

この詩が何と最優秀賞に選ばれ、記念品としてアルバムがＲＫＢから届きました。さらには私の詩に曲が付けられ、後日、その歌がアコースティックギターの弾き語りでラジオから流れたのです。本当にたまがりましたな。哀愁を帯びたフォークソング風のきれいなメロディーでした。作曲は西南学院大学の大学生「くらち・すすむ」さんです、と作曲者兼歌手の紹介が流れ、「くらち・すすむ」の名が平仮名のまま私の頭に刻み込まれたのです。

それから一気に半世紀近い歳月が流れます。二〇一九年一月、柳川市民会館で開かれる「童謡誕生１００年記念白秋音楽まつり」に、西南学院大学ＯＢで構成する男声合唱団「西南シャントゥール」の皆さんがゲスト出演することになりました。ちなみに、シャントゥールはフランス語で「歌う人」の意味です。その前段の打ち合わせで柳川へお見えになったメンバーと名刺交換すると、「倉地進」という名の方が。半世紀前の私の記憶のアンテナがいきなり立ち上がりました。

倉地進さんが残していた「風に吹かれて」の楽譜のコピー

「ひょっとして、大昔にＲＫＢラジオで高校生の下手くそな詩に曲を付けられた方ですか？」

「そうですよ。あの曲はよく覚えています。楽譜もテープも残していますよ」

いやあ、半世紀も経過して、こんな巡り会いってあるのでしょうか。感激しました。北原白秋生家・記念館の館長だった私は長年、西南シャントゥールの皆さんにぜひ白秋の故郷、柳川で歌ってほしいと念願していました。それは白秋作詞、多田武彦作曲の男声合唱組曲「柳河風俗詩」を歌わせれば、九州でも指折りの合唱団だったからです。

もうし、もうし、柳河じゃ、／柳河じゃ。／銅《かね》の鳥居を見やしやんせ。／欄干橋を見やしやんせ

白秋の第二詩集『思ひ出』の最終章を飾ったのが「柳河風俗詩」です。銅の鳥居や欄干橋は、柳川藩主立花宗茂らを祭る三柱《みはしら》神社のランドマーク。こうした明治後半の柳川の街や人々の様子が生き生きと歌われているのが「柳河風俗詩」なのです。

ゲスト出演はもちろん大成功に終わりました。そして翌二〇二〇年十一月、倉地さんらシャントゥールの方々が再び柳川に来られました。今度は、新型コロナ禍による入館者の激減で苦境にあえいでいた白秋記念館への寄付金を持参されたのです。会長の黒江量二さんが「白秋の歌を数多く歌わせてもらってきましたので、当たり前のことですよ」と言ってくださり、感謝感激しました。

これも白秋が紡いでくれた縁ですな。人生とはいろんな偶然の積み重ねなのでしょうが、その偶然に感謝したくなります。

2020年に「西南シャントゥール」の一員として
寄付金を届けた倉地進さん（左端）と

吹奏楽部で生涯の友

　それぞれの方の人生には、それぞれキラキラと輝く思い出があるかと思います。私にとっては、初めて親元を離れて過ごした福岡教育大学時代の四年間が、それでした。相も変わらず失敗続きの貧乏学生でしたが、そんなまぶしかった時代の話を、少しさせてください。

　一九七二年四月。何とか「一浪」の末に福教大に入った私。進んだ先は、舌をかみそうですが、教育学部小学校教員養成課程音楽専修──でした。いさんで念願のオーケストラの門をたたくと、あいにくフルート担当はいっぱいでした。オケにフルート奏者は弦楽器と違って二人だけですので。こちらも一浪して空きを待つことにし、吹奏楽部に入りました。

　するとその吹奏楽部で生涯の友を得ました。近藤克巳君。トロンボーンを吹く文学好きの男です。下宿探しに出遅れ不便な寮に住んでいた私。すると彼が「近々、俺の隣の部屋が空くよ」。早速、彼の紹介で家賃月五五〇〇円の「中尾アパート」に移り住んだのです。

　彼の部屋で初めてウイスキーの瓶を空けた思い出は忘れられません。互いに限度が分からずべろべろに。目覚めると吹奏楽部の練習時刻が目前です。練習には間に合いましたが、近藤君はトロンボーンを「ブー」と吹くたびに「オエー」。大ひんしゅくを買ったのは言うまでもありません。

　アパートには女学生も住んでいたため厳しい門限がありました。大家さんが午後十時きっかりに内鍵を閉めます。青春を謳歌《おうか》する若い男には早すぎますよね。そこで私たちは秘策を編み出します。木を伝ってアパートの隣の信用金庫のひさしに上り、二階の私の部屋に窓から入るのです。何度、深夜に不法侵入したことか。大家さんすみません。

やらかしたこともあります。一階の共用風呂で入居者は洗濯もしていました。ある昼下がり、洗濯に向かうと中から水音が。「近藤君も洗ってるのか」と思いドアを開けると、見知らぬうら若き女性がシャワーを浴びているではありませんか。「目が点」とはこのこと。ドアを閉めるのも忘れ立ち尽くしました。

女性は東京に住む大家さんの娘さんで、急に里帰りしたとか。平謝りすると、「鍵をかけていなかった私が悪いの」と言ってくださり安堵《あんど》しましたが、しばらくは受講中にあの光景がちらついて、弱りました。

そんなこんなで音楽教師を目指し始めた私。また、あの忌まわしい楽器に悩まされることになりました。

福岡教育大学吹奏楽部の演奏会で、フルートの私（手前）とトロンボーンを吹く近藤克巳君（右奥）

母の愛詰まったピアノ

福岡教育大学で私を悩ませた楽器とは――。読者の皆さんはもうお察しですね。そう、リヤカーでん引いとけ！の「ピアノ」です。

音楽教師を目指す学生にとって、歌の伴奏をするピアノは必須教科です。担当教官は後に教授となる福田伸光先生。オーストリア国家ピアノ教授資格を持つバリバリのピアニストでした。今はウィーン在住です。

私の演奏レベルのあまりの低さに福田先生は驚かれたことでしょう。入試でさわりだけ弾いたベートーヴェンのピアノソナタ二〇番を、最後まで暗譜して弾けるようになること――。それが単位を頂く条件となりました。

そのためには練習あるのみ。学生用レッスン室の争奪戦が始まりました。荷物を置いてトイレに行き、廊下に荷物を出され部屋を取られたことも。少々の尿意は我慢して練習しました。

すると柳川の実家に帰ったある日、母イツセがピアノを買ってくれていたのです。「いずれ教育実習に実家から通うとき、必要だろうからね」と。父が亡くなって以来、家計は大変なはずなのに……。感激しました。

消費税導入まで、ぜいたく品のピアノには物品税がかかっていましたが、音大生らの練習用は非課税でした。ですから今もわが家のピアノには免税を示す「免」のシールが貼られています。それを見るたび母の愛にこうべを垂れる私です。

福田先生は気さくな方でまだ独身でした。博多駅近くのマンションにグランドピアノを入れ、弟子のレッスンもされていました。私もたまにそこで無料でピアノとフルートの演奏をみてもらい、お礼に部屋の掃除をしました。やがてマンションに泊めてもらうように。翌朝は近くの全日空ホテルで朝食をご相伴し、大学まで先生の外車に同乗して登校です。貧乏学生には夢のような体験ですな。味をしめた私。前の訪問から一カ月くらいたつと、こう持ちかけたものです。「先生、そろそろお部屋の掃除に伺いましょうか！」

福田先生のご指導で何とか二年に進み、念願のオーケストラにもフルート担当で入れた私。でも一つ心配事がありました。大学にフルート専門の教官がいなかったのです。この状態で最後の課題「卒業演奏」がクリアできるだろうか。先生の部屋で不安を口にすると、「宮本明恭という演奏家を知ってるよ。紹介しようか」。二つ返事で「お願いします」と答えて帰りました。よく調べてみてびっくり。宮本さんは何とＮＨＫ交響楽団の首席フルート奏者でした。

母が買ってくれたピアノの前で、フルートを手にして

埠頭で夜警のバイト

福岡教育大学二年のとき、ＮＨＫ交響楽団首席フルート奏者宮本明恭先生のレッスンを月に一回、受けられることになりました。ですが東京までの旅費とレッスン代で二万円くらいかかります。よっぽど断ろうかとも思いましたが、紹介してくださった福田伸光先生の顔をつぶすわけにはいきません。

家庭教師のアルバイトはしていましたが、もっと賃金の高い仕事が必要です。オーケストラの先輩に頼み込み、先輩が通っていた夜警のバイトに加えてもらうことにしました。

バイト先は福岡市東区箱崎ふ頭の倉庫会社の倉庫。二人一組で午後六時から朝まで詰め所にいて、広い倉庫を巡回し、定時に発車するトラックの運転手に鍵を渡すのが仕事です。ちなみに倉庫には西日本新聞に使われる大きなロール紙も保管されておりましたぞ。

そこで私の相方だったのが、オケの同級生白石景一君でした。白石君は大学に入ってからチェロを始めた努力家。弦を

福岡教育大学オーケストラでチェロを演奏する白石景一君（手前右）。左端後方でフルートを吹いているのが私

押さえる左手の指の幅を少しでも広げようと、一番開きにくい中指と薬指の間に一日中消しゴムを挟んでおりました。

民家のない埠頭《ふとう》は楽器練習にもってこいの場所。いくら下手くそでも文句を言う人はいません。私はフルート、白石君はチェロを持参し、チャイコフスキーやシベリウスの曲を思う存分練習したものです。

怖い思いもしました。ある土砂降りの夜、詰め所のドアをドンドンとたたき、「開けてくれー」と絞り出すような声が。四十～五十代の男性が腹から血を流して立っていました。すぐに一一〇番して、男性を招き入れました。男性は椅子に座ったまま一言も発しません。私たちも恐ろしくて「誰に刺されたのですか」なんて聞けません。警察官が来るまでの十分間くらいが、本当に長かったですなあ。

ですが大学四年のとき、箱崎埠頭で多数のトラックが何者かにパンクさせられる事件が起き、私たちバイ

この「聞き書き」連載を記念したコンサートでフルートを吹く。右がチェロを弾く白石景一君。左が司会を務めた近藤克巳君

ト学生は全員解雇されてしまいました。犯人と疑われたのなら全く心外ですな。私は金銭的に、東京でのフルートのレッスンに通えなくなりましたが、埠頭での特訓のおかげで腕前はかなり上がっておりました。

ここで大きく話が飛びますが、この新聞連載を記念して、私と白石君、それと例の二日酔いトロンボニスト近藤克巳君とで、ちょっとした催しを北原白秋記念館のロビーで開きました。題して福教大OB三人による「お気楽コンサート」。新聞連載期間中の二〇二三年七月一日、北原白秋記念館でこそーっと開いたら、立ち見まで出る大盛況で、ほんなこつたまがりました。

もう三人とも足腰コキコキの古希なもので。私はフルートを吹く息が続かず、最後は酸素を吸入しながらへろへろのステージになりましたが……。大学時代の親友三人で白秋の童謡や思い出の曲を楽しく演奏できたこと、一生の思い出です。お越しくださった方々、心よりありがとうございました。

情熱的な二人の教授

福岡教育大学の学長も務めた
安永武一郎さん

福岡教育大学は、出光興産創業者で福岡県宗像市赤間出身の出光佐三さんの全面支援で旧福岡学芸大学の施設を統合し一九六六年、現在地の赤間に開かれました。出光さんの郷土愛には敬服しますが、山を切り開いて造られた大学は登下校が大変でした。金額は忘れましたが、マムシを捕獲すると賞金を出す、なんて張り紙も事務室にありましたな。

そんな田舎のキャンパスで私はオーケストラに打ち込みました。フルートの演奏場所はちょうどオケの真ん中辺りでして、私は最高の位置でわが楽団の調べに聞きほれたものです。

顧問は九州交響楽団の常任指揮者でもあった安永武《たけ》一郎《いちろう》教授。「九響生みの親」と呼ばれ、後に福教大学長も務められました。長男徹さんはベルリン・フィルハーモニー管弦楽団のコンサートマスターでしたぞ。

そんな安永先生が指揮台に立つと、ものすごいオーラがありました。とにかく曲の解釈が深く、音色や強弱、テンポの指摘が的確なのです。演奏を止めて「そこのフルート」と指さされたときは心臓が止まりそうでした。たまにタクトを振りつつ「うーん、いいねぇ」と漏らされると、オケの全員が心の中でガッツポーズをしたものです。

　もう一人、福教大には名物教官がおられました。森脇憲三教授。合唱指導の第一人者で高名な作曲家でしたが、歯に衣《きぬ》着せぬ言動から異名は「モリケン」。怖いけど気さくな方でした。

1996年、最後のタクトを振る森脇憲三さん

　三年になった七五年秋、私はいよいよ教育実習に臨むことに。福教大付属久留米小学校三年菊組の松藤清志先生の下に配属され五週間、学校へ通いました。四十人の児童とはすぐ打ち解けたのですが一つ問題が。モリケンさんから、最後の査定授業に加えて音楽課程の学生には特別授業もさせ自ら視察し指導すると鶴の一声が。当時モリケンさんは音楽の授業が他教科に比べレベルが低い現状を憂え、音楽教員を目指す学生の指導力強化を唱えておられました。そしてその授業をやるのは私。これは一大事です。

　良い授業をするには準備が肝要。教師は教え子を乗せ四十五分間の航海に出る船長であり、その大切な海図となるのが「指導案」です。これをど

3年菊組の児童や実習生らと記念撮影（最後列左から3人目が私）。中央でしゃがんだネクタイ姿が松藤清志先生

う作るか。助けてくださったのが同小の音楽担当武末正史《たけまつまさひと》先生。私は武末先生宅に泊まり込み、必死で指導案を練り上げました。

おかげで授業はうまくいき、モリケンさんのお目玉は食らわずに済みました。音楽と教育に情熱的だった安永、森脇両先生のこと、懐かしく思い出します。

「白秋はすごい」力説

大学四年になると、どこかの研究室に入り卒論（卒業論文）を仕上げないといけません。私が学ぶ福岡教育大学音楽専修では、最後のハードルとして卒論に加え卒演（卒業演奏）もありました。小学校教員採用試験も重なり、大学最後の一年は忙しかったですなあ。

私は音楽教育史の専門家で後の教授、平井建二先生の研究室に入りました。先生は特に大正期の童謡に造詣が深く、口癖は「北原白秋はすごいよ」。新婚なのに私とよく赤提灯《ちょうちん》に付き合ってくださり、日付が変わるまでこう力説されたものです。

「明治時代に『唱歌』として政府から与えられたわらべ歌。それを大正時代に変革したのが白秋だ。『童心童語の歌謡』を提唱してね」

「どういう意味ですか」と尋ねると、白秋はこんなふうに説明したとか。

本当の童謡は分かりやすい子どもの言葉で子どもの心を歌うと同時に、大人にとっても意味の深いものでなければなりません

そして平井先生は「白秋がいなければ今の日本の童謡もなかった」とボルテージを上げ、「大橋君。己の故郷が柳川であることを誇りに思え。白秋の童心を育んだ風土だぞ」と熱く語られるのです。

柳川は「蚊ばっか多か田舎町」と思っていた私。白秋はそんな柳川を異次元の視点で見ていたんですね。いろんな角度から美や価値を見いだしていく「文学」や「音楽」の力っちゃすごかー、と思いました。

それで音楽っちゃ何やろか？　と考えるようになり、卒論に米国の作曲家メイヤーの著書『音楽における情動と意味』を取り上げました。英文を自分なりに翻訳した力作でしたぞ。詳しい内容は割愛しますが（大半は忘れました）、作曲者の意図を聴き手はどう受け止めているかを考察しました。

ただ、ずっと苦戦した教科がありました。楽譜を読む「ソルフェージュ」です。課程の最後に「視唱」という、初見で楽譜通りに歌う試験があります。悲しいことに「絶対音感」があやふやな私は三年でこの単位を落とし、四年で再受講しておりました。背水の陣でしたが、担当教官は浪人時代に友人のつてで声楽のレッスンをしてくださった吉田由布子《ゆふこ》先生。歌い終えると、「どうしようかな」とため息をつき、私の顔をじっと見詰めています。目配せして手を合わすと、「しょうがないな」と言ってくださりました。おかげで卒業に必要な全ての単位がそろい、感謝感激です。

こうやって多くの恩義を受け音楽教師となる私。その話はちょっと置いといて、次の章ではいよいよ念願の上京を果たした若き白秋の話をします。

恩師の平井建二先生（右）とお茶を手に談笑

第三章　白秋のこと

文豪たちとの交流と詩集出版

早大で牧水と出会う

短歌は中学時代に一首しか作ったことがない私ですが、鑑賞するのは昔から好きです。中でも一つ、一人で杯を傾ける夜に、必ず思い浮かぶ歌が。

白玉の歯にしみとほる秋の夜の酒はしづかに飲むべかりけり

くーっ、染みるねぇー。作者はご存じ若山牧水。旅と酒を愛し、恋や人生を詠んだ歌人です。一番有名な歌がこれですな。

幾山河越えさり行かば寂しさの終《は》てなむ国ぞ今日も旅ゆく

私とこの連載の聞き手は二〇一七年初冬、牧水の故郷、宮崎県日向市の坪谷《つぼや》を取材したことがあります。牧水少年が寝転んだという大石が生家の裏山に残っておりました。その前には清流の坪谷川が流れ、はるか何層にも九州山地の峰々が連なります。相方と「この風景が牧水が歌った『山河』の原点だ」と感激し合ったものです。そんな宮崎県が生んだ「国民的歌人」が若山牧水ならば、福岡県が生んだ「国民的詩人」が北原白秋です。ようやく本題に来ましたな（笑）。前置きが長くてすみません。

柳川から憧れの東京へ出た十九歳の白秋は晴れて早稲田大学英文科予科に入学。その教室にいたのが、牧水でした。その出会いを白秋はこう記しております。

私が『明星』か『白百合』かを読むでゐると背後から差覗《さしのぞ》いているヅングリムツクリの人があった。
それから色々話し出して見ると郷国は日向だと云った

同じ九州出身で、白秋は商家、牧水は医家のお坊ちゃん。いずれも文学で名を成そうと上京したとあって意気投合。同じ下宿に住むことになりました。同級生には中林蘇水という歌人もおりました。白秋はその頃「射水」の号を名乗っており、射水、牧水、蘇水の三人で「早稲田の三水」と呼ばれたとか。

短歌を通じて友となった白秋と牧水ですが、その関係性をさらに密接にしたのが「酒」でした。画家の山本鼎《かなえ》を交え三人で痛飲した夜。最終電車が目の前を通り過ぎそうになります。すると、白秋が線路に寝っ転がって強引に電車を止め、三人で飛び乗ったこともありました。私も若気の至りの恥ずかしい記憶はいろいろありますが、こんな危険な荒業に及ぶとは、一緒に飲むのがよほど愉快だったのでしょうな。

ただ、白秋と牧水の文学的方向性は違っていました。牧水は短歌一筋で自然主義の色を濃くします。白秋は短歌では浪漫主義を標榜《ひょうぼう》し、早大時代は次第に短歌より詩へ軸足を移しました。でも、二人のつかず離れずの関係は生涯続いたのです。

「早稲田の三水」と呼ばれた（左から）射水こと北原白秋、中林蘇水、若山牧水（★）

早大懸賞詩で一等に

北原白秋と大学の同級生だった若山牧水（若山牧水記念文学館所蔵）

若山牧水と北原白秋の話を、もう少しさせてください。進む方向は違えど認め合っていた二人ですが、過度の飲酒と旅の過労が牧水の命を縮めます。早稲田大学での出会いから二十四年後の一九二八年、牧水はまだ四十三歳で亡くなります。日本歌人協会を代表して白秋がこんな弔辞を読みました。

君は恬淡《てんたん》にして真率辺幅《へんぷく》をかざらず常に飄々《ひょうひょう》として歌に執し旅に思ひまたひたすら酒に楽しんでゐられた

名誉に執着せず、正直で、外見を飾らず、常に飄々として、歌と旅と酒に生きた――。牧水をこう回顧し、人間性の素晴らしさを簡潔にたたえた白秋は、やはり牧水の親友であったと強く思うのです。

もう一つ、こんなエピソードを。牧水の死から間もなく、ある短歌雑誌に牧水の過去の醜聞に触れた寄稿が載ることを知った白秋。急きょ寄稿を没にさせ、穴埋めのために徹夜して短歌を数十首も作ったとか。残された家族の心情をおもんばかったのでしょう。篤《あつ》い友情ですなあ。

ちょっと湿っぽくなりました。話を白秋の早大時代に戻します。白秋は牧水を皮切りに東京でいろんな人と出会い、多くの刺激を受けていきます。

自刃した親友にささげた長編詩「林下の黙想」が上京直後、文芸雑誌『文庫』に一挙掲載されたことは話しましたね。次なる栄誉が白秋を待っていました。一九〇五年一月、早大の機関誌『早稲田学報』の第一回懸賞詩の一等に白秋作「全都覚醒賦」が選ばれたのです。こちらも全文が『文庫』に転載され、選者の河井酔茗がいかに白秋を高く評価していたかが分かります。

そして同年四月には、「林下の黙想」よりも長い四五〇行もの長編詩「絵《え》草紙《ぞうし》店《てん》」が『文庫』に発表されます。

　春や錦絵、大江戸の／精華《はな》を尽くせる賑《にぎわ》ひに、／さても、八百八町の／さくら祭のはなやかさ

と始まるこの詩は、美文調の絢爛《けんらん》たる内容。この回の『文庫』の表紙には「散文界の鬼才泉鏡花に韻文を以《もっ》て敵するに足らんとする」との宣伝文句が。幻想文学の先駆者であった小説家泉鏡花に七五調の定型文で対抗できるほどの才能、と白秋を称賛したのですな。いやはや。まだ二十歳ですぞ。

ですが、白秋の『文庫』への投稿はこの辺でぱたりとやみます。下宿を出て一軒家を借り、三田ひろさんという賄いの「ばあや」を雇うのです。環境を変えて、何か新しい道へ進もうとしたのでしょうか。そして、ある人物から「うちに来ないか」と誘いが来るのです。

『文庫』の詩の選者として北原白秋を高く評価した河井酔茗

鉄幹の誘いで『明星』へ

北原白秋がまだ旧制中学伝習館に通っていた一九〇〇年、一冊の文芸誌が創刊され、全国の文学好きの若者をとりこにしました。与謝野鉄幹（本名・寛）が結成した「新詩社」の月刊文芸誌『明星』です。価格は一冊六銭で、学生でも買えるほどの安さでした。

そして翌一九〇一年には新詩社より、『明星』の歌人で後に与謝野の妻となる晶子の歌集『みだれ髪』が出ます。有名な二首を引きましょう。

やは肌のあつき血汐《ちしお》にふれも見でさびしからずや道を説く君
清水へ祇園をよぎる桜月夜こよひ逢《あ》ふ人みなうつくしき

女性が今よりはるかに抑圧されていた明治時代に、女性がこれほど率直に男女の情愛や官能を歌うとは。これぞ浪漫主義ですなあ。

この頃、柳川の小道具小路にあった書店では、久留米や福岡の店より多くの本が売れていたとか。小道具小路は伝習館のすぐそばにありまして、白秋らの文学仲間がお得意さんだったことは明らかでありましょう。十五の頃から『明星』に親しみつつ早稲田大学へ進んだ白秋の元に、ある日、こんな絵はがきが舞い込みます。

ほととぎすは昨日も今日も人を待たせ候ものとぞ

差出人は鉄幹。これはラブコールですね。『早稲田学報』の懸賞詩で一等に輝き、文芸雑誌『文庫』に次々と長編詩を発表していた白秋に対し、そろそろ俺の所へ来いよ、と誘い水を向けたのでしょう。一九〇六年、二十一歳の白秋は鉄幹の招きに応じ新詩社に入ります。そこにいたのが鉄幹、晶子夫妻をはじめとする詩歌の先達たちでした。

まずは、訳詩集『海潮音』で欧州の先進的な象徴詩を日本に紹介した上田敏《びん》。ベルレーヌの「落葉」などの耽美《たんび》的な訳詩は、新しい表現を求める白秋を大いに刺激したはずです。そして明治後期に人気を集めた象徴派詩人薄田泣菫《きゅうきん》と蒲原《かんばら》有明がいました。二人の活躍ぶりは「泣菫・有明時代」と称されたほど。伝習館時代の白秋の口癖は「泣菫、有明、而《しか》して白秋」でした。自分は白秋として、いずれ泣菫や有明に並ぶほど、いや、二人をもしのぐ詩人になるぞ——。そんな高慢ちきな少年の言葉が時を経て実現することになるのです。

白秋の長男隆太郎さんの著書によりますと、白秋に尊敬する日本の近代詩人を尋ねたところ、薄田泣菫、蒲原有明、上田敏の三氏の名だけ挙げたそうです。そんな新詩社には、白秋と同世代の前途ある才能がひしめいていました。そこから日本文学史上、画期的な「旅」が始まるのです。

『明星』明治40（1907）年10月号

新詩社に集った若者

与謝野鉄幹（本名・寛）の新詩社に二十一歳で入った北原白秋。そこに集う若者たちと交流が始まりました。まずは石川啄木がおりました。啄木は白秋の一歳下。十七歳で新詩社同人となり、十九歳で詩集を出した早熟の歌人です。が、貧しさにあえぎ、肺を患います。第一歌集『一握の砂』にこんな歌がありましたね。

はたらけどはたらけど猶《なお》わが生活《くらし》楽にならざりぢっと手を見る

そんな啄木と同年代の歌人が、白秋の早稲田大学での同級生若山牧水でした。白秋が紹介したのかもしれませんが、牧水と啄木は懇意になりました。牧水は病と貧困に苦しむ啄木を励ましますが、二十六歳で帰らぬ人に。その寂しい死をみとったのは啄木の妻と父、それに牧水の三人だけでした。牧水ファンが今も多いこと、その人柄からも納得です。

また話が脱線しかけました。ご安心召しませ。しっかり進めますぞ。

白秋と交流した新詩社の若者たち——。続いては同い年の平野万里です。旧制中学を卒業した一九〇一年に新詩社へ入り、鉄幹の期待を受けていた東京帝国大学（現東京大学）生。新詩社の庇護《ひご》者である森鷗外の長男於菟《おと》さんとは乳兄弟です。

三人目が白秋の一歳下の吉井勇。伯爵家の生まれで新詩社には白秋の一年前、入っています。父祖の地が薩摩藩ゆかりの鹿児島で、九州出身の白秋と縁がありました。あと、酒好きというところも（笑）。白秋とは一九〇六年、鉄幹に連れられ共に南紀地方を旅し、より親しくなったようです。

最後に、白秋と同い年の木下杢太郎《もくたろう》（本名・太田正雄）。東京帝国大学医科大学（現東京大学医学部）在学中、白秋より一年遅れで新詩社へ入ります。後に医学界でも名を成す秀才でした。

彼らから文学的刺激を受けた白秋は詩作に専念し、『明星』に次々と作品を発表します。その一、二年は火のような感激の中で夢中に作詩にふけった、と後に述懐したほどですが、そのときに作った一編に「紅《あか》き実」があります。

美しう稚児めくひとと／匍《は》ひ寄りて、／桃か、ＩＫＵＲＩか、／朱の盆に盛りつとまでを

赤ん坊のとき、桃か郁李《いくり》（ニワウメ）が赤い盆に盛られていた淡い記憶をたどった詩です。白秋に詳しい歌人の高野公彦さんはこう指摘されています。このあたりの作品から白秋特有の快い音楽性が生まれてきた。『明星』への参加を契機に詩人北原白秋が誕生した――と。

で、これから若者たちのどんな「旅」が始まるのかって？　じっくりお話ししましょう。

1906年の南紀旅行の記念写真。前列左のマント姿が北原白秋、隣が与謝野鉄幹、後列の鳥打ち帽が吉井勇（★）

九州旅行のホスト役

北原白秋が旧制中学伝習館時代、年上の歌人と切磋琢磨《せっさたくま》した回覧同人誌『常盤木《ときわぎ》』をご紹介しましたね。その同人の取りまとめ役だった福岡県大牟田市の白仁秋津《しらにあきつ》（本名・勝衛）の元に、一九〇七年、月刊文芸誌『明星』で活躍する白秋から、こんなはがきが届きます。

来《きた》る八月上旬新詩社同人与謝野、吉井両氏及《および》小生の三人九州地方に旅行致すことに相成候《あいなりそうろう》に付《つき》常盤木のよしみにより何卒《なにとぞ》いろ〳〵の便宜を与へられたく希望仕《つかまつり》候《そうろう》

えらくかしこまった文章ですが、頼み事をするときは普通そうなりますよね。日付は六月四日。これが明治時代としては画期的な紀行連載「五足の靴」の、のろしといえましょう。新詩社の与謝野寛と若手四人が九州北西部を旅してリレー方式の「五人づれ」の署名で東京二六新聞に連載しました。ちなみに与謝野はこの少し前から「鉄幹」の号を使わなくなっており、今回から本名の「寛」で表記しますね。

旅の一行はまず三十四歳の寛。二十二歳の白秋、平野万里、木下杢太郎（本名・太田正雄）。そして一歳下の吉井勇の計五人でした。寛が先生として大学生四人を引率するような構図ですな。

連載の話は寛が東京二六新聞に勤めていた縁で持ち上がったようです。行き先に北海道も挙がりますが、

九州に落ち着きます。そして、旅のホスト役を担うことになったのが、九州出身の白秋でした。柳川の白秋の実家を根城というか、いわゆるベースキャンプにして九州各地を巡ろうということに。そこで文学修業時代の兄貴分だった秋津に、『常盤木』のよしみで世話を焼いてほしいと頼んだのですな。秋津は新詩社の同人でもありました。

白秋はこの年の六～七月、秋津に計九通の手紙とはがきを送っています。ころころ変更になる旅程を逐一報告・相談しては、秋津の地元にある三池炭鉱の見学の段取りをつけるよう希望。さらには貧乏旅行なのでお宅を宿に提供して——といった内容でした。六月四日付のはがきは北原白秋生家・記念館に常設展示してありますので、ぜひ一度ご覧召しませ。

なお、実際には、一行は秋津の案内で三池炭鉱万田坑（熊本県荒尾市）を見学したものの、秋津宅には泊まっていません。それは白秋だけが別行動を取って母シケの実家がある南関を訪ねたためでして、そのときのわび状も記念館に展示しております。いずれにせよ、秋津が白秋ら五人の旅を支えたことに変わりありません。

話を旅の前に戻しましょう。白秋は四人に先回りし、賄い役の三田ひろさんを伴って柳川の実家へ。受け入れ態勢を整えてから、下関辺りで東京を出た四人を待ち受けます。

かくて七月終わり、南蛮文学隆盛の端緒となる記念すべき旅が始まるのです。

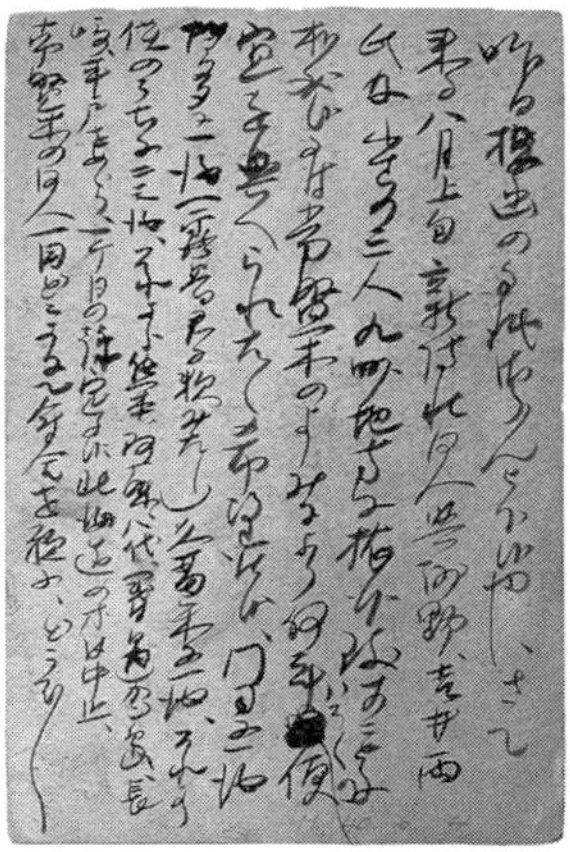

白秋が白仁勝衛に送ったはがき（★）

ハイカラな「靴」の旅

いよいよ与謝野寛（号は鉄幹）、北原白秋、平野万里、木下杢太郎、吉井勇による九州紀行「五足の靴」の旅の始まりです。この連載は東京二六新聞に一九〇七年八月七日～九月十日、計二十九回掲載されたのですが書き出しが秀逸でした。

五足の靴が五個の人間を運んで東京を出た。五個の人間は皆ふわふわとして落着《おちつ》かぬ仲間だ。（中略）彼らをして少しく重みあり大量あるが如《ごと》くに見せしむるものは、その厚皮な、形の大きい五足の靴の御《お》陰《かげ》だ

人の記憶とはあやふやなもので、杢太郎は三十五年後に発表した一文で連載の題名を「五足の草鞋《わらじ》」と誤っておりました。でも草鞋や草履や下駄じゃ格好付きませんよね。明治の世に「靴」を履くからこそ、その旅がモダンで斬新なものとなるのです。

与謝野寛（鉄幹）（国立国会図書館「近代日本人の肖像」より）

ちなみにその頃の靴は六〜十二円ほど。今なら十万円を超すのでは。一枚革のあつらえ品です。このハイカラな靴が南蛮文化の地、九州を旅していくのですな。

靴の話はこのくらいにして本題へ。寛らが東京を出たのは一九〇七年七月二十八日。柳川の実家に先回りしていた白秋は下関辺りで合流したものと思われます。一行がまず向かったのが福岡市。福岡県文学会の集いに呼ばれていました。地元の人々のお目当ては、月刊文芸誌『明星』を率いる寛です。この歌、年配の方はよく存じでしょう。

♬妻をめとらば才たけて／顔《みめ》うるわしくなさけあり／友をえらばば書を読みて／六分《りくぶ》の俠気《きょうき》四分の熱

寛が作詞した「人を恋ふる歌」。作曲者不詳ですが、旧制高校の寮歌の節という説が有力です。この歌は学生らに広く愛唱されました。寛は、男性的なおおらかな歌風で大変人気があったのです。地方に出向けば大勢の文学愛好家に囲まれるのが常でありました。

福岡での集いの場は、西公園（福岡市中央区）の吉原亭。二十数人の文学の徒が夜まで熱い談議を交わしました。そのときの貴重な記念写真が残っています。

中央後列で木にもたれかかるのが白秋。その左前にしゃがむのが寛、その前が万里、その右が勇、その後ろから顔を出しているのが杢太郎です。

よく見ると、寛以外の四人は学生服姿。万里の足を包む「靴」がピカピカ輝いておりますな。なお旅の

西公園で撮られた福岡県文学会と「五足の靴」一行との記念写真（★）

相談に乗った白秋の友人、白仁《しらに》秋津《あきつ》（本名・勝衛）も白秋の右隣におりますぞ。

一行は西公園から舟で博多湾の夜の海へ。博多の風俗を説く者がいれば黒田節も披露され、舟上の「清話」は尽きません。空に白く天の川が横たわり、暗い波間にときおり海月《くらげ》が光っておりました。

中洲に「五足の靴」の碑

西公園（福岡市中央区）から舟で博多湾を渡った「五足の靴」の一行が案内されたのが、「中島の川丈旅館」。そこは現在の九州一の歓楽街、中洲です。

その博多川沿いの一角にアジサイの花に囲まれて小さな碑が立っております。名称は『五足の靴』文学碑」。私とこの連載の聞き手は二〇一九年初夏、この碑を訪ねました。あまりにこぢんまりとした碑なので危うく見逃すところでしたぞ。北原白秋らの「五人づれ」が川丈旅館に宿泊したことを記念し、ちょうど六十年後の一九六七年七月三十一日に建立されたとのこと。「わが文壇に南蛮文学の花が繚乱《りょうらん》と開いたのはそれからである」との説明文と、五人づれの一人、吉井勇の歌が刻まれておりました。

旅籠《はたご》屋の名を川丈といひしことふとおもひ出てむかし恋しむ　勇

五人の中では一番永らえた勇が、若かりし頃を懐かしんで詠んだのでしょうな。しばし追憶に浸り、話を先に進めましょう。

川丈旅館で一泊した一行は、海の中道の砂丘を滑り降りて

福岡市・中洲に立つ「五足の靴」文学碑

童心に返り、いよいよ旅の拠点地、柳川の白秋の実家へと向かいます。旅のホスト役の白秋は一抹の不安を抱えていました。文学の道へ進むときに猛反対した父長太郎が、すんなり迎えてくれるだろうか——。しかし、それは杞憂《きゆう》でありました。北原家は一行のため装飾や寝具まで新調し、大歓待しました。台所は祭礼の日のような混雑ぶりだったとか。

かつては「酒屋の息子が文学をやってどうする」とかたくなだった父ですが、白秋の詩が『明星』に華々しく掲載され、その縁で今を時めく歌人与謝野寛を家に迎えるのは、さぞや誉れだったことでしょう。北原酒造自慢の銘酒「潮《うしお》」を一行にじゃんじゃん振る舞います。そして絹の大布を広げ、寛、白秋、勇、平野万里、木下杢太郎の五人づれに短歌の揮毫《きごう》を頼みました。連載「五足の靴」第五回に「潮」の題でこんな五首が残されています（便宜上、丸数字を振ります）。

①君が家《や》の豊神酒《とよみき》のめば男《お》の子われ目にこそ浮《うか》べ万里《ばんり》のうしほ
②火のうしほ世をも人をも焼かむとす恋にさも似る君が家の酒
③豊神酒に心うしほす恋の舟よろこびの舟帆ならべ来る
④筑紫の海国いと若し青き潮こをろこをろに鳴りわたるかな
⑤玄海の早潮に似る酒わきぬ君が倉なる一百の桶《おけ》

さて推理タイムです。この五首の作者はそれぞれ誰か、皆さん分かりますか？

「潮《うしお》」の歌　作者を推理

我《われ》らは毎食倉から出したての『潮《うしお》』を飲まされる。（中略）この醇《じゅんしゅ》酒は我ら下戸党も甚だ気に入った。ああこの様な酒を水と酒精《アルコール》との混合酒に舌鼓打つ東京人に飲ませてやりたい

「五足の靴」第五回にこう記された北原酒造の銘酒「潮」。これを題にした①〜⑤の短歌の作者は与謝野寛、北原白秋、吉井勇、平野万里、木下杢太郎のそれぞれ誰か――。私とこの連載の聞き手が激論の末たどりついたホームズばり（笑）の推理を披露しましょう。

まず冒頭の本文に「我ら下戸党」とあるので筆者は酒が飲めない人物。五人のうち下戸は万里だけですので、この回の筆者は万里です。筆者は自分の歌を最後に配するのが当然の礼儀ですから、⑤の「玄海の早潮に似る酒わきぬ君が倉なる一百の桶《おけ》」が万里の歌です。

続いて、①の「君が家《や》の豊神酒《とよみき》のめば男《お》の子われ目にこそ浮《うか》べ万里《ばんり》のうしほ」は寛の歌でしょう。寛の代表作「われ男の子意気の子名の子つるぎの子詩の子恋の子あああもだえの子」を連想させます。弟子が師の歌を最初に据えるのも当たり前のことですな。

さて、ここからが難しいのですが、まず白秋の歌を特定しましょう。②③④を比較すると、②には「君が家の酒」とあるので白秋の作ではありません。残るは③と④ですが、この二首はリズム感が全く違いま

す。ずばり、④の「筑紫の海国いと若し青き潮こをろこをろに鳴りわたるかな」が白秋の歌と思います。

「こをろこをろに」は、古事記の「塩こをろこをろに」に由来する言葉。塩をかき混ぜると陸地へと固まっていく様子を表現しております。母方の石井家で少年時代に古事記を読んでいた白秋はこの言葉を覚えていたのでしょう。晩年の大作の交声曲《カンタータ》「海道東征」の歌詞にも似た箇所があります。「塩」と「潮」を掛けた技巧の妙は心憎いばかりで、有明海を「筑紫の海」と記すのも地元の白秋ならではでしょう。

残るは②と③。勇は芸者遊びを好み洒脱《しゃだつ》な歌を詠んだので、②の「火のうしほ世をも人をも焼かむとす恋にさも似る君が家の酒」が勇の感じがします。

最後は③の「豊神酒に心うしほす恋の舟よろこびの舟帆ならべ来る」。上の句と下の句で「舟」がダブるのがちと不器用ですな。これは『明星』に入りたてで短歌にあまり親しんでいない杢太郎の作でしょう。

以上、私どもの名（迷）推理、納得していただけましたか？　それにしても五人が歌を揮毫《きごう》した絹布が柳川の白秋生家に残っていれば、すごい展示品になったのですが……。

北原白秋ゆかりの純米吟醸酒「潮」。どんこ舟で飲むのも一興だ

パアテルとの出会い

柳川の北原白秋の実家をベースキャンプにして始まった「五足の靴」。この旅の一行には大いなる目的がありました。鎖国下の江戸時代に唯一、海外に開かれた「窓」であった長崎を訪ね、南蛮文化の遺産やキリスト教に触れることです。

熱心だったのが学究肌の木下杢太郎。事前に潜伏キリシタンや殉教などの文献を読みあさり、知識を蓄えます。触発されたのが白秋でした。白秋も長崎港を舞台にほぼ想像で書いた詩「解纜《かいらん》」（解纜とは船のともづなを解くことで出航の意味）などを発表しており、長崎特有の「異国情緒」を己の詩に取り入れたいと考えていたようです。

一行は柳川からまず唐津へ向かい、万葉集の舞台となった領巾振山《ひれふるやま》（鏡山）や虹の松原の美しさを満喫します。それから佐世保、平戸を経ていよいよ長崎へ。ですが不思議なことに東京二六新聞の連載では、肝心の「長崎」の回がすっぽり抜け落ちていたのです。

後の回で「『長崎』の条《くだり》を書くべきK生が懶《なま》けた」と断りめいた記述があります。K生とは与謝野寛のこと（寛を「かん」と音読みして付けたもの）ですが、寛は単に飲み過ぎてサボったのか。それとも書きたい題材が得られなかったのか。理由は謎です。ちなみに私とこの連載の聞き手は二〇一七年夏、五人づれの足跡をたどるべく長崎市を訪ねましたが、収穫といえば同市樺島町で「五足の靴碑」を見つけたのみ。寛に

「旅費返せ」と言いたいところでしたな(笑)。

それでも五足の靴の一行には、天草で大きな収穫が待っていました。長崎港発の船で大しけに見舞われ船酔いに苦しむは、山道で夜中まで道に迷うは……。散々な目に遭った末、五人がたどり着いたのが潜伏キリシタンの里、熊本県大江村(現天草市)。そこで五人を温かく出迎えたのが「パアテルさん」でした。

パアテルとはラテン語で「神父」の意味。大江天主堂を十五年守ってきたフランス人宣教師、ガルニエ神父です。五人が着くと、神父は「茂助《もすけ》、よか水をくんできなしゃれ」と柔らかな天草言葉で賄いの男に指示し、「上にお上がりまっせ」と懇ろに勧めました。そして五人は信徒が秘蔵してきた聖像を彫ったメダルや十字架を見せられます。さらには「踏み絵」をはじめ島原の乱以後の、キリスト教徒の受難の歴史を教えてもらったのです。

エキゾチックな詩を模索していた白秋。メダルや十字架を見せられた瞬間、さぞや触発されたことでしょうな。これぞ探し求めていた新しい詩のテーマだと、ビビビと来たのでは。

大江天主堂に立つガルニエ神父像。丸眼鏡の柔和な表情に人柄がしのばれる

「南蛮文学」産声上げ

天草は、旅人を詩人にするらしい。まして詩人が旅人であれば、若い日の北原白秋たちがそうであったように、鳴き沙《すな》のなかにはるかな西方の浪《なみ》の音まで聴きわけ、歴史という虚空のなかにまで吟遊して歩く人になるのかもしれない。

素晴らしい文章ですな。司馬遼太郎さんの「街道をゆく一七」から引きました。

天草で青い目の「パアテルさん」から潜伏キリシタンの歴史を教わった「五足の靴」の一行。次は島原に渡り、天草四郎を総大将としたキリシタン農民の一揆「島原の乱」に思いをはせます。まさに歴史という虚空の中の吟遊ですな。

五人の好奇心はこれにとどまらず、阿蘇に登山。中岳火口南側の砂千里に出現した新火口の噴火を目の当たりにし「猛獣の如《ごと》く」興奮します。さらには三池炭鉱万田坑（熊本県荒尾市）の地底に潜り「心がぞおっと縮《すく》む」体験も。旅の最後は柳川の白秋の実家に二泊し、ゆったりと時が流れる「水の国」で秋の気配を感じたのです。

何とぜいたくな旅でしょう。でも交通の便が悪い明治の頃。道なき荒磯の岩を伝い、砂丘を渡り、険しい火の山に登りおおせたのも全てはハイカラな「靴」のおかげですな。「五足の靴」とは秀逸な題名でした。でもこの連載、戦前までは闇に埋もれていたのですぞ。それを発掘した人物の話は、番外編でご紹介

熊本県天草市の郷土史家、故浜名志松さんが建立した「五足の靴」をしのぶ歌碑

します。

さて、旅から帰った詩人たちは旺盛な創作意欲を見せます。異国情緒たっぷりの「南蛮文学」がここに産声を上げるのです。

先陣を切ったのが木下杢太郎。一九〇七年の『明星』十月号に「長崎ぶり」「黒船」などの詩を発表します。白秋も負けじと次の十一月号に「天艸島《あまくさ》」と銘打って一挙十五の詩を掲載。中でも「角を吹け」は圧巻でした。

　　わが佳耦《とも》よ、いざともに野にいでて（中略）歌はまし、水牛の角
　を吹け

と始まる詩には「爪哇《ジャワ》びと」「鐘」「葡萄樹《ぶどう》」「パアテル」などキリシタンや異国を連想させる言葉がちりばめられ、角笛が豊かな自然の恵みをたたえます。実に開放的で伸びやかで、白秋は独自の新しい詩風を確立したのです。これが第一詩集『邪宗門』に結実するのですが、あの司馬さんもこう絶賛していますぞ。

　五人はのちにそれぞれ天草について詩歌を発表するが、白秋の『邪宗門』が、圧倒的なものであった

独自の史観で死後もなおあまたのファンがいる大作家に「圧倒的」と言わしめた、白秋のデビュー作『邪宗門』。その出版へ至るまでには、またいろんなことがありました。白秋の前半生はずっと激動だったのです。

番外編　幻の連載を発掘した男

「五足の靴」は明治文学史上に残る紀行文学の傑作ですが、戦前まで完全に歴史の闇に埋もれた幻だったと話しましたね。この連載を当時の「東京二六新聞」から発掘し、約七十年もの歳月を経て一冊の本によみがえらせた人物がいました。

野田宇太郎。西日本新聞で連載された「九州文学散歩」をはじめ、文学ゆかりの地を巡る「文学散歩」シリーズで人気を博した作家です。森鷗外や島崎藤村、木下杢太郎、そして北原白秋らの研究と顕彰活動にも励みました。

野田宇太郎

野田は福岡県小郡市出身。文学を志し白秋と同じ早稲田大学に進みますが心臓の病気で中退。同県久留米市で詩人として頭角を現し、詩人丸山豊らと交流します。再び東京に出て編集者となり、埋もれていた下村湖人の『次郎物語』をベストセラーにして名を挙げます。さらに特筆すべき功績は、太平洋戦争が激化する中、唯一発行を続けた商業文芸誌『文藝』の編集長を務

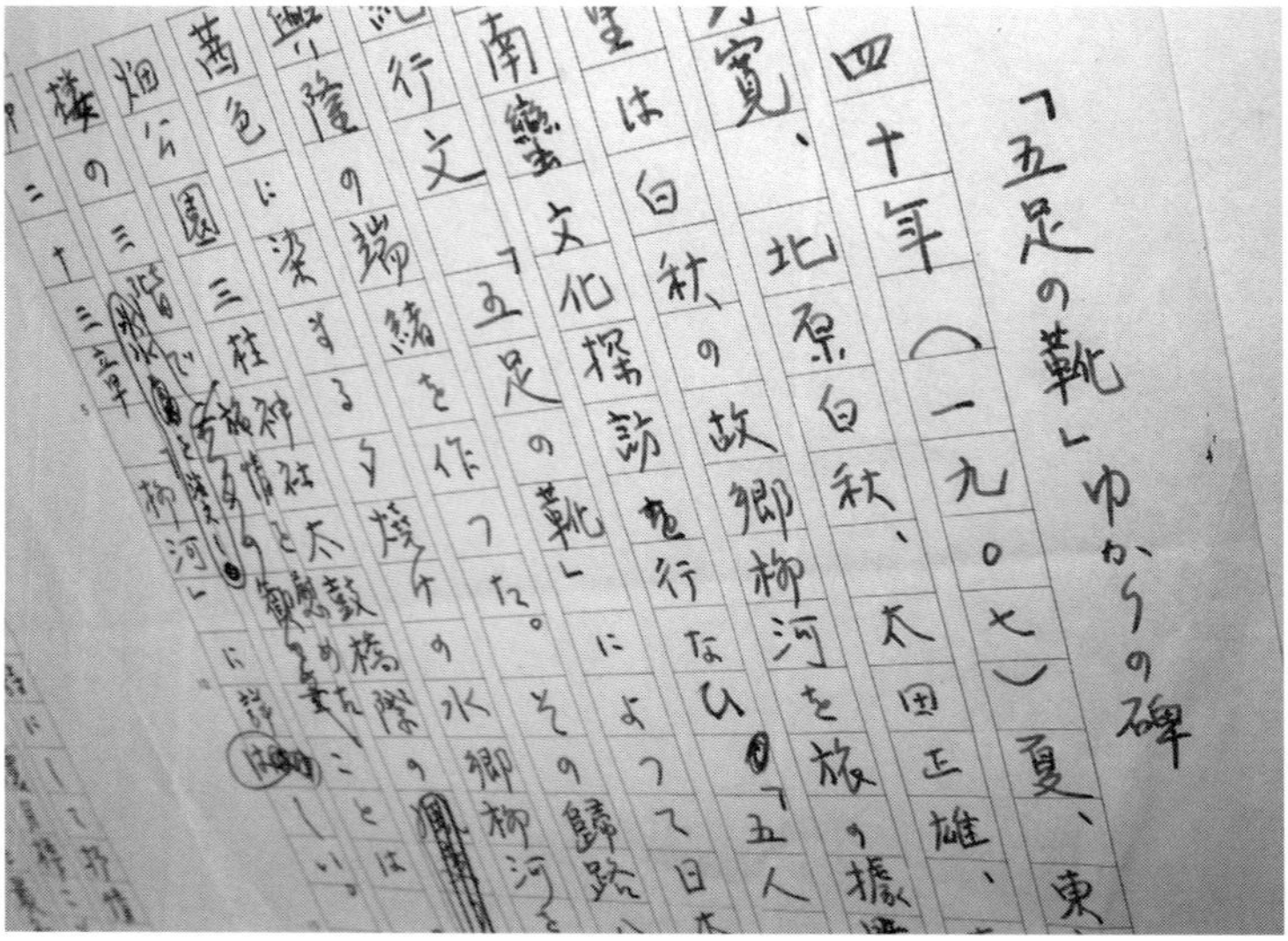

野田が書いた「五足の靴ゆかりの碑」の碑文の下書き

めたこと。太宰治ら著名作家から必死に原稿を集めて「文学の灯」を守りました。戦後は近代文学研究に軸足を移し、明治末期に白秋も参加した若手芸術家の「パンの会」を調べる過程で、「五足の靴」という新聞連載の存在を突き止めたという次第です。

　ここで白秋の「立秋」という詩を紹介しましょう。

柳河のたつたひとつの公園に／秋が来た。／古い懐月楼の三階へ／きりきりと繰り上ぐる氷水の硝子盃《コップ》、／薄茶に、雪に、しらたま、／紅い雪洞《ぼんぼり》も消えさうに。

　この美しい詩に出てくる「懐月楼」はかつて遊女屋でしたが、白秋ら五足の靴の一行が柳川に滞在したときは氷屋になっていて、そこで氷を食した体験がこの詩の基になっています。店は後に「松月」という割烹旅館に生まれ変わり、そこの前庭に一九七七年、「五足の靴ゆかりの碑」が建立されました。その碑文を記したのが「五足の靴」を発掘した野田でした。これが縁となって松月の経営者中島健介さんがスポンサーになると申し出て、柳川版「五足の靴」が翌一九七八年、ようやく出版に至ったのです。もちろん編集人を務めたのは野田でした。今は岩波文庫版で広く読まれています。

　野田の功績はまだあります。一九六九年の北原白秋生家の復元です。野田は明治の歴史的建築物を移設・保存した博物館「明治村」（愛知県犬山市）の開設に、建築家の谷口吉郎らと尽力しておりました。その縁で、白秋生家復元の指導者として、明治村初代館長に就任していた谷口を、野田が柳川へ呼んでくれたのです。

「五足の靴ゆかりの碑」の碑文

私ども白秋記念館の関係者が足を向けて寝られないくらいの貢献度ですね。そんな野田の考えや人物像を知りたいと、私と相方は二〇二〇年一月、小郡を訪ねました。野田宇太郎文学資料館で、次のような野田の言葉を教えていただきました。

過去を語ることは、背《せ》に廻《まわ》った未来について語ることでもある。

過去とは決して過ぎ去ったものではなく、背中の方に回った、かつての未来だ。だからこそ、過去を知ることがより良い未来につながっていく――との意味でしょう。あまたの文学・文化遺産を大切にした野田らしい言葉ですね。その意味は時代が移り変わっていくほど、重みを増していくことでしょう。

観潮楼で鷗外と交流

一九〇七年、「五足の靴」の旅から戻り南蛮情緒あふれる詩を精力的に書き始めた二十二歳の北原白秋。この年の十月ごろ、後に「私の魂の父」と記した人物の知遇を得ます。それは明治の文豪森鷗外。二人の出会いを話す前に、まずはちょいといつもの寄り道を（笑）。

陸軍第十二師団軍医部長として小倉に駐在していた鷗外は一九〇一年五月十八日、白秋少年が住む柳川を訪れています。旅館「大和屋」に一泊し「総角《あげまき》といふ貝を食ふ」と「小倉日記」に書き残しました。寄稿先の福岡日日新聞（西日本新聞の前身）の記者麻生作男さんが柳川出身で、有明海の珍味を教わったのかもしれませんな。

その後、文学で名を成そうと東京へ出た白秋。当時の愛読書が、鷗外が翻訳したアンデルセンの自伝的小説『即興詩人』でした。白秋は『明星』などに発表される鷗外の作品をむさぼるように読んでいたことと思います。白秋がそんな仰ぎ見る大作家の謦咳《けいがい》に接したのが「観潮楼歌会」でした。観潮楼とは東京・千駄木にあった鷗外の自宅。二階からはるか品川沖の海を見渡せたので名付けられました。

日露戦争から帰還した鷗外が心を痛めたのが、歌壇での与謝野寛率いる明星派と伊藤左千夫らの根岸派の対立でした。そこで融和を図ろうと一九〇七年三月、与謝野と伊藤、中立派の佐佐木信綱らを自宅に集めて月一回の歌会を始めたのです。白秋が最初に呼ばれたのは十月。他には吉井勇、木下杢太郎、石川啄木、古泉千樫《こいずみちかし》、斎藤茂吉らの若手がいました。鷗外は新しもの好きだったようで、白秋は前衛的な歌を披露したときの鷗外の反応を後にこう記しています。

「やあ豪傑豪傑」と云《い》つて大いに喜ばれたものです

あのカイゼルひげのおっかない風貌からは想像できませんな（笑）。欧州の「サロン」のような自由闊達《かったつ》な雰囲気の鷗外宅で白秋は交流の輪を広げたのです。

その後も鷗外は白秋に目をかけました。白秋と弟の鉄雄が創設した「阿蘭陀書房」から詩歌集『沙羅の木』を刊行しています。経営援助の意図もあったのですかな。さらには白秋の妹家子と、白秋の友人で画家の山本鼎の結婚では仲人を務めました。その五年後、六十歳で亡くなります。

北九州市小倉北区の森鷗外旧居には、鷗外が愛した沙羅の木が植えられています。白秋が、観潮楼の庭での鷗外とのひとときを懐かしんだこの歌で、この回をしっとり締めますかな。

命二つ対《むか》へば寂し沙羅の花ほつたりと石に落ちて音あり

森鷗外旧居で、庭の沙羅の木をのぞき込む。この木は鷗外顕彰に尽力した谷伍平・元北九州市長が寄贈したという（2018年3月）

『明星』脱退し「パンの会」

森鷗外邸での「観潮楼歌会」に出席し始めた白秋。一九〇八年一月、いつもの『明星』ではなく『新思潮』に、物騒な題の詩を発表します。「謀叛《むほん》」。

毒の弾丸《たま》、血の煙、閃《ひらめ》く刃《やいば》、（中略）あはれ、驚破《すは》、火とならむ、噴水《ふきあげ》も、精舎も、空も

これは新詩社を主宰する与謝野寛への決別宣言でした。この月、白秋と木下杢太郎、吉井勇、長田秀雄らが一斉に新詩社を脱退。「五足の靴」の若手で『明星』に残ったのは、平野万里ただ一人となったのです。あんなに仲が良かったはずの師弟がなぜ？　強烈なリーダーシップで『明星』を束ねてきた寛ですが、それが彼らには「抑圧」と映ったのかもしれません。白秋ら若手の原稿が寛の家で便所の落とし紙に使われているのを知った白秋が憤慨したとの話もあります。

ですが、南蛮情緒など新感覚の表現法を得た白秋らにとって、寛から教わることはもうなくなった――そのあたりが真相では。新しい人が古い人を超えていくところに進歩は生まれます。

主要同人がごっそり抜けた『明星（第一次）』は急速に衰退し、この年の十一月、一〇〇号で廃刊します。それでも最終号に白秋は「濃霧」という詩を寄せました。完全なけんか別れではなかったのが救いですな。寛は最終号にこんな歌を載せ、心情を吐露しました。

わが雛《ひな》はみな鳥となり飛び去りぬうつろの籠《かご》のさびしき
かなや

ただ、白秋はあの観潮楼歌会には寛と席を並べ、出席を続けておりました。会には翻訳家の上田敏、画家の石井柏亭や平福百穂《ひゃくすい》らも招かれ、いよいよ豊潤な文化サロンのような集まりに。そこから同年十二月、文学と美術の交流を図ろうという若手芸術家の親睦会「パンの会」が生まれます。

何だかおいしそう……ではありませんぞ。パンとはギリシャ神話の牧羊神のこと。角笛を吹き、音楽と舞踊を好みます。一九〇九年四月の会の案内状には、発起人として白秋、杢太郎、勇、万里の五足の靴四人衆に画家の山本鼎《かなえ》、柏亭、さらには若きドイツ人版画家までが名を連ねました。その文面をご紹介しましょう。

口にするパンかと早合点し給《たま》ふもある可《べ》し。あらず、我等《われら》の正客は半獣の姿おかしき次級の神に候《そうろう》。大川の水の面にパン神の角笛をひゞかせ、バツキユスの盃《さかずき》　乾くひまなく、いと伸びやかに恣《ほしいまま》なる春の一夜を過さむ

大川（隅田川）をフランスのセーヌ川に見立て、若手芸術家の酒宴の幕開けです。

パンの会に参加していた画家織田一磨が会場の永代亭をしのんで制作した版画「永代亭追憶図」（野田宇太郎著『新東京文学散歩』より）

第一詩集は『邪宗門』

明治終わりから大正初めに繰り広げられた若手芸術家の親睦会「パンの会」。北原白秋らの呼びかけで始まると、参加者がどんどん増えました。美術界から坂本繁二郎や織田一磨、高村光太郎。文壇からは永井荷風や谷崎潤一郎。この談論風発の集いはどんな様子だったのか。白秋はこんな回想をしたためています。

〝PAN〟の盛宴を両国河畔に開いて以来〝young generation〟の火の手は、わかい感傷的な私達を愈《いよいよ》狂気にした。私達は日となく夜となく置酒《ちしゅ》し、感激し、相《あい》鼓舞しながら、又競って詩作し、論議した

置酒とは酒宴を開くこと。そんなヤングジェネレーション（若い世代）の盛り上がりが佳境に来ると、皆で唱和した歌が白秋作の「空に真赤《まっか》な」でした。

空に真赤な雲のいろ／玻璃《はり》に真赤な酒の色／なんでこの身が悲しかろ／空に真赤な雲のいろ

明治の流行歌「ラッパ節」の節回しで白秋の詩を歌ったのですな。玻璃はグラスのこと。夕暮れの酒場で赤ワインを傾けて物を思う——哀愁を帯びた小粋な歌は耽美《たんび》派の宴《うたげ》にもってこいでした。ここに集った若者が互いを触媒にいろんな化学反応を起こし、大正以降の日本の芸術をけん引するのです。その輪の中心にいたのが、白秋でありました。

さて、パンの会で触発された白秋は詩作に没頭し、いよいよ第一詩集の出版を決意します。この頃、書きためた詩は膨大な量で、大別すると「五足の靴」の旅で会得した南蛮情緒を盛り込んだ詩と、柳川での幼少期の記憶を軸にした追憶風の詩に分かれました。最初の出版に白秋が選んだのはもちろん最先端の南蛮風でした。

詩集の題名はずばり『邪宗門』――。禁断の宗教への門であります。これが白秋のプロデュース力ですな。白秋は少年期からその才がありました。旧制中学伝習館で文学仲間と発行した校内新聞「硯香《けんこう》」。自分たちの文学の発表の場作りが目的でしたが、学生の文学への傾倒を快く思わない教師陣にあえて寄稿を頼んで丸ごと載せ、新聞を継続させたのです。頭がいいですなあ。

そんな白秋ですから、凝りに凝った初詩集にしたいのですが、心強い仲間がいました。観潮楼歌会や「パンの会」で意気投合した画家たちです。装丁は石井柏亭、挿絵の木版画は山本鼎《かなえ》が担当することになりました。

ただ、出版には先立つものが必要です。その費用は二〇〇円。大金ですが、それを出してくれる奇特な人物がいました。それはかつて反目し合った相手でした。

北原白秋の第一詩集『邪宗門』の復刻版。表紙の赤布には「IHS」というイエズス会のマークが金箔（きんぱく）で押され、豪華な装丁だった

父もとがめぬ革新作

一九〇九年三月、北原白秋は二十四歳で第一詩集『邪宗門』を刊行しましたが、この出版費用を出したのが父の長太郎でした。二年飛び級で入学した旧制中学伝習館で落第の屈辱を味わった白秋。文学を志した十四歳の頃から十年。父との長い確執の末に夢を実現したのです。だからこそ、巻頭の「父上に献《ささ》ぐ」と題した一文にはずっしりと重い感慨がこもっておりました。

父上、父上ははじめ望み給はざりしかども、児《こ》は遂にその生れたるところにあこがれて、わかき日をかくは歌ひつづけ候ひぬ。もはやもはや咎《とが》め給はざるべし

柳川藩御用達の商家の後継ぎに生まれながら父長太郎に背き文学の道を選んだ白秋。ずっと反目し合った二人ですが、息子の「歌い続けた」努力を父も認めたからこそ出版費用二〇〇円を出したのでしょう。褒めこそすれ、とがめなどするものですか。白秋にとっても長太郎にとっても、まさに「うれしかりけり」ですなあ。と幸福感に浸ってこの詩集を読み始めたら、困惑しますぞ。刺激的で開放的で官能的。ときにおどろおどろしくすらあり、読者は麻酔を打たれたような錯覚に陥ります。最初の「邪宗門秘曲」はこう書き出します。

われは思ふ、末世《まつせ》の邪宗、切支丹《きりしたん》でうすの魔法。／黒船の加比丹《かひたん》を、紅毛《こうもう》の不可思議国を

三五〇ページもの詩集には、こうした南蛮文化の匂いが立ちこめた濃厚な言葉が次々と羅列され、読者を陶酔へ導くのです。中でも「五足の靴」の旅を記念した「天草雅歌」の章は圧巻でした。「パアテルさん」から十字架を見せられ、潜伏キリシタンの歴史を教わった体験が生きております。

特に私が好きな詩が「ただ秘めよ」。葡萄《ぶどう》の酒、玻璃《ぎやまん》の壺《つぼ》、麝香《じゃこう》の臍《ほぞ》（香料の一種）などの言葉がちりばめられ、天草の黒髪の少女《おとめ》に白秋はこう呼びかけます。

ただ秘めよ、ただ守れ、斎《いつ》き死ぬまで、／虐《しいたげ》の罪の鞭《しもと》はさもあらばあれ、／ああただ秘めよ、御《み》くるすの愛の徴《しるし》を

うーん、これぞ南蛮文学ですな。詩集のテーマを「伝統への反逆」「新しい表現の創造」と位置付けてもいいでしょう。とにかく革新的なデビュー作でした。ちなみにかつての『明星』の同僚石川啄木は、詩集に編まれる前、雑誌で発表されていく白秋の新しい詩を読んでいました。薄田泣菫、蒲原有明、与謝野寛の時代は終わったとして白秋をこう評しました。

今、唯一の詩人は北原君だ／今の詩壇の唯一人は北原だ

こうやって詩壇に確かな地歩を築いた白秋ですが、柳川の実家では深刻な事態が進行しつつありました。

『邪宗門』に掲載された挿絵。南蛮情緒たっぷりだった（復刻版より）

実家破産し小判生活

一九〇八年九月のある借用書の写真が『新潮日本文学アルバム 北原白秋』に載っています。北原長太郎と隆吉（白秋）連名での金連帯借証書。一五〇円を翌年二月二十五日までに返済する内容ですが、既に東京に出ていた白秋まで呼び戻されて署名しています。北原家の信用がいかに失墜していたかがうかがえますな。

あの室生犀星も金沢の書店に取り寄せたという第一詩集『邪宗門』で名声を得た白秋。さらに創作に励みますが、一九〇九年にはいよいよ実家が火の車に。白秋十六歳の春の「沖端《おきのはた》の大火」の被害が、ボディーブローのように効いていたのですな。

この頃、親友の山本鼎《かなえ》に悲痛な手紙を送っております。「国の方は益々悲惨」「凡《すべ》てが僕に全責任を負はせようとしている」。冒頭の借用書のような借金が山のようにあったでしょう。それが返済不能に陥り、親類縁者の懇願と債権者の叱責《しっせき》が後継ぎの白秋に集中したのです。白秋はその処理のため六〜八月に帰省。こんな歌を詠んでいます。

狂ほしく髪かきむしり昼ひねもすロンドンの紅《べに》をひとり凝視《みつ》むる

日中ずっと髪をかきむしり、庭の赤いマツバボタン（柳川弁でロンドン）の花を凝視している——。無力感が充満していますな。江戸時代から「油屋」「古問屋」と呼ばれた家の崩壊を止めるすべがない。苦悩はさぞ深かったでしょう。

北原家はこの年十二月、ついに破産します。後始末のため同月末に帰省した白秋ですが、翌一九一〇年一月十三日には帰京しました。できることが何もなかったのでしょう。故郷の大勢の人々に顔向けできなくなり、白秋が再び帰省するまでには十八年もの歳月を要しました。

東京に戻った白秋は家賃の安い下宿へ移りました。身の回りの世話をした三田ひろさんには、家具類を売却した代金を渡して暇を出しました。そんな頃、柳川の実家から郵便物が。入っていたのは何と、小判でした。こう白秋は回想しています。


家が没落した。もう送る金が無い。それでこれをあげるからと云って母から月に三四枚、重い慶長小判を送ってきた

これを日本橋の両替店で一枚あたり十七円に換金し生活していたとか。いやはやさすがは柳川藩御用達の旧家。小判生活でありますぞ(笑)。逆境でもこうした話に事欠かないのも、白秋の魅力の一つです。

波瀾《はらん》万丈の白秋の前半生ですが、この後、まるで天国と地獄のようなさらなる激動の体験が待ち受けていました。

実家が破産した後の1910年3月、北原白秋(左)が友人の山本鼎と撮影した1枚(★)

ミカン箱で序文書く

逆境をばねにする――。口で言うのは簡単ですが、困難な状況を乗り越えて、さらにその先へ到達するのは大変なことですな。でも、それを成し遂げたとき、詩人には「喝采」が待っているのであります。

二十四歳で第一詩集『邪宗門』を出版した白秋。実家の破産という困難に直面した一九〇九年、木下杢太郎らと『屋上庭園』という同人誌を創刊しておりました。ところが、翌一九一〇年二月の第二号が何と発禁処分に。白秋の詩「おかる勘平」の描写が風俗を乱すとされたのです。今の感覚でみれば、官能的な美しい詩なのですが……。『屋上庭園』はこのまま廃刊となりました。弱り目にたたり目とはこのことです。

それでも白秋は母から送られてくる慶長小判を換金して食いつなぎ、詩歌を書き続けます。そして第一詩集からがらりと趣を変えた第二詩集『思ひ出』を出すことにしました。南蛮情緒満載の『邪宗門』はその斬新さで耳目を集めましたね。次は『明星』時代からしたためてきた少年時代の記憶を象徴的につづった詩を集めるのです。それがより己の本質に近いという感覚もあったかもしれません。

ですが、ついには下宿代すら払えなくなり、土蔵で暮らすことに。家財道具は売り払っていましたので、ミカン箱を机代わりに執筆したのが、詩集の序文「わが生ひたち」でした。これが上田敏に大絶賛されたことは最初の方で話しましたね。

母の胎内にいるような薄暗い土蔵の中、白秋は己を育んだ水の都とそこで暮らす人々への惜別の念を込めて、この濃厚な散文詩のような序文をしたためたのです。最初の白秋の少年時代の話でも少し紹介しましたが、ここではこの一節を拾いましょう。

静かな幾多の溝渠《ほりわり》はかうして昔のまゝの白壁に寂しく光り（略）変化多き少年の秘密を育む。
水郷柳河はさながら水に浮いた灰色の柩《ひつぎ》である

死者を葬る柩とはちと物騒ですが、白秋がこう記した裏には、故郷と決別する重大な覚悟があったと私は思うのです。実家が莫大《ばくだい》な借財を返せなかった（踏み倒した）以上、跡取り息子は故郷へ戻ることなどできないでしょう。その惜別の念がこもっているからこそ、『思ひ出』は一層の妖《あや》しい輝きを放ったのです。

そして二十六歳の白秋は一九一一年六月、『思ひ出』を刊行。日本初ともいわれる出版記念会で上田敏に激賞され、雑誌の人気投票では詩人の一位になり、名実ともに詩壇の第一人者となりました。

北原白秋の『思ひ出』の挿絵の一つ。この詩集では装丁も挿絵も白秋自身が手がけた

感覚のシンフォニー

日本の詩壇で今も重要な位置を占める北原白秋の詩集『思ひ出』。白秋は「抒情《じょじょう》小曲集」と命名しました。なぜ〝ささやかなメロディー集〟としたのか、少しお話ししますね。

この詩集で見逃せない点は、ちりばめられた作品の数々が後に白秋の独壇場となる「童謡」創作の母胎となったことです。童謡とは子どもの歌。使われる言葉は大人の歌より感覚的でなければなりません。この詩集には文字通り「感覚」という詩がありますぞ。

わが身は感覚のシンフォニー、／眼は喇叭《らっぱ》、／耳は鐘、／唇は笛、／鼻は胡弓《こきゅう》（略）／その感覚を投げいだせ――

白秋にとって詩は五感を駆使して書くものでした。それが共鳴したとき、シンフォニー（交響曲）のような素晴らしい奏でを紡ぎ出すのです。また白秋は推敲《すいこう》魔でした。何度も言葉を吟味して選び直し、より象徴的な詩を突き詰めるのです。それが高じて四十歳で『思ひ出』の増訂新版を出した際は創作ノートを見直し三十七編もの詩を追加しています。その一つ「母」も、実に感覚的な作品でありました。

母の乳は枇杷《びわ》より温《ぬ》るく／柚子《ゆず》より甘し（略）／いとほしと、これをこそ／いふものか、ただ恋しまるで赤子の頃に飲んでいたおっぱいの味を覚えているかのよう。白秋の脳のアルバムにはこうした思い出の断片がぎっしりと詰まっていたのでしょう。

私が大好きな詩が「梅雨の晴れ間」。柳川には私が小学生の頃まで、田植えが一段落した時季に田舎芝居の一座が巡業に来ていました。この詩はその興行の舞台を設営するため、水車を足で回し、韮《にら》畑にたまった水をせっせと掘割へかき出す情景を歌っています。

廻《まわ》せ、廻せ、水ぐるま、／梅雨の晴れ間の一日を、せめて楽しく浮かれよと

北原白秋が1924年の著書『お話・日本の童謡』に、「柳河」と題して自ら描いた口絵

白秋がこの詩の題材にしたのは舞台で演じられた歌舞伎『義経千本桜』でした。役者の顔の赤い隈《くま》取りや義経が踏んだ「狐《きつね》六方」が生き生きと描かれています。一方で私が見た覚えのあるのはどたばた時代劇、それもかつらが飛ぶ爆笑シーンでして白秋が見た演目とは相当に違いますな。でも、娯楽の少ない時代、田舎芝居を待ちわびた少年のわくわく感が、この詩を読むたびによみがえるのです。

こんなふうに『思ひ出』は暗唱しやすい詩が多く、大ヒットとなりました。余勢を駆った白秋は『邪宗門』の再版を高村光太郎の装丁で刊行します。ですが、栄光もここまで。奈落へ落ちるような体験が二十七歳の白秋を待ち受けておりました。その一部始終はまた第五章でじっくりと。

第四章

私のこと

新米音楽教師時代

初任地は福岡聾学校

大学浪人を経験し、大学ではいろんな先生にお手数をかけてきた私ですが、一九七六年、福岡県の小学校教員採用試験に無事合格しました。父が亡くなった後、ホームヘルパーの仕事をして私を大学に通わせてくれた母に、立派な音楽教師となって恩返ししなければなりません。

ところが、また出だしでずっこけるのですな。最初に合格の連絡を、県教育委員会の担当者から電話で受けたときのこと。確かに先方はこう言ったのです

「配属先は柳河盲学校（現柳河特別支援学校）」。実家から歩いて行ける上、白秋と山田耕筰の黄金コンビが作詞作曲した自慢の校歌がある学校です。うれしかったですなあ。

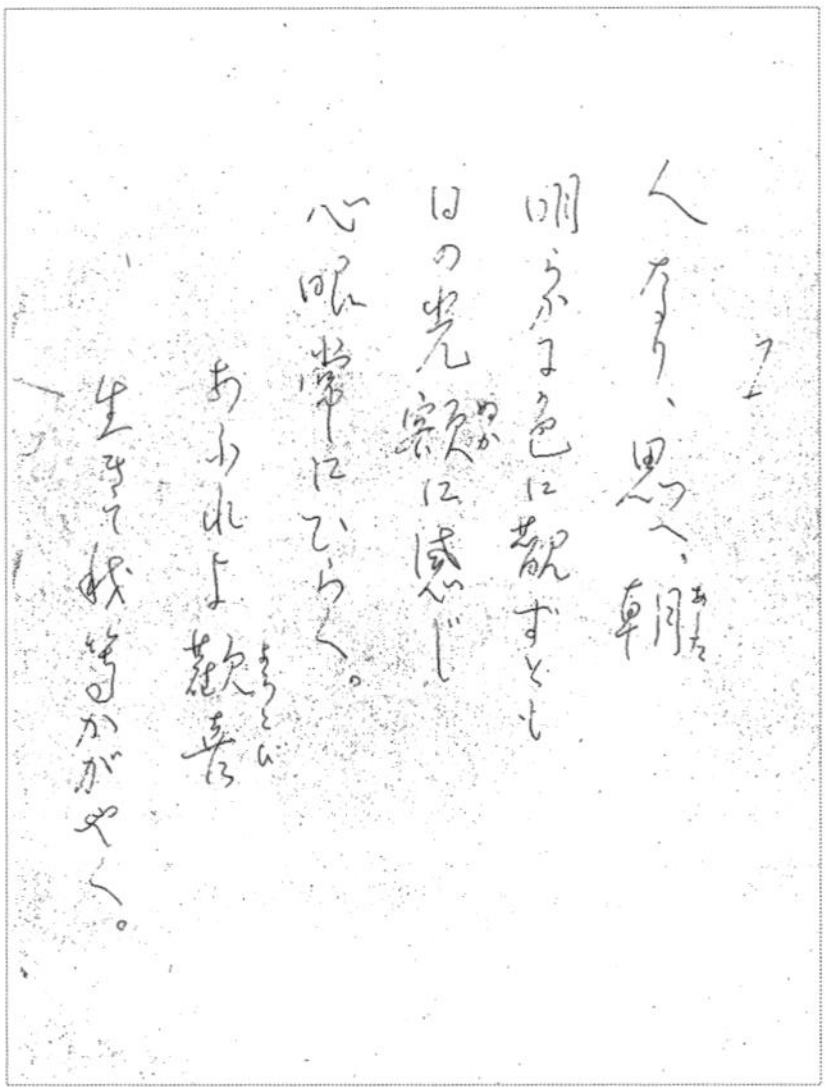

北原白秋直筆の「柳河盲学校校歌」（★）

人なり、思へ、朝《あした》／明らかに色に観《み》ずとも／日の光額《ぬか》に感じ、／心眼常にひらく。／あふれよ歓喜《よろこび》

／生きて我等《われら》かがやく

柳河盲学校校歌で、白秋は目が不自由な子らに寄り添い、生きる喜びまで歌い上げておりました。さあ、おいも頑張るぞーと奮い立って、福岡市での採用者説明会へ。「柳河盲学校に決まった大橋です」と受付で告げると、受付の人が困った表情に。

「同校の名簿に大橋という名はありません」

「え、そんなばかな……」

十分ほど待たされたでしょうか。「大橋さんの配属先は福岡聾《ろう》学校（現福岡聴覚特別支援学校）です」。私が電話で聞き違えたのでしょうか。キツネにつままれた感じでした。

柳川へ帰る電車の中で私はようやく「これは大ごつになったぞ」と気付きます。私の専門は音楽。でも聴覚障害児は聴くことはもちろん歌うことさえ困難でしょう。どうやって音楽の授業をすればいいのか……。お先真っ暗とはこのことです。

四月一日、始発電車からバスに乗り継ぎ福岡市・荒江の聾学校へ。「まずはこの学校での全般的な教え方を身に付けなさい」と校長に訓示され、私は各学年で音楽を教える専科ではなく小学部六年一組担任に。でも、七人の教え子を預かった頼りない新米教師には、ちゃーんと助っ人があてがわれておりました。

六年二組担任の大城《おおき》澄子先生。県盲人会（現県盲人協会）初代会長を務めた父の雪造さんは視覚障害児教育の先駆者で、その志を継いだ大城先生は聴覚障害児教育の大ベテランでした。

福岡聾学校6年1組の児童と、支えてくださった大城澄子さん（後列左端）

大城先生が一ヵ月間、六年一、二組合同で十四人の児童に授業をされて、私はひたすらそれを見学し要領を覚えることに。すると少しずつ見えてきました。児童は皆、自分に合った補聴器を着けており完全に聞こえない子はいないこと。口話を発達させるため手話は控え、口をはっきり開けて言葉を伝えること――などなど。

月末、そんな私にも初任給が。何と九万七〇〇〇円です。おいはなーんもしとらんとに……と、大変後ろめたかった記憶があります。

聞こえづらくとも……

「連載読んでるわよ。頑張ってますね」――。二〇二三年初夏の新聞連載当時、懐かしい方からお電話が。福岡聾《ろう》学校（現福岡聴覚特別支援学校）の新米教師時代に指導してくださった大城澄子先生でした。入所される施設へ面会に伺うと、九十七歳ながらお元気なこと。四十七年前の私の教え子の顔と名前もしっかり覚えておられまたびっくり。先生、私の方こそ元気を頂きました。ありがとうございます。

さて一九七六年、同校小学部六年一組担任となった私。快活な大城先生に「大橋君なら大丈夫よ」と背中を押され、五月から単独で手探りの授業です。

ただ授業中は手話禁止というルールがありました。口話と手話は構造が全く違います。例えば手話は「私」「行く」「学校」と、ジェスチャーで単語をつなげてやりとりします。でもそれでは文字で書かれた文章の読解力は養えません。「私は学校に行く」と口話ができるようになれば、やがて文章が読め、作文もできるようになるのです。

ですから口話で授業をする側には聞き取る力が求められました。私には最初、子どもの言葉が「アーウー」としか聞こえず、まるで外国語でやりとりしている感覚でした。ですが、四六時中顔を突き合わせ性格も分かってくると、不思議とその子が何を言っているのか分かるようになったのです。分かりたいという気持ちこそ大切なのですね。

そして私の専門の音楽。大城先生からは「普通の子と同じ授業を」と助言されました。この子たちは単に聞こえづらいだけで、声を出したり手拍子を打ったりすることはできますから。

まずは「夕焼小焼」などの平易な曲をピアノで伴奏して歌ってみせました。子どもたちは私の口元を見ながら発声し、かすかな聴力を頼りに音程を取ります。発音が不明瞭なため日頃は声を出すのを恥ずかしがっている子たち。しっかり口を開けるよう伝え、思いっきり歌わせました。音程が外れても、歌詞が違っても構いません。それが良い発声訓練になります。

他にもいろんな試みを。太鼓をたたかせ、ずしんと腹に響く振動を体感させました。ピアノの側面を押さえさせ、手のひらに伝わる震えを感じさせました。その間も子どもは私の顔や口元に注目しています。聴力の障害を視力や体全体で補おうとする、そのけなげさに頭が下がりました。

こんなに頑張っている子どもたちに、本当の音楽を生で聴かせたい——。私は新米教師ながら、ある大胆な計画を思い付きました。

福岡聾学校でお世話になった大城澄子さん（右）を訪ねて

聾学校にオケが来る！

福岡聾《ろう》学校で社会人としての歩みを始めた私があの計画を思い付いたのは、教師になりたてほやほやの一九七六年六月でした。まず先輩方に胸に湧いた思いを打ち明けてみました。

「子どもたちのため、この学校にオーケストラを呼びたいのです」

私が福岡教育大時代に打ち込んだのがオーケストラ。何十人もの奏者がいろんな楽器を担当して練習を続け、ようやく一つになったときに生まれるハーモニーの美しいこと——。あの「調和」という感激の一端を、聴覚に障害のある子たちにも体験させたかったのです。でも、先輩方の反応は芳しくありませんでした。

「いい企画だけど前例がないからね」「職員会議をどう乗り切るの？」

当時の日本の聾学校は五年前に「音楽科」ができたばかりで、現場での音楽教育は手探り状態。聴覚障害児がどこまでメロディーを把握できるのかもよく分かっていませんでした。職員会議で新米の私が「聴覚障害児にも本物の演奏の鑑賞機会を」と力んだところで、あまり説得力はなさそうです。

そこに心強い援軍が現れました。先輩で聴能（註）担当の堤正則先生。子どもの聴力を測り補聴器のフィッティングをしている経験から、こう助言をくれました。

「まず、弦楽器から管楽器までバランス良く配置されたオーケストラは音域が広いので、聴覚障害児もどこかで音を拾えて、自力で補聴器の微調整をする良い機会になる。さらには、演奏場面を視覚で同時確認できるので、補聴器からのかすかな音や体への振動もより感じやすくなり、耳の聞こえづらい子どもたちにも貴重な鑑賞体験になり得る――」とのことでした。

かくして、職員会議で私が計画を提案したところ、堤先生が擁護の熱弁を振るってくださり、聾学校初のオーケストラ招聘《しょうへい》にゴーサインが出たのです。

ただ、使える予算は「ゼロ」という結論に。私はせっかく呼ぶなら九州交響楽団などのプロをと思っていたのですが、こうなれば選択肢は一つだけ。私の古巣の福教大ですな（笑）。

ちょうど福教大オケは翌七七年三月、あの人気作曲家芥川也寸志さんを指揮者に招き定期演奏会を開くことが決定し、私もその助っ人奏者に呼ばれていて顔が利いたのです。芥川さんとのささやかな交流の話もいずれしますのでお楽しみに。

ただ、また一つ問題が。予算なしでコントラバスやティンパニなどの大きな楽器をどう運ぶか。オーケストラは大所帯なのです。

1976年7月17日に実現した福岡聾学校での福岡教育大学オーケストラの演奏会で、いろんな楽器について説明

（註）話し言葉や音楽、周囲からの音などを認知する能力のこと。耳から入った音（聴覚）は大脳に入って初めて音と認知されるので、その脳での音の認知力を指す。障害児教育での聴能訓練は、聞こえづらい音を補聴器などを使って認知する能力を向上させようという訓練。

「調和」の調べ、届いた

福岡聾《ろう》学校にわが母校、福岡教育大学のオーケストラがやって来ることになりました。「僕らでよければ」と応じてくれた部長の田中基行さんはじめ、後輩部員の皆さんに感謝です。

速やかにすべきことは演奏曲目の決定です。でも聴覚障害児の鑑賞に適した曲って？　思い悩んでも日にちが過ぎるだけなので、聴覚障害に詳しい先輩の堤正則先生に相談しました。

「聴覚障害児は極端な高音より低音の方が小さい音でも聞き分けやすい。また体でより振動を感じやすいパンチの効いた曲がよい」とのこと。パンチの効いた低音といえば、皆さん思い浮かぶ曲がありませんか。♫ジャジャジャジャーン――。ベートーヴェンの交響曲第五番「運命」です。これにブラームスの「ハンガリー舞曲」と、子ども向けで「おもちゃのシンフォニー」を選曲しました。

続いてはオケの編成ですが、九州芸術工科大学（現九州大学芸術工学部）や九州大学、福岡大学の学生も賛助出演してくれて、六十人という十分な規模の楽団ができました。依然残る問題が、大学のある宗像から福岡まで楽器をどう運搬するか。何せ予算ゼロですから……。

そんな私たちの挑戦が一九七六年六月二十九日付の西日本新聞夕刊で報道されると支援の申し出が届きます。福岡の運送会社と宗像の個人の方がトラックを無償で出してくださったのです。本当に助かりました。改めてお礼を申し上げます。

そして七月十七日、福岡聾学校で初のオーケストラ演奏会の開演です。聴衆は幼稚部から高等部までの聴覚障害児二四〇人で、全員が交響楽団を見るのも聴くのも初めて。そこで学生たちは担当する楽器の絵を大きな紙に描いて持参。それを見せながら楽器を紹介してどんな音が出るか実演しました。その横で私が口を大きく開ける「口話」の要領で説明を補助しました。

いざ演奏。急造楽団とは思えない息の合った「運命」のイントロが会場に響き渡ります。曲が進むにつれ身を乗り出す子や、補聴器に手をかける子が出てきました。全身を耳にして聴き取ろうとする一生懸命な姿に、私はぐっときながらフルートを吹きました。

この演奏会の模様は同日付西日本新聞の夕刊にまた掲載されました。「突き破った〝宿命の壁〟」との見出しは、今ではやや大げさな印象ですかな。ただ「耳の不自由な子にも『調和』の調べ、交響曲を楽しんでほしい」という私たちの熱意は、子どもたちへ確かに届いたのではないでしょうか。

福岡聾学校での初のオーケストラ演奏会で、耳に補聴器を着け演奏を見詰める子どもたち

「ペッパー警部」原点に

福岡聾《ろう》学校で国語の授業中、こんなことがありました。突然、窓に稲妻が光って雷鳴が。すると男子のS君が自分から、ぼそぼそと言葉を発したのです。

「ごろごろ、ごろごろ」私はすかさず「鋭い!」と褒め、口を一音ずつ大きく開け「か・み・な・り」と伝えました。するとS君が「か・み・な・り」と復唱し、小学部六年一組の七人全員が「雷」という単語を覚えてくれたのです。

さらに音楽の授業ではこんなことが。私が選んだ歌ばかり歌わせていますので、気分転換に「みんなが好きな歌は?」と尋ねました。すると女子のTさんが「これ、せんせー、しってるう?」と言い、踊り出すではありませんか。

「♫ぺっぱーーーー、ぶっぶっ」。そう、人気絶頂、ピンク・レディーの「ペッパー警部」です。他の女子二人も一緒に生き生きと踊り、歌ってくれました。その笑顔と躍動感といったら……。思わず「すごい」と感動の声が出ました。

これが私の教師としての原点となりました。子どもは皆、一人一人が輝いていて「すごい」のです。

こんな大切なことにようやく気付いた私。子どもをより輝かせるため聾学校の音楽教師は何をすべきか。二年目に音楽専科になったのを機に、専門誌に論文を書くことにしました。あらゆる音楽を支配する「リズム」を、聴覚障害児はどの程度認知しているのか調べて、考察するのです。

対象は一、三、六年生計四十一人。ピアノで高低二音の「ド」を弾き、計十種類のリズムを聴かせます。その上で、①リズムの違いが分かるか、②和太鼓で同じリズムを再現できるか――を一人ずつテストしました。その結果、リズムの違いはある程度認知できるが、再現力に難があることが判明。このギャップを埋めるには、体への振動などをフル活用して、教え方を工夫すべきだと結論づけました。

こうやってたくさんの試行錯誤をしながら、私が聾学校で教えたのは三年間。思えばS君が「雷」の言葉を覚えたのは、稲妻の光を目が捉えたからですな。聴力が弱い子は、それを残る四感と体全体で補っています。そこをサポートし伸ばしていくのが私たち教師の役目だと、肝に銘じました。

聾学校時代を今回振り返って、私の頭には、北原白秋を敬愛した詩人金子みすゞの「私と小鳥と鈴と」の一節が浮かびました。私たちは一人一人が「みんなちがって、みんないい」――のですな。

福岡聾学校学芸会での器楽演奏。舞台の下で指揮をした

四十年経て謝罪の告白

福岡聾《ろう》学校（現福岡聴覚特別支援学校）で三年間教えた私は一九七九年春、福岡県小郡市立大原小学校へ異動となりました。まずはその異動から四十年以上を経て、告白したいことがあります。

大原小での三年間で、私はそれを指導と勘違いして体罰をしたことがありました。当時、たたいた児童の方には痛くて嫌な思いをさせ、すみませんでした。心より謝罪致します。

当時の小郡は急速に宅地開発が進んでおり、大原小学校は新設八年目のマンモス校でした。二十六歳で初めて普通小学校の、それも四十人学級の担任になった私。プレッシャーを感じ、最初の頃は児童を怒鳴り散らしました。するとベテランの先生から「教師は感情的になってはいかん」と強く諭されたのです。でも怒鳴らず子どもに悪い行いを理解させるには――と悩んだ末、未熟な私が頼ったのが体罰でした。

ちょっとしたいたずらには中指で額をはじく「おでこパッチン」。続いて両手で頰を挟んでから拍手の要領でパンとやる「両手パチン」。最後の最後が「ビンタ」でした。左手を子どもの右頰に添えて「歯を食いしばれ」と子どもに受ける準備をさせた上、耳に当てないよう気を付けながら、頰をたたくのです。

初めてビンタをしたとき――。心臓が飛び出る思いで、悪いことをした子の頰をたたきました。すると児童がすごく言うことを聞くようになり、これを己の指導力と錯覚してしまったのです。実に愚かでした。

もちろん体罰は暴力であり今も昔も絶対に許されません。己の指導力不足を棚に上げ、体罰で問題解決を図ったことを今もずっと反省しています。前にも話しましたが、私は親にたたかれたことがありません。それなのに大切なお子さまに手を上げてしまったこと、当時の保護者のみなさまに改めて深くおわび申し上げます。

この聞き書きの読者にも不快な話になったと思います。でも私はこんな性分なもので、ここで謝罪しないと一生後悔すると考えた次第です。ご容赦ください。

【筆者より】聞き書きの取材の過程で、大橋さんから「実は普通小学校の教員駆け出し時代、私は体罰をしていました」と打ち明けられた時は、筆者も驚きました。いつも接している大橋さんは、少しひょうきん者のジェントルマン。痩身で、とても体罰をするようには見えなかったからです。新聞紙上の聞き書きで衝撃的な体罰の告白を掲載するかどうか、二人で時間をかけて話し合いましたが、「過ちをきちんとおわびした上でないと、その先の話を続けられない」ということで、二人の考えが一致しました。（鶴丸哲雄）

一年間は人生の一瞬

私の手元に福岡県小郡市立大原小学校で教えた児童のこんな作文が残っています。

大橋先生は、これまでの先生で、一番ぼくにとってはいい先生です。それは、きびしい時はきびしく、やさしい時はやさしくするからです（T・I君）

大橋先生がたくさんおこってくれたのでだいぶなんでもできるようになって、ほめられたのでよかったです（Z・O君）

子どもはすごいですね。いい行いは大いに褒め、悪い行いはしっかり叱る——新米教師だった私の指導方針を、的確に捉えています。

一九七九年四月、大原小学校五年四組の担任となった私。四十人の児童によく「人生の線分図」の話をしました。まず、黒板の上の方の端から端までチョークで一本線を引き、十等分します。そして端っこの一つ目と二つ目をまたそれぞれ十等分します。全体を一〇〇年とすると、小さい目盛りが一年になりますね。そして十と十一の所に印を付け、こう呼びかけるのです。

「黒板の端から端までが人間の一〇〇年の人生としたら、君たちが生きてきた年数は、たったこがしこぞ。短かろう？」

「うん」と子どもらがうなずくと、「そして五年生の一年間てなると、ほーんのこがしこぞ」とチョークでマークします。

「短過ぎー」と声が上がればしめたもの。「小学五年生の時間は人生でほんの一瞬やから、毎日を一生懸命頑張ろう」と呼びかけるのです。これは効きましたな。今、自分を振り返ると、逆に「少年老いやすく学成り難し」を実感しますが（笑）。

あと、力を入れたのが学級通信です。毎週欠かさずガリ版刷りのB4サイズで二枚を発行しました。それに加え、児童四十人の誕生日に合わせて計四十回、特別版も出しましたぞ。タイトルは「人間シリーズ」。

一枚目は子どもに誕生日の感想や親御さんへの感謝の念を書かせ、それを書き写しました。そして二枚目は、親御さんに「〇〇へ」の題でお祝いメッセージを寄せてもらいました。その子の生年月日と出生時の体重。さらに幼い頃はどんな子だったか、どんな人に成長してほしいか、などをつづってもらいました。

この人間シリーズは私の誕生日にも臨時発行しました。一枚目は自分で書き、二枚目は母イツセが「鉄雄へ」の題で執筆してくれました。「逆上がりができませんでした」「掘割で溺れて死にかけました」「肥だめに落ちました」と私の過去が赤裸々に暴露され、子どもたちは大爆笑でしたな。

大原小学校時代、教え子に囲まれて

人気作曲家から激励

一九七九年、福岡県小郡市立大原小学校で私は合奏クラブの顧問になりました。それはアコーディオンや鍵盤ハーモニカが主体のよくある小学校のクラブ。ところが楽器棚にはほこりをかぶった管楽器が七、八本……。前は使われていただろうに楽器がかわいそう、と思った瞬間、いつもながらの挑戦心が芽生えたのです。

「このクラブを吹奏楽クラブにできないだろうか」

それには高価な管楽器を何台も買い足す必要があります。私もトランペットの音を出すだけで一カ月かかったので、小学生に演奏を習得させるのが至難の業とは分かっています。何より吹奏楽クラブがある小学校は全国にごくわずか。でも私は一通りの管楽器が吹けますし、三年かければ実現可能では……。この計画を実行に移すべきか。迷える心境を手紙に記し、ある人気作曲家に送ってみました。芥川也寸志さんです。

芥川さんは私が福岡教育大学を卒業した次の年度、同大オーケストラの定期演奏会で指揮を務められ、ＯＢの私はフルート第一奏者として直接指導を受けたことがあるのです。ざっくばらんと話す方で演奏は斬新そのもの。ショスタコービッチの交響曲第五番「革命」では「ここは皆でワーと泣こう」と呼びかけ、情熱的にタクトを振られました。

そんな芥川さんへぶしつけにも悩み相談を持ちかけた私。手紙には、遊び心で私のたった四小節の自作曲の楽譜も忍ばせておりました。その歌詞は「うまくいくかな？」。単純というか、発想が貧困ですな。

しばらくして芥川さんから返信が。立派な直筆楽譜が入っていて驚きました。私のわずか四小節の曲が大きく膨らみ、一つの楽曲に仕上げられています。楽譜に書かれた題名は「うまくいくだろう」でした。

この題名だけでも感謝感激ですが、曲が振るっておりました。「うまくいくかな？」との私の問いかけの詞に、芥川さんは「それはだれにもわからない」と応じ、終盤はひたすら「ラララ」の詞が続きます。首をひねりつつピアノで演奏してみると……。何と「ラララ」の旋律はシャンソン歌手エディット・ピアフの名曲「バラ色の人生」ではありませんか。この上ない激励に、勇気百倍になりました。

それで、福田大助校長に掛け合ってみました。「子どもにブラスバンドの楽しさを教えたいのです。管楽器は高価ですが、ぜひ予算を付けてください」

校長はその場で「うん」とは言われませんでした。でも情熱は届いていました。

1979年夏、地元をパレードする大原小学校合奏クラブの子どもたち。楽器編成はまだ貧弱だった

小学生「ブラス」実現

「音楽という文化を育むには、どうしても一定のお金が必要なんです」

児童にブラスバンドの魅力を教えるため、管楽器を買い足すよう福田大助校長に訴えた私。思いは校長の胸に届いていました。

一九七九年の夏休み、福岡県小郡市立大原小にピカピカの楽器が届いたのです。低音でブラスのリズムを支えるチューバにホルン、ユーフォニウムなど。二学期にはトロンボーンやホルン、ピッコロ、コントラバスもそろいました。

最初は首を縦に振らなかった校長ですが、予算獲得のため市の教育長に直訴してくださったとか。ご厚意に報いねばなりません。

こうやって合奏クラブは吹奏楽クラブに〝昇格〟したのですが、振り返れば最初の顔合わせで子どもたちは「男の先生に何ができるの」と冷めた反応でした。そこで私はいきなりサックスを手に「♫プープー、プルルルルールルルー」とやりました。ペレスプラード楽団の人気ナンバー「闘牛士のマンボ」です。すると子どもは一様に「エッ」という表情に。以来、私を認めて練習に通ってくれていますが、吹奏楽団をつくり上げるには猛特訓が必要です。

そもそも管楽器をいきなり吹いたところで、大人でも音は出せません。まず腹式呼吸を覚える必要があ

「思い出演奏会」を終え、充実の笑顔の子どもたちとOBの中学生ら。私は前から3列目の左端

ります。

そして十、二十秒と一定の音を出すロングトーンの練習を重ねるのです。中でもトランペットの演奏は難しく、唇を横に張り振動させるバジングの技法も習得しないといけません。音程を操るのはピストン三本だけ。その組み合わせを指に覚えさせ、ようやく曲が奏でられるのです。

私は昼休みも放課後も土曜も日曜も練習させ、子どもは必死に付いてきてくれました。少し音が出せるようになると演奏はがぜん面白くなります。一人が上手になると技術を教え合うこともできます。雑音がやがてたどたどしい曲になり、最後は美しいハーモニーに昇華していくのです。

それには結局、二年かかりました。一九八一年一月、筑後地区小学校音楽祭でわが吹奏楽クラブは断トツの演奏を披露しました。その帰り道。子どもたちから「先生、これが最後じゃ寂しかよ」の声が。そこで三月、大原小学校で「思い出演奏会」を開くことにしました。

子どもたちがポスターを作って張り、プログラムも自分たちで組んだ手作りの初コンサート。私は万感の思いでタクトを振り、満員の体育館に行進曲「錨《いかり》を上げて」の高揚感あふれる音色が鳴り渡ったのです。

教え子たちとの再会

二〇一八年のこと。私が館長を務めていた北原白秋生家・記念館に、スキンヘッドのちょっと怖そうな男性が訪ねてきました。

「僕が分かりますか」

何だか見たことあるような顔。さび付いた記憶をたどっていると、「大原小学校（福岡県小郡市）でお世話になった藤戸照満です」。瞬間、ぱっと面影が浮かびました。タイガースの帽子をかぶり、いつもにこにこしていた男の子です。

「大人になったら飲もうと先生はよく言ってましたね」。そう、私がどこの学校に行っても吹聴してきたせりふです。小郡での再会を約束して別れました。

その後、長いコロナ禍を経て二〇二三年一月、ようやく連絡を取り大原小学校で再会。卒業制作のタイル画の前で記念撮影し、駅前の居酒屋で酒を酌み交わしました。すると藤戸君がぽつり。

「先生はいじめは絶対に許さなかったですもんね」

一九八〇年、私が担任するクラスでいじめがあったと分かりました。いじめた子が名乗り出ないので、午後から緊急の学級会を開きました。全員に目をつぶらせ、「覚えがある子は手を挙げなさい」と呼びかけても反応なし。放課後になっても学級会を続けました。いじめに関係のない藤戸君は「早く帰りたい」と思いつつ、暗くなりかけた運動場を眺めていたとか。この後の展開は私の胸に納めておくべき事柄ですのでご容赦を。

「またいつか」。再会を約束して藤戸君と握手し、東京に帰る彼を見送りました。

こうやって私を記念館に訪ねてくれた大原小学校時代の教え子がもう一人います。吹奏楽クラブに所属していた黒岩由香さんです。当時はパーカッション担当でしたが、私への憧れから中学時代にフルートへ転向し、福岡フルートオーケストラなどで演奏を続けているとのこと。

彼女から連絡があったのは二〇一五年のこと。「もう先生、どこで何ばしよったとー」と小言をもらいました。私はその後ブラジルに住んだり柳川へ戻ったりして、音信不通になっていたのです。

彼女の演奏仲間の協力も得て、三十三年ぶりの師弟共演が実現したのはこの年の十月でした。記念館のロビーでフルートコンサートを開き、白秋の「からたちの花」や「揺籠《ゆりかご》のうた」をゆったりと演奏しました。教師冥利《みょうり》に尽きるとはこのことですね、私もまだ若気の至りでいろんなことがありましたが、大原小学校で教えられたことは幸せだった――。そうしみじみ思います。

大原小学校卒業から33年ぶりにフルートの共演を果たした黒岩由香さん（中央）と私（左端）

蓮の開花に励まされ

人は「三十にして立つ」と孔子の言葉にありますなあ。三十歳にもなれば大人としての見識を備え、独立しないといけません。ずっと右往左往してきた私も一九八二年、その三十歳に。福岡教育大学付属福岡小学校へ異動になり、学年をまたいで音楽を教える「音楽専科」となりました。

求められたのは音楽授業法の開拓。これからの音楽はこうやって教えましょうというやり方を、実証授業で諸先生方に示さないといけません。しかしなかなか思うような成果は上がりません。

「大橋君よ、そもそも音楽とは何か!」「現代の音楽教育の課題を、もっとしっかり捉えんば!」

こうやって私を叱咤《しった》激励してくれたのが、先輩の井上健一先生でした。週末の夜は中洲や天神に繰り出しては明け方まで議論です。飲み明かした初夏の帰り道。舞鶴公園の堀の横を歩いていた私。いきなり「ポンッ」と音がして、こけそうになりました。

明け方の静寂を破る大きな音はハスの開花音。私は「おおーっ、北原白秋の詩の通りだ」といたく感激しました。ハスは七~八月の早朝のみに花を開きます。福教大の学生時代に平井建二先生の薫陶を受けて以来、私は白秋を読み込んでいたので、その詩を覚えておったのです。題は「蓮《はす》の花」。実にリズミカルですぞ。

蓮の花見は／夜あけごろ、／ぽっ、／ぽっ、／ぽっ、／ぽっ、／音がする
お城の蓮濠《はすぼり》目がさめる。／ぽっ、／ぽっ、／ぽっ、／ぽっ、／夜《よ》が明ける

お釈迦《しゃか》様の花でもあるハスに、励まされた感じがしましたなあ。で、私が取り入れたのが音楽劇遊びでした。場面に即した身体表現をしながら歌うことで音楽の楽しさを味わわせるのが狙いです。

二年生で取り上げた歌は「はだかの王さま」。この歌詞は、①機織り、②王さまの裸の行進、③それを笑う子ども――の三場面で成り立ちます。児童を四人ずつのグループに分け、機織り役、王様役などの配役を決めさせます。そして、王様はもっと威張って歩こうとか、機織りはさも忙しそうにしようとか、子ども同士で話し合いながら歌と振り付けを練っていくのです。

実証授業の日。教え子の中田愛さんがティッシュペーパーの空箱を手にしています。「何に使うと？」と尋ねても「秘密」と笑うだけ。本番で驚きました。中田さんは空箱で床をたたいて音を出し、機織りの調子の良いリズムを生み出したのです。

音楽とはいろんな発想で表現すること――。また私の方が教えられました。

実証授業で、「はだかの王さま」の音楽劇に取り組んだ福岡教育大学付属福岡小学校の2年生

恩師の子が教え子に

福岡教育大学の卒業生である私には、同じ大学の付属小学校で教えている間、ある困り事がありました。音楽の授業をする教室に、大学の恩師の子どもさんがいるケースがたまにあるのです。これがやりにくいこと……。

忘れられないのが吉田由季さん。私が着任したときは四年生でした。その母が吉田由布子《ゆふこ》先生（現同大名誉教授）です。浪人生の私に声楽のレッスンをつけ、四年のときはソルフェージュの単位をお目こぼししてくださったこと、話しましたね。

由季さんは母譲りで歌がとてもうまかったです。でも最初は私への反発から、ふてくされて真面目に授業を受けようとしませんでした。多感な時期の女の子ですからね。それで一学期の通知表に心を鬼にして「二」を付けたのです。大恩人の娘さんですから悩みに悩みましたが、教員として公正にありのままの評価をすべきだと考えました。

すると元々才能のある彼女は前向きに授業を受けてくれるようになり、その後の通知表はずっと「五」でしたぞ。今でもたまに連絡を取ると「先生、私に二を付けたもんね」と嫌みを言われますが。

それ以上に弱ったのが、私が指揮を務める保護者合唱団に由布子先生が参加されたことでした。バリバリのオペラ歌手ですから、こちらとしてはソロパートを設けたいのですが、「私はひな壇の一人で結構よ」。

タクトを振るのが恥ずかしいこと。私の未熟さを最も知る方ですから。

由季さんはその後、東京芸術大学を出てイタリアで修業し、プロのオペラ歌手に。二〇〇四年には私が校長を務めていた福岡県柳川市立豊原小学校へコンサートに来てくれました。さらには二〇一二年十一月、私が最後の校長を務めていた同市立矢留小学校で県音楽研究大会が開かれることになり、退職祝いを兼ねてわざわざミラノから来演してくれました。

彼女が歌ってくれたのが北原白秋の「この道」と「びいでびいで」など。実に伸びやかで艶のあるソプラノの響きが、今も耳に残っております。持つべきものは教え子ですなあ。

これで由布子先生と由季さんの話は終わり……ではありません。広末涼子さんが主演して話題になった映画『はなちゃんのみそ汁』を覚えていますか。原作者は西日本新聞の記者だった安武信吾さん。がんにかかった妻の千恵さんが一人娘の幼いはなちゃんにみそ汁の作り方を教えて旅立つ物語です。亡くなった千恵さんは由布子先生の大切なお弟子さんでありました。

矢留小学校でのコンサートを終えた吉田由季さん（左）と

はなちゃんの母との縁

『はなちゃんのみそ汁』という本の人気ぶりは私も報道で承知していました。でも知っているだけで時は過ぎ、二〇一五年の末頃でしたか。その映画化の情報をネットで見て、びっくり。実名の登場人物に「吉田由布子」「吉田由季」とあるではないですか。

一人娘の五歳のはなちゃんにみそ汁の作り方を教えがんで亡くなった安武千恵さんは、私と同じ福岡教育大学の出身でした。大学院まで由布子先生から声楽を学び、母親のように慕っていたとか。吉田家に練習に通ううち、由季さんとも姉妹のようになったそうです。

本に、手術直前になって乳房の全摘を拒み出した千恵さんを由布子先生が諭す場面があります。先生はこう呼びかけました。

「千恵ちゃん、生きなきゃだめよ。切りなさい。大丈夫。私の胸をあげるから」

先生らしい逸話です。千恵さんの希望で手術中、録音した先生の歌声が流されました。千恵さんはそれから八年を懸命に生き、はなちゃんを産み育てました。泣き出すと必ず歌ったのが北原白秋の「揺籠《ゆりかご》のうた」とあり、ぐっときました。本を読んでない方はぜひ。

私の福教大付属福岡小時代に話を戻します。音楽劇の次に私が力を入れたのが「歌い合わせる喜び」を児童に体感させることでした。合唱を美しく響き合わせるには①曲想をイメージし強弱を表現する　②音程を正しく取る——ことが大切です。でも①も②も得意な子はそういません。そこで児童に得意な方を手の動きでより強調させることにしました。①が得意な子は手を左右に動かしてさらに感情を込めます。②が得意な子は手を上下に動かしてさらに正確な音程を取るのです。

すると、子どもはやはりすごいですね。①はアコーディオンに空気を入れる動きに似ているので「ハンド・アコーディオン」、②は鼓笛隊で使う鉄琴のベルリラの演奏法のようなので「ハンド・ベルリラ」と自分たちで命名したのです。アコ組、ベル組に分かれて歌わせると、すごくいいハーモニーが生まれました。

この勢いに乗って一九八五年、担任する六年二組の児童を中心に福岡県小学校音楽コンクールに出場しました。合唱指導では音を均一に整えるのが常識ですが、私はあえてサビの部分で「みんな心の底から表現しようよ」と地声で思い切り歌わせました。結果は二位。でも悔いはありません。歌い終えた子どもたちは充実の表情でしたぞ。

さて、次は一番小っ恥ずかしか話です。飛ばしてもらって結構です、というかそうしてください（笑）。

「ハンド・アコーディオン」と「ハンド・ベルリラ」の組に分かれ、合唱練習に励む子どもたち。中央が私

巡り会うべくして……

「釣書《つりがき》」といっても今の人にはぴんとこないでしょうな。縁談の際に取り交わす自己紹介書のようなものです。福岡教育大学付属福岡小学校に勤務する私も、ついにそれを意中の女性のご両親へ届ける日が来ました。仲人をお願いしたのは、福岡県大川市教育長だった蔵森刑冏《のりあき》先生。親分肌の教育者として知られていた方です。その蔵森先生が「大橋鉄雄はこういう男です」と、私の隣で相手のご両親に釣書を渡してくださいました。

え？　相手はどんな女性かって。小っ恥《ぱ》ずかしかばってん、話しますね。

私が妻宏子と知り合ったのは、ある先輩の家でした。先輩のお母さんが茶道の先生で、妻はそこの教室に通っていたのです。姿を見かけ「あの人いいですね」と先輩に言うと、「独身ぜ。紹介しようか」。それで先輩宅で顔合わせをさせてもらえることに。

通された部屋で茶道教室が終わるのを待っていると、少し扉を開け中の様子をうかがう妻と目が合いました。すると彼女が私に、にこっとしたんですね。その笑顔にイチコロでした。もう、ぞーたん（冗談）のごつ。顔のあーこうなりましたばい。

とんとん拍子で話は進み一九八五年十月十日、挙式しました。なぜ当時祝日だった「体育の日」を選んだかというと、結婚記念日を絶対に忘れないようにするためです。

やがて子宝が宿った妻は翌一九八六年九月二十九日、産気づいて病院へ。付属小はその日は恒例のお月見学芸会で私は学校を抜けられません。妻の親から事務室に「男の子が生まれた」と電話があったと知らされました。私は学芸会の打ち上げに参加し先生方に祝福され、いい気分で病院へ。ところが面会時間を過ぎており、生まれた長男には会えません。少しだけ面会できた妻も初めての出産はつらかったようで「遅かったわね」の一言だけ。その瞬間、強烈な後悔に襲われ、大橋家の終生の上下関係が確定した次第です。

赤ん坊の名前は私の「鉄雄」から一字取り、最初の息子ですので、「雄一」と付けました。この子は情けない父親をしっかり反面教師にして育ちました。二児の父として最近はたまに料理もやり、「イクメン」ぶりを発揮しているようです。

福岡市のホテルで結婚披露宴を開いた私（左）と妻宏子

ここから先をしっかりお読みくださいね。北原白秋生家・記念館では「近代日本の詩聖　北原白秋」という題の白秋の生涯をまとめた図録を長年、販売しています。この編集に携わったのが、何と結婚前の妻でした。

この図録は元々、西日本新聞社事業部が

一九八五年一月、白秋生誕百年展で販売するため発行したものでした。担当は当時事業部の都合《とごう》雅彦さん。妻はアルバイトとして、校閲や寄稿の依頼などをこなし、都合さんを補佐したのです。出来栄えが非常に良かったので記念館が販売を引き継ぎましたが、末尾の編集者にずっと都合さんと妻の名はありませんでした。それで私が館長時代、一部改訂する際、二人の名も追加させていただきました。

それにしても、結婚前の妻が編集に携わった図録を後に私が館長となり販売するとは、白秋を巡る彼女との縁に驚きます。やはり妻とは、巡り会うべくして巡り合ったのでしょうか。

なんて言うと、もう歯が浮いて入れ歯になりそうですな。あー、小っ恥ずかしかーっ。

第五章

波瀾万丈な結婚生活と転機

囚人馬車で監獄送り

夏目漱石の『三四郎』で学生たちが英語の翻訳をする場面に「かわいそうだたほれたってことよ」というせりふが出てきます。その英語の原文は「Pity's akin to love」。同情は恋の始まり——とでも訳しましょうか。詩集『思ひ出』で大成功を収めた北原白秋にも同様のことが起こります。悪いことに相手は、人妻でした。引っ越し魔だった独身時代の白秋。一九一〇年に転居した東京・原宿で隣家の松下俊子と顔見知りになります。俊子の夫は国民新聞の記者でしたが、愛人をつくり、乳飲み子がいるのに家庭を顧みません。涙に暮れる俊子に同情を禁じ得なかったのが、白秋でした。

『思ひ出』の第二章「断章」にも俊子を思わせる「あわれ、人妻」という一節がありましたなあ。やがて二人は恋に落ち、白秋は俊子を「ソフィー」と呼ぶように。その頃の白秋に今も愛唱される名歌があります。

君かへす朝の舗石《しきいし》さくさくと雪よ林檎《りんご》の香《か》のごとくふれ

不倫でなければ実に爽やかな恋の歌です。白秋の想像も大いに含まれているのでしょうが、雪を踏む音とリンゴをかじる音を掛けた技法は心憎いほどです。

二人はプラトニックラブを貫いていたようですが、夫に離縁を宣告された俊子が白秋を訪ね、ついに一線を越えます。そして一九一二年七月六日、読売新聞にこんな見出しの記事が。

「詩人白秋起訴さる　文芸汚辱の一頁《ページ》」。俊子の夫が二人を「姦通罪《かんつう》」で告訴したのです。戦後の刑法改正で廃止された罪ですが、当時は浮気をされた夫が妻と相手の男を罪に問えました。二人は囚人馬車で東京監獄送りに。白秋は「三八七」の囚人番号を付けられ、編みがさに手錠姿で裁判に出廷しました。

かなしきは人間のみち牢獄《ひとや》みち馬車の軋《きし》みてゆく礫道《こいしみち》
わが睾丸《ふぐり》つよくつかまば死ぬべきか訊《き》けば心がこけ笑ひする
一列《ひとつら》に手錠はめられ十二人涙ながせば鳩《はと》ぽつぽ飛ぶ
鳩よ鳩よをかしからずや囚人《めしうど》の「三八七《さんはちしち》」が涙ながせる

悲痛ですな。詩壇の第一人者が獄中で詠んだ前代未聞の歌でありました。

白秋は二週間後に保釈され、結局、八月十日に免訴となりました。放免された喜びと深い後悔の念がにじむのがこの歌です。

監獄《ひとや》いでてじつと顫《ふる》へて噛《か》む林檎林檎さくさく身に染みわたる

その間に元号は明治から大正へと変わっておりました。

北原白秋が第一歌集『桐の花』に描いた挿絵。囚人の編みがさをかぶった俊子の姿と見られる

初歌集『桐の花』出版

姦通《かんつう》罪に問われた北原白秋。ようやくつかんだ詩人としての名声は、あっけなく地に落ちました。何とか免訴となったのは全て弟鉄雄のおかげでした。

松下俊子の夫は示談金三〇〇円を要求しました。当時、会社勤めの鉄雄の月給は十五円。実家が破産した以上、おいそれと払える額ではありません。兄のため血のにじむ思いで、金策に駆け回ったはずです。待ち合わせの場に現れた俊子の夫は、三〇〇円と引き換えに告訴取り下げの書類に判を押し、破顔大笑で出ていったとか。鉄雄はさぞ切歯扼腕《やくわん》したことでしょう。同じ名を持つ身としてその胸中、察しますぞ。

さらには、白秋が初めて主宰していた文芸雑誌『朱欒《ザンボア》』に寄稿していた文学仲間からも次々と激励が。

　前略。只此《ただこの》手紙で君に対する従来よりも一層の好意を示したく思ひます

いち早くこんな便りを送ったのが、作家志賀直哉でした。さすが人道主義を唱える白樺派です。白秋を崇拝する詩人、佐々木繁は「貴方《あなた》の名誉と貴方の光りとが、些細《ささい》なる事件で損するものではありません」と手紙に記しました。持つべきものは友ですなあ。

一九一三年の正月には自殺を思い詰め三浦三崎へ渡るほど、不安定な精神状態にあった白秋ですが、事件の前から成し遂げねばならぬことを抱えていました。第一歌集『桐《きり》の花』の出版です（この題名から姦通

事件が「桐の花事件」と称されるようになったのは本人も不本意でしょうが)。

白秋が文学の道へ足を踏み入れた最初の表現方法が短歌でしたね。早稲田大学の同級生だった若山牧水は既に何冊もの歌集を出しています。そろそろ森鷗外の観潮楼歌会に招かれた歌人としての力を示さねばなりません。白秋は、事件後のありのままの心境を詠んだ歌もたくさん書き足しました。

そして同年一月、満を持して『桐の花』が出版されます。巻頭を飾ったのは、五年前の夏、観潮楼で鷗外に披露した歌でした。


春の鳥な鳴きそ鳴きそあかあかと外の面《とも》の草に日の入る夕《ゆうべ》

春の鳥よ、そんなに鳴くなよ、戸外の草むらに赤々と沈む夕日をしんみり眺めているのだから——といった意味でしょう。物憂げな春の夕の雰囲気が伝わります。それにも増してメロディーを奏でるようなこの素晴らしいリズム感。これぞ白秋の真骨頂です。この歌は代表作の一つになりました。

かように佳品が多い『桐の花』。次回でクイズを交えて解説しますぞ。

第1歌集『桐の花』のカバーに北原白秋が描いたアール・ヌーヴォー調のしゃれた絵

模倣される「古宝玉」

北原白秋が「抒情《じょじょう》歌集」と銘打った『桐《きり》の花』。みずみずしい恋の歌や青春の憂いを秘めた歌など、近代的な作品がたくさんあります。歌人の高野公彦さんは「白秋によって短歌は〈都会詩〉に変貌した」と高く評しておられますぞ。

では、クイズ形式で白秋の歌の素晴らしさを示しましょう。次の三つのうち白秋の短歌はどれですか？

①片恋のわが世さみしくヒヤシンスうすむらさきににほひそめけり

②片恋のわれかな身かなやはらかにネルは着れども物おもへども

③ヒヤシンス薄紫に咲きにけりはじめて心顫《ふる》ひそめし日

答えは②と③でした。では①の作者は誰か。白秋に憧れた芥川龍之介です。前も話しましたが、柳川隆之介と名乗っていました。

①と②③の要素を比べてみます。まず①の「片恋の」は②の出だしのパクリ。続いて①の「ヒヤシンスうすむらさきににほひそめけり」は③の「ヒヤシンス薄紫に咲きにけり」とほぼ同じ。よく味わうと歌の完成

芥川龍之介

度にも差がありますな。芥川は『桐の花』に載った歌をつぎはぎして、この歌を作ったのかもしれません。

でも、けしからんと言ってはいけませんぞ。芸術は常に模倣から始まるもの。あの一時代を築いたシンガー・ソングライター小椋佳さんも、白秋をまねしています。

♫真綿色したシクラメンほど——。布施明さんが歌い大ヒットした「シクラメンのかほり」を覚えていますか。制作にまつわる後年のインタビューで小椋さんは「あの歌は世に出したくなかった。借り物が多すぎるから」と打ち明けています。どこから借りてきたのか——。全六巻の白秋の詩集からでした。小椋さんいわく「白秋先生の詩の中から今も使えるなと感じた言葉に黄色いマーカーを引き、それを寄せ集めると歌詞ができ上がった」。いやはや驚きのエピソードですな、白秋の語彙《ごい》の豊富さの現れでしょう。

『桐の花』の冒頭のエッセーで、白秋はこんな金言を記しております。

短歌は一箇の小さい緑の古宝玉である

小さくとも古い宝玉のように心を震わせるもの——それを白秋は探し求め、分かりやすい言葉に置き換え、今も人々を楽しませるのです。『桐の花』や詩集『思ひ出』をぜひじっくり読んでみてください。

それで「桐の花事件」のその後ですが、白秋は夫の元を離れ肺を病んでいた俊子と再会し、男の責任を取って結婚しました。少しほっとしましたね。

小椋佳さん（2014年）

「野晒《のざらし》」に清張も共感

逆境を乗り越えてこそ人は成長する――。と偉そうに口で言うのは簡単ですが、人妻松下俊子との姦通《かんつう》事件の後、北原白秋には、いばらの道が待ち受けておりました。

旧制中学伝習館時代に自死した親友中島鎮夫《しずお》を悼んだ詩「たんぽぽ」を覚えていますか。この詩もそれと同じくらい痛切ですぞ。「野晒《のざらし》」。さらし者になった罪人《つみびと》、白秋の哀歌です。

死ナムトスレバイヨイヨニ／命恋シクナリニケリ、／身ヲ野晒ニナシハテテ、／マコトノ涙イマゾ知ル。
人妻ユヱニヒトノミチ／汚シハテタルワレナラバ、／トメテトマラヌ煩悩ノ／罪ノヤミヂニフミマヨフ。

免訴となったものの、世間の批判を一身に受け、罪の闇路を踏み迷った白秋。あれほど絢爛《けんらん》豪華な詩歌を生み出してきた芸術家の面影はどこにもありません。実際に自殺を考えて三浦三崎へ渡ったこともありました。でも、どうしても命が恋しく死にきれません。そして「悔悟」という真の涙の味を知るのです。

そもそもこの事件は、俊子の夫が愛人を囲って家庭を顧みなかった結果、起こったもの。白秋側は三〇〇円もの示談金も支払いました。これほど反省しているならもう許してやっていいのでは、と思うのですが。世間は怖いですなあ……。

気分転換にクイズを出しましょう。この詩を小説で取り上げた北九州市出身の作家は誰でしょう？　ヒントは多彩なジャンルの作品を残した昭和文学の巨星――。答えは松本清張です。一九七二年発表の推理小説『表象詩人』では、「野晒」の詩が殺人事件を暗示する重要な呼び水になりました。

小説は昭和初期の小倉が舞台で、主人公は清張自身がモデルとおぼしき貧しい勤労青年。陶器会社に勤める裕福な青年たちと知り合い文学論議に熱中していく過程で、ある人妻が殺されるという筋書きです。

私と相方は二〇一八年九月、小倉の松本清張記念館を取材しまして、この作品には小倉時代の清張の記憶が随所に反映されていることがよく分かりました。清張の前半生の小倉時代は貧苦の連続でした。でも決してへこたれず、四十歳を過ぎて上京し大作家への夢を実現させました。

白秋は同じ福岡県出身ですし、清張は己の前半生の苦難を、白秋の辛苦の時代にダブらせていたのではないでしょうか。「野晒」という作品に共感したからこそ、その詩を丸々と引用したのだと思うのです。

話を白秋に戻します。白秋は一九一三年七月、輝かしい東京時代への哀惜が詰まった第三詩集『東京景物詩及其他《およびそのた》』を出します。収録作の中でもことに美しい「白い月」という詩の一節を引き、この回を終わりましょう。ちなみにソフィーとは俊子のことです。

空いろのあをいそらに、／白い月が出た、ソフイー。／生きのこつた心中の／ちやうど、片われでであるやうに。

詩集『白金之独楽』に収録された「野晒」に添えられた、北原白秋直筆の挿絵

「片恋」残し東京去る

哀切な詩「野晒《のざらし》」で、姦通《かんつう》事件の後の胸中を吐露した北原白秋。一九一三年、二十八歳で東京から離れる決断をしました。破産して上京してきた父母や弟妹、すったもんだの末に結ばれた俊子も連れて、一家で心機一転、三浦三崎に移るのです。

その詳しい話は次のお楽しみとして、この年に発行された白秋の第三詩集『東京景物詩及其他《およびそのた》』の巻頭にこんな献辞がありました。

わかき日の饗宴《きょうえん》をしのびてこの怪しき紺と青との詩集を〝PAN〟とわが「屋上庭園」の友にささぐ

隅田川をセーヌ川に模した若き芸術家らの供宴「パンの会」を覚えていますよね。『屋上庭園』は白秋が木下杢太郎らと創刊した雑誌でした。白秋はそこで出会った多くの友への惜別の念をこの詩集に込めました。末尾にこう記しています。

東京、東京、その名の何すればしかく哀《かな》しく美しきや（略）東京のために更《さら》に哀別の涙をそそぐ

東京での二度と戻らない「青春」ですなあ。パンの会が隆盛だった頃。白秋は昔ながらの江戸情緒と近代化が進む東京の文化を融合し、たくさんのしゃれた詩を書きましたが、それらを詩集にまとめたのです

な。最高傑作が「片恋」です。

あかしやの金《きん》と赤とがちるぞえな。／かはたれの秋の光にちるぞえな。／片恋の薄着のねるのわがうれひ／「曳舟」の水のほとりをゆくころを

かはたれは「彼は誰」と言いたくなる薄暗い時間帯。白秋は夕暮れ時の意味でよく詩歌に使います。ねるは「フランネル」の略で柔らかい織物。水のほとりとは埋め立てられた「曳舟川」の河畔でしょう。江戸時代まで川岸から人力で、遊覧の舟「曳舟」が牽引されていた水路です。で、恥ずかしながら私、「金と赤」のうちの「赤」は白秋の想像と思っておりました。ですが二〇一七年に訪れた軽井沢でびっくり。ニセアカシアが見事な黄色と朱色に紅葉していたのです。白秋はこんな情景を詠んだのですな。悩ましいネルの着物を着た女性と、曳舟が上下した川沿いを歩く夕暮れ。そこにニセアカシアの金と赤の枯れ葉が秋の光を浴び、はらはらと散っていく——。

白秋は後年、この「片恋」を「わが詩風に一大革命を惹《ひ》き起こした」と高く位置付けました。なぜか。小唄や民謡など後年生まれた数々の白秋の俗謡詩は、全てが「片恋」から芽が出て発展したものだったからです。

九州にゆかりの深い作曲家團伊玖磨が、「片恋」に曲を付けております（改題し曲名は「舟歌」）。舟が揺れるような伴奏に乗せた、小唄調の色っぽい旋律は美の極みであります。

詩集『東京景物詩及其他』に掲載された木下杢太郎作の口絵。舟に洋装の男と和装の女を配し、「東京」と「江戸」の交錯を示したという

初の作詞「城ヶ島の雨」

北原白秋一家が一九一三年五月、移り住んだ三浦三崎（現在の神奈川県三浦市三崎町）は、三浦半島の先端にある漁師町でした。南東に房総半島の館山、そして北西に富士山が見渡せます。港の南には景勝地として知られる城ヶ島が。

春の盛り、広い太平洋の海と青空を目にした白秋は久々に爽やかな心持ちを味わったことでしょう。こんな短歌を詠みました。

水あさぎ空ひろびろし吾《わ》が父よここは牢獄《ひとや》にあらざりにけり
深みどり海はろばろし吾が母よここは牢獄にあらざりにけり

一時は未決監獄で捕らわれの身だった白秋。開放感のあまり、思わずほとばしり出たような歌ですな。それにしても人は誰しも、究極の感慨を誰かに伝えたくなったとき、父母の顔が思い浮かぶのでしょうか。

白秋一家は地元で異人館と呼ばれる家に入居。ほどなくして父長太郎と弟鉄雄は魚の仲買業を始めます。ここ三崎は海産物の宝庫。そして北原家は江戸時代、九州に名の知れた海産物問屋でしたからね。ですがワイシャツにネクタイを締めて舟に乗るような「殿様商売」はすぐ行き詰まります。父母と弟らは東京で借家を営むことにし、白秋と俊子だけが残りました。

その頃、白秋の元に、島村抱月が主宰する芸術座の第一回音楽発表会に舟歌を作ってくれとの依頼が。詞はなかなかできず、十月二十七日、発表会のわずか三日前に完成します。作曲家梁田貞《やなだただし》が徹夜で曲を付けて、自ら歌いました。題名は「城ヶ島の雨」。

雨はふるふる、城ヶ島の磯に、／利休鼠《ねずみ》の雨がふる。／雨は真珠か、夜明《よあけ》の霧か、／それとも私の忍び泣き

うーん、いつ聞いてもしびれますなあ。利休鼠とは緑色を帯びた灰色のこと。哀愁を帯びて始まる曲は、転調して明るい舟歌調になり、最後はまた哀愁たっぷりで終わります。

この歌は一九一七年、テノール歌手奥田良三の歌でレコード化され流行歌に。山田耕筰、橋本国彦、小村三千三《みちぞう》も新たな曲を付けました。戦後も藤山一郎さん、森繁久弥さん、倍賞千恵子さん、都はるみさんらそうそうたる方が歌ってきました。

何よりこれは白秋が初めて作詞した歌曲という点で記念碑的な作品でありました。これを足掛かりに白秋は、童謡や民謡など多彩な歌謡の世界へ進出していくのです。

話を三浦三崎に戻しましょう。ここでの生活は白秋に久々の開放感をもたらしたのですが、また転居を思い立ちます。行き先ははるか遠い南の島でした。

竹久夢二が表紙を描いた「城ヶ島の雨」の楽譜（1926年、セノオヤマダ楽譜刊、★）

結婚に破れ「光」得る

国内で福岡市から一三〇〇キロ以上離れた遠い南の島といえば、どこが思い浮かびますか？　沖縄ではありませんよ。小笠原諸島です。

一九一四年二月末、白秋が妻俊子を連れて目指したのは、何と小笠原諸島の父島でした。明治初めに日本の国土となった島で、東京からでも約一千キロ。この距離を船で渡るのはさぞ大変でしょう。すごい決断をしたものです。

肺に病を抱える妻、俊子の療養が目的でした。画家のゴーギャンが南国タヒチで画題を見いだしたように、創作上の意図もあったのかもしれません。でも結論から言えば、この移住は失敗に終わります。俊子は島の生活になじめず、三カ月余りで先に東京へ帰ります。白秋はこんな歌を詠みました。

南海の離れ小嶋の荒磯辺《ありそべ》に我《わ》が痩せ痩せてゐきと伝へよ

遅れて戻った白秋は俊子と父母宅に同居しますが、俊子と父母にいさかいが絶えません。俊子が父母の面前で、茶わんや箸を庭に投げ捨てたこともあったとか。白秋との大げんかの末、俊子は実家に戻ります。愛想を尽かした白秋は俊子と離婚しました。

全てを捨てて禁断の愛を貫いたはずの二人の、ごく短い結婚生活でした。人生とは皮肉なものですな。

ですが俊子との三浦三崎や父島での大自然に囲まれた暮らしは白秋の作風に大変革をもたらしました。同年九月に短唱・短歌集『真珠抄』、十二月に詩集『白金之独楽《こま》』を立て続けに刊行します。白秋本人はこれらを創作した境地を「法悦」と呼びました。まず『真珠抄』から引きましょう。

滴るものは日のしづく静かにたまる眼の涙
人間なれば堪《た》へがたし真実一人は堪へがたし
山が光る木が光る草が光る地が光る

どうですか、このまるで種田山頭火のような直接的な言葉は。技巧に満ちた『邪宗門』や『桐《きり》の花』とは全く異質です。北原家は元々仏教信仰にあつい家柄でしたが、白秋は大自然の中に身を置いたことで仏がもたらす喜び、つまりは「光」に気付いたようです。『白金之独楽』の冒頭の詩はこう。

『白金之独楽』の表紙（白秋全集より）。北原白秋は巻頭に「光リ輝ク命ノナガレニ身ヲ委ネム」と記した

感涙ナガレ、身ハ仏、／独楽は廻《まわ》レリ、指尖《ゆびさき》ニ。

さらに「薔薇《ばら》二曲」という詩から拾います。

薔薇ノ木ニ／薔薇ノ花サク。／ナニゴトノ不思議ナケレド。

バラにはきちんとバラの花が咲く――。まるで物理の法則のような自然界の神秘を率直にたたえています。白秋は劇的に変わったのです。そして翌一九一五年、第二歌集『雲母集《きららしゅう》』が刊行されます。

『雲母集《きらら》』で泥沼脱出

このところ重苦しい展開が続いていたので控えていましたが、今回は使いますぞ、柳川弁。ばいーっ、よかですばい（すごくいいですよ）、『雲母集《きらら》』は。

北原白秋の第二歌集として一九一五年八月、刊行された『雲母集』。巻頭に掲げられたのがこの歌です。

煌々《こうこう》と光りて動く山ひとつ押し傾《かたぶ》けて来る力はも

もちろん、光に物体を動かす力などありません。ですが直進する光の束がいきなり出現する朝日の出は、山を動かすほどに思わせる力と神々しさを秘めています。三浦三崎で「新生」を求め暮らし始めた白秋は、そんな自然の神秘を感じ取っていきます。この歌集にはかつて白秋が提唱した短歌の究極の姿「小さい緑の古宝玉」は存在しません。江戸趣味も西洋趣味もかなぐり捨て、ありのままを歌おうとする白秋がいます。

大きなる手があらはれて昼深し上から卵をつかみけるかも

真昼の鶏小屋の情景を深淵《しんえん》な神の所業に重ねたのでしょうか。とてもスケールの大きな歌ですなあ。こんな歌もあります。

生きの身の吾《わ》が身いとしくもぎたての青豌豆《えんどう》の飯《いい》たかせけり

もぎたてのピースご飯が実にうまそう。食べることは生きることです。

石崖に子ども七人腰かけて河豚《ふぐ》を釣り居り夕焼小焼

小さき者に注ぐ目の優しいこと。たくさん釣れるといいですね。でもときにはこんな怖い歌もあります。

憤怒《いきどおり》抑へかぬれば夜おそく起きてすぱりと切る鮪《まぐろ》かも

寝床に入って、両親と仲違いした妻俊子への怒りが湧いたのでしょうか。マグロは今も三浦三崎の名物。魚の仲買業を試みただけあり、家に切れ味の良い包丁があったのでしょうな。そして私が一番好きなのがこの一首。

大きなる足が地面《じべた》を踏みつけゆく力あふるる人間の足が

畑の農作業を見守って詠んだようです。大地を踏みしめ、額に汗を流して働くのが人間です。その行為は地味ですが、直進する光の力のように偉大なのです。

三浦三崎で白秋が暮らしたのはほんの九カ月ほどですが、大自然に囲まれた生活は生涯で重要な転機となりました。歌集の最後にこう力強く記しています。

自分を救ふものは矢張自分自身である

すっかり野太くなって、わが白秋は泥沼から脱出しました。そして、新たな女性との出会いが待っていました。

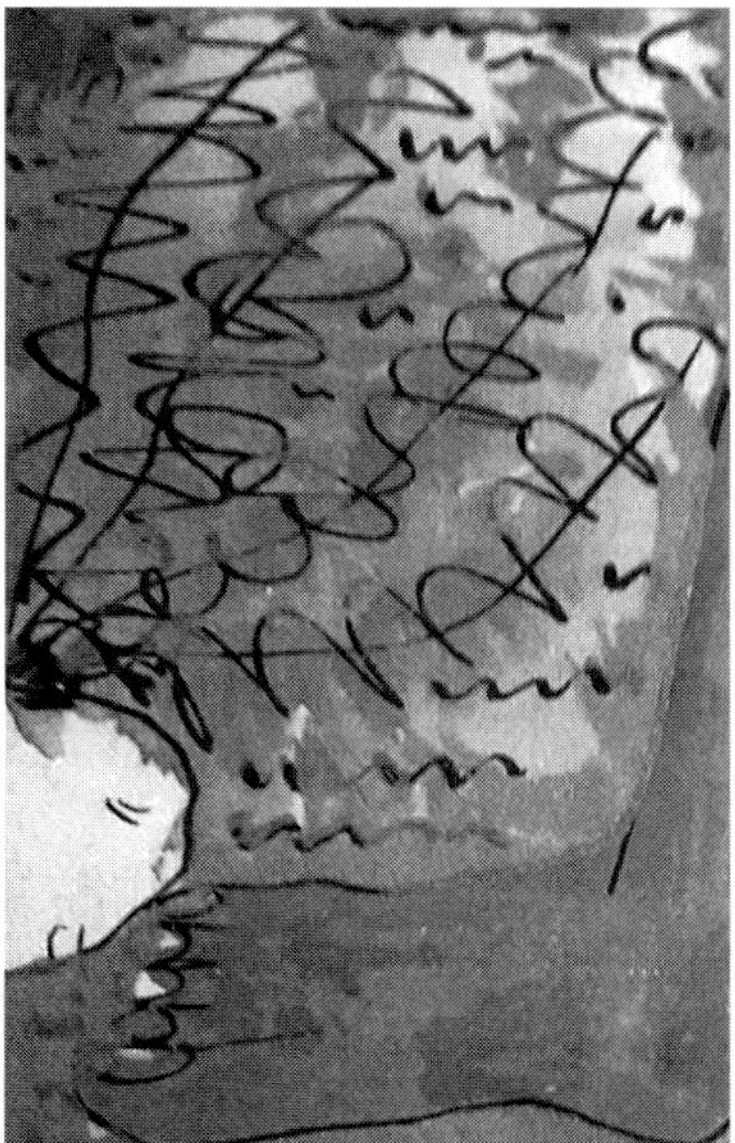

『雲母集』の「地面と野菜」の章に添えて、北原白秋が描いた挿絵

二人目の妻と雀の生活

「隠者文学」なるジャンルをご存じでしょうか。中世の頃、世俗から隠遁《いんとん》した僧侶や文人が残した文学です。代表作は鴨長明の『方丈記』や吉田兼好の『徒然草』。無常観に満ちた思想は、江戸時代の俳人松尾芭蕉に引き継がれています。

北原白秋にも、芭蕉に憧れ隠者のような生活を送った時期がありました。暮らした地名から「葛飾・小田原時代」と呼びます。

考えてもみてください。白秋は十九歳で上京して以来、疾走を続けてきました。革命的デビュー作『邪宗門』に始まり、国民的詩人に上り詰めた出世作『思ひ出』、姦通《かんつう》事件までも詠み込んだ名歌集『桐《きり》の花』――。詩と短歌の二刀流でこれだけの仕事を成し遂げるのに費やしたエネルギーは途方もないものです。充電期間が必要でした。

そんなちょっと気の抜けた三十一歳の白秋に寄り添ったのが江口章子《あやこ》でした。二人は一九一六年五月に結婚し東京・葛飾の「紫烟《しえん》草舎」と名付けた粗末な家に移り住みます。最初の妻俊子と離別した白秋の傷心を章子が癒やしてくれました。

ですが彼女の生涯は波乱に満ちたもので、多くの作家が触発されたほど。皮切りは九州文学界の重鎮原田種夫の『さすらいの歌』。極め付きは瀬戸内晴美（寂聴）さんの『ここ過ぎて　白秋と三人の妻』でしょう。若き寂聴さんが章子を追った執念には、すさまじいものがありますぞ。

そんな章子の生い立ちに興味がありますよね。大分県豊後高田市香々地《かかぢ》の旧家の生まれ。聡明《そうめい》な文学少女で村人から「あこさま」と敬われたとか。「トンカ・ジョン」と同じですな。

弁護士の男性に嫁ぎ、一時柳川に住んでいました。その頃『思ひ出』などを読み、白秋に憧れたのは想像に難くありません。夫の元を飛び出し、女性文芸誌『青鞜』を立ち上げた平塚らいてうの元に身を寄せ、白秋と知り合ったようです。そして二人は田舎に引っ込み清貧の生活へ。白秋はこんな歌を詠みました。

米櫃《こめびつ》に米のかすかに音するは白玉のごとはかなかりけり

哥路《ころ》と名付けた犬を飼い、村の子たちと親しく交流します。ですが困窮のためあげるお菓子もないので、その代わり、手にホタルの絵を描いてあげました。ことにかわいがったのが雀《すずめ》でした。なけなしの米をまき与えては慈しみました。白秋が章子に「あなたは気の毒だね。こんな貧乏で」とわびると、彼女はこう答えたそうです。

「大丈夫ですよ。いよいよ困ったときは、あの雀たちがきっと一粒ずつお米をくわえてきますよ」

こんなメルヘンの世界をただよっているような夫婦に、突然の破局が訪れます。

北原白秋の二番目の妻となった江口章子

地鎮祭で突然の破局

お金持ちの心境はいーっちょん（全然）分かりませんが、裕福に育った人ほど貧乏に無頓着なのかもしれません。「葛飾・小田原時代」の北原白秋と二番目の妻章子《あやこ》がまさにそうでした。

章子の着物も白秋の大切な書籍も売り尽くし、残ったのは章子が舞に使う扇だけという貧窮ぶり。それも苦にせず、野山を歩き自然観照しているのですから。白秋はこの清貧の日々を題材にした詩や文を「雀《すずめ》の生活」の題で雑誌に連載し、糊口《ここう》をしのぎました。

こうやって前作の『雲母集《きららしゅう》』から六年も空いて刊行されたのが第三歌集『雀の卵』です。白秋は推敲《すいこう》に推敲を重ねました。ただ、これまでのようにテーマを決めると、そこに全精力を集中する白秋ならではの突破力は影を潜めました。尊敬した松尾芭蕉のような、枯淡の境地の歌ぞろいです。

薄野《すすきの》に白くかぼそく立つ煙あはれなれども消すよしもなし

昼ながら幽《かす》かに光る蛍一つ孟宗《もうそう》の藪《やぶ》を出でて消えたり

一首目は、ススキ野の向こうにか細く上がる煙を見ているともの悲しいが、消すこともなく眺めている。二首目は、昼間に明滅するホタルが竹やぶから出るのを見つけたが、すぐにふっと消えた――。そこはかとない幽玄の美ですなあ。私が好きな歌はこれです。

春浅み背戸の水田《みずた》のみどり葉の根芹《ねぜり》は馬に食べられにけり

私はこの歌が記された白秋直筆の色紙を二〇一九年に白秋の母の実家石井家（熊本県南関町）で確認しました。白秋の署名が冒頭にあって、これは近親者に贈る場合のみに記す大変貴重な品でした。きちんと保存されているかが今も気がかりです。

本題に戻ります。白秋と章子に突然の破局が訪れたのは、神奈川・小田原に住んでいた一九二〇年五月。白秋の仕事が軌道に乗り、三階建ての洋館を建設することになり、白秋と章子は地鎮祭を開きます。芸者も呼んで招待客二百人に上った宴《うたげ》でしたが、白秋の義弟山本鼎らがその派手過ぎる振る舞いに立腹。口論となって、章子はその場を編集者の男と飛び出し、谷崎潤一郎に離婚の仲裁を頼んだのです。

そして白秋と別れた章子は一時、「大正三大美人」にうたわれた大正天皇のいとこで歌人の柳原白蓮の元に身を寄せます。別府に赤銅《あかがね》御殿という、白蓮の当時の夫だった炭鉱王、伊藤伝右衛門が建てた豪邸があったのです。やがてそこも出て、全国のお寺などを流浪することに。晩年は脳軟化症を病み、故郷の大分・香々地《かかぢ》の座敷牢《ろう》で果てたそうです。

なぜ章子はそんな波瀾《はらん》万丈の人生を選んだのか——。不思議ですよね。彼女は私の理解の範囲を完全に超えています。一つ言えるのは、実に幸薄い女性でありました。

葛飾の「紫烟草舎」と名付けた家で清貧の暮らしを送った北原白秋（右）と妻章子（1917年冬、★）

『赤い鳥』大きな転機

一番苦しかった時代の北原白秋に寄り添い、突然去った二人目の妻章子《あやこ》。この謎めいた女性のことを少しでも知りたいと、私とこの連載の聞き手は二〇一九年二月、章子の故郷、大分県豊後高田市香々地《かかぢ》を訪ねました。生家跡が記念公園となり、地元の高齢者クラブの方々が顕彰活動に汗を流されていることを伺《うかが》って、正直ほっとしましたぞ。

白秋と別れた後の章子は一時、香々地に「ポプラ学園」という寺子屋のような施設を開き、村の子どもに読み書きを教えていたとのこと。やはり白秋の柳川と同様、香々地は章子にとって特別な地だったのでしょう。周防灘に突き出た長崎鼻に、章子のこんな歌碑が立っておりました。

ふるさとの香々地にかへり泣かむものか生れし砂に顔はあてつ、

章子は流浪の日々にずっと望郷の念を抱いていたようです。思えば章子と白秋には多くの共通点がありました。旧家に生まれ何の不自由もない境遇で育ったこと。その生家が没落したこと。文学をたしなむこと。章子はだからこそ、自分とよく似たどん底にある男に寄り添い、再び男が力を取り戻したとき、風のように去った——そんな気もいたします。もっと知りたい方は、瀬戸内寂聴さんの本を読んでみてください。

話を先に進めましょう。章子と暮らした小田原時代、白秋には大きな転機が訪れていました。一九一八年二月、隠遁《いんとん》生活を送る白秋を訪ねてきたのが、後に日本の児童文化運動の父と呼ばれる鈴木三重吉です。今の少年少女雑誌は俗悪なものばかりだ。子どものため今の一流作家を集めて立派な読み物を作りたい。そして、子どものための詩歌、つまり童謡は君に任せたい――。鈴木はそう力説し、白秋を新雑誌の創刊に誘ったのです。

その児童雑誌の名は、『赤い鳥』。当時の童話界の主流は巌谷《いわや》小波《さざなみ》らによる、「桃太郎」や「金太郎」などの昔話をアレンジした「お伽噺《とぎばなし》」でした。鈴木はそこから一気に変革し、芸術性を高めた創作童話・童謡集を目指したのです。童謡と詩の分野は三木露風も太鼓判を押した白秋に一任。もちろん白秋は歓迎しました。

かくして同年七月一日、日本文学史上で画期的な児童雑誌『赤い鳥』が創刊されました。参加した面々はきら星のようですぞ。巻頭を白秋の創作童謡が飾り、童話の執筆者は鈴木、島崎藤村、泉鏡花、徳田秋声ら。そして芥川龍之介の不朽の名作「蜘蛛《くも》の糸」もこの創刊号で発表されました。

鈴木三重吉により創刊された『赤い鳥』第1号の表紙（復刻版）

童謡の最高の書き手

北原白秋が童謡の選者に就任してスタートした児童雑誌『赤い鳥』。記念すべき第一号の巻頭に掲げられたのが、白秋の創作童謡「りすく〳〵小栗鼠《りす》」でした。

栗鼠、栗鼠、小栗鼠、／ちょろ〳〵小栗鼠、／杏《あんず》の実《ミイ》が赤《あアか》いぞ、／食べ、食べ、小栗鼠。

三節目のルビに注目を。白秋がいかに言葉のリズムを大切にしたか、一目瞭然でしょう。すぐ曲が付けられそうな詞に仕上がっています。実際、白秋は童謡や小唄を作る際、声に出して適当な節をつけながら、歌うように創作していました。これが「言葉の魔術師」を生み出した一つのゆえんです。

もう一作、第一号に掲載された白秋の童謡が「雉《きじ》ぐるま」でした。きじ車は柳川の隣、福岡県みやま市の清水山の名物玩具で、柳川の白秋生家にも特大の品が展示してあります。記念すべき創刊号で幼い頃に故郷で親しんだ玩具を取り上げたことに白秋の郷土愛がうかがえますね。郷愁を呼び起こすのも童謡の大きな魅力です。

こうして『赤い鳥』は、白秋が数々の名作童謡を生み出していく格好の舞台になりました。まずは「雨」。

雨がふります。雨がふる。／遊びにゆきたし、傘はなし、／紅緒の木履《かっこ》も緒が切れた。

これはまだ章子《あやこ》と暮らしていた頃の作で、鼻緒が切れたくだりなどは実際にあったことかもしれません。

次は「お祭《まつり》」という歌。

わつしょい、わつしょい。／祭だ。祭だ（略）向う鉢巻き、そろひの半被《はっぴ》で、／わつしょい、わつしょい。

美空ひばりさんの大ヒット曲「お祭りマンボ」や北島三郎さんの「まつり」も、そのルーツはここにあるのかもしれませんね。そして、広く愛唱されたのが「あわて床屋」です。

春は早うから川辺の葦《あし》に、／蟹《かに》が店出し、床屋でござる。／チョッキン、チョッキン、チョッキンナ。

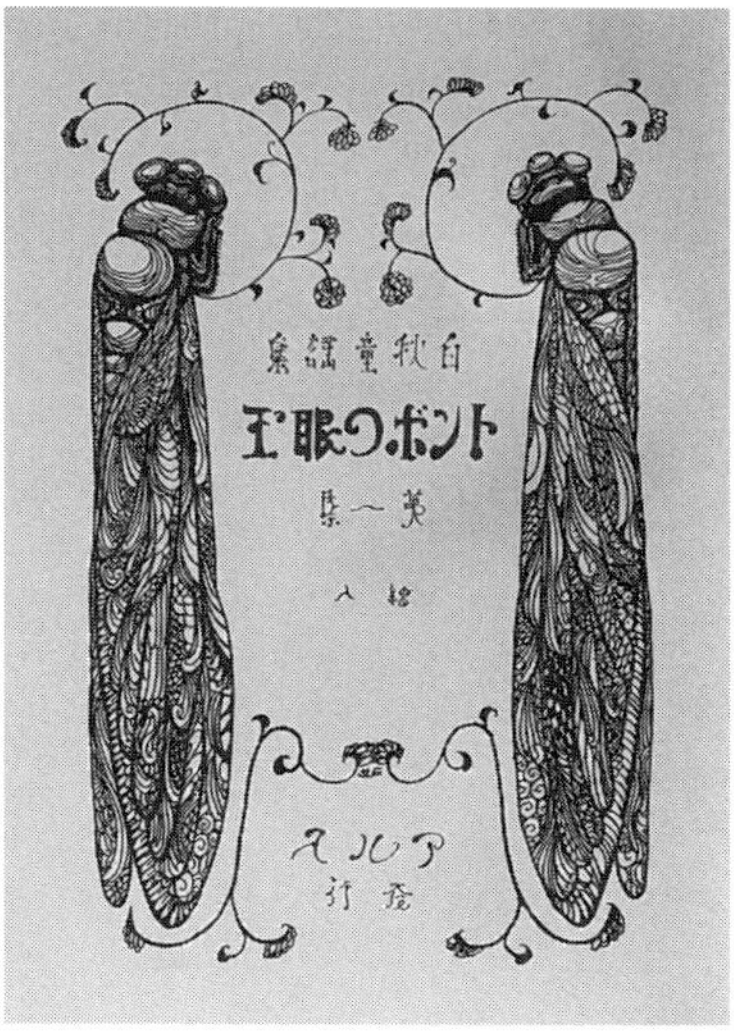

北原白秋の最初の童謡集『トンボの眼玉』の初版本扉（復刻版）

白秋の童謡はリズムが良くて、読むだけで何だかうっとりしてきませんか。これは詩や短歌でも大切な要素です。歌人の高野公彦さんは「童謡は、いろんな無駄なものを消していったあとに残る、もっとも純粋な詩」と記しておられます。その点で、白秋は童謡の最高の書き手でありました。

『赤い鳥』に発表された白秋の童謡に「この道」もありますが、それは山田耕筰の登場を待ってまたいずれご紹介を。

そして白秋は一九一九年、初の童謡集『トンボの眼玉』を刊行します。はしがきにこう記しました。

子供に還《かえ》らなければ、何一つこの忝《かたじけな》い大自然のいのちの流《ながれ》をほんたうにわかる筈《はず》はありません

「童心」こそ、白秋が最も大切にしたものです。

マザーグースを翻訳

「ロンドン橋」「きらきら星」など、今も日本で親しまれる英国の古い歌がありますね。こうした英国の伝承童謡を総称して「マザーグース」と呼びます。それを翻訳して大正時代の日本に広めた人物は誰でしょう？　お察しの通り、北原白秋であります。

最初の舞台は西日本新聞の前身、福岡日日新聞でした。一九二〇年一月一日付新年号第四部の一面に、白秋は「ねんねの小鳥（英国民謡）」の題で、マザーグースを一挙に十八編も紹介しました。その最後に「ルラバイ」という訳詩が。ルラバイとは子守歌、フィロメルとは小鳥のナイチンゲールのことでしょう。

　ルラバイの唄《うた》を（略）フィロメルがうたふ。／ルラ、ルラ、ルラバイ。／ルラ、ルラ、ルラバイ。

一緒に紙面の保存画像を確認していた連載の相方が突然、興奮の声を発しました。「これは『揺籠《ゆりかご》のうた』の原型でしょう！」。なるほど、「♫揺籠のうたを、／カナリヤが歌ふよ」で始まるあの白秋の不朽の名曲に、詩の構造がそっくりです。発見ですな。こうやって国内外のいろんなものを滋養にし、白秋という大樹は成長していったのです。

白秋は一九二一年、英国童謡の翻訳集『まざあ・ぐうす』を刊行しました。この後、日本の詩人や作家

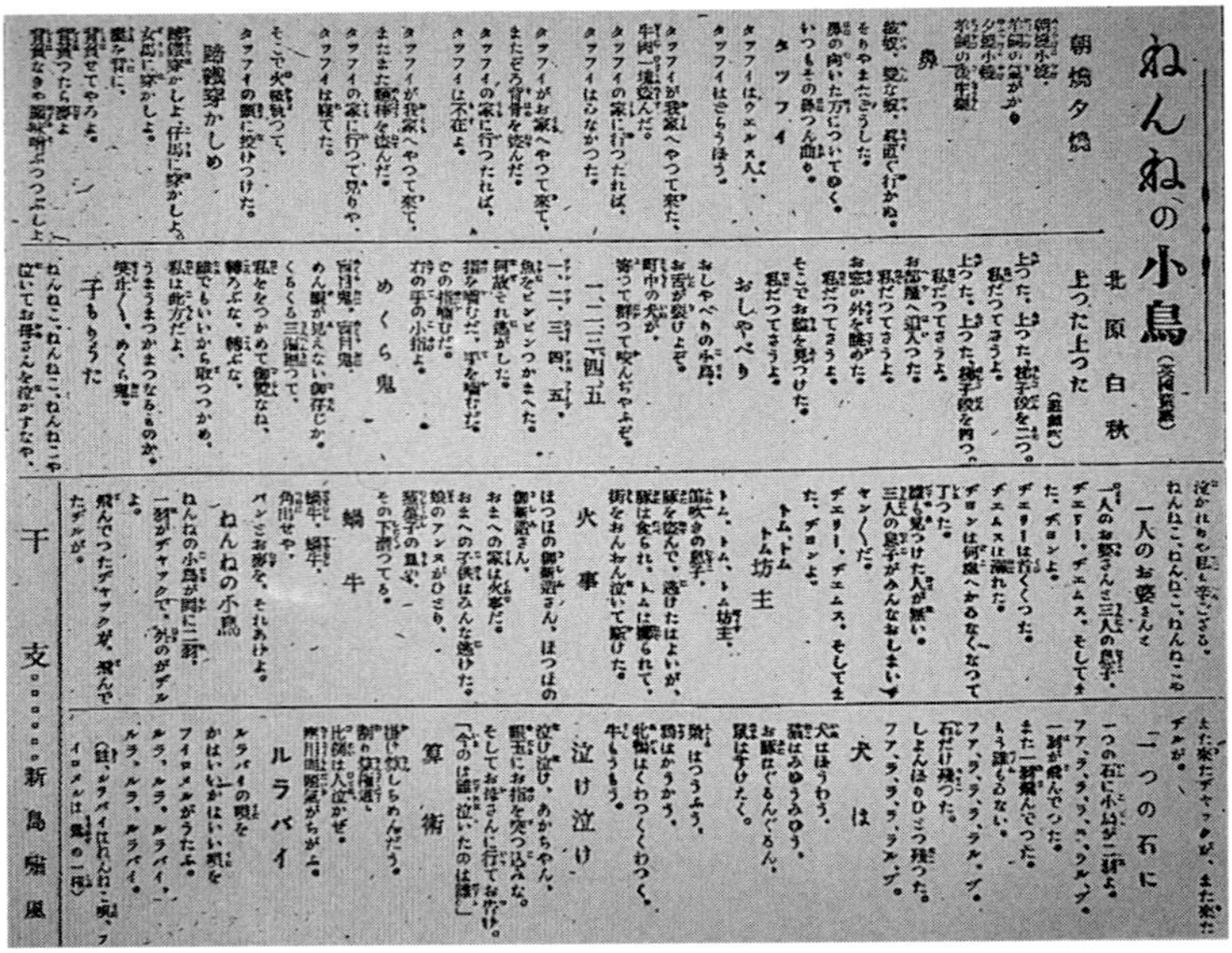

ねんねの小鳥（英國童謠）

北原白秋

朝焼夕焼

タツフイ

タツフイはウエルス人、
タツフイはどろぼう。
タツフイが我家へやつて来た、
牛肉一塊盗んだ。
タツフイの家に行つたれば、
タツフイはゐなかつた。
タツフイがお家へやつて来て、
またぞろ骨を盗んだ。
タツフイの家に行つたれば、
タツフイは不在よ。
タツフイが我家へやつて来て、
またまた麺棒を盗んだ。
タツフイの家に行つて見りや、
タツフイは寝てた。
そこで火箸執つて、
タツフイの頭に投げつけた。

踏鞴穿かしめ

上つた上つた

上つた、上つた、梯子段を三つ。
私だつてさうよ。
上つた、上つた、梯子段を四つ。
私だつてさうよ。
お部屋へ這入つた。
私だつてさうよ。
お窓の外を眺めた。
私だつてさうよ。
そこでお猿を見つけた。
私だつてさうよ。

おしやべり

おしやべりの小鳥、
お舌が裂けよぞ。
町中の犬が、
寄つて群つて咬んぢやよぞ。

一、二、三、四、五

一、二、三、四、五。
魚をピンピンつかまへた。
何故それ逃がした。

めくら鬼

盲目鬼、盲目鬼。

子もり唄

ねんねこ、ねんねこ、ねんねこや
泣いてお母さんを泣かすなや。

一人のお婆さんと

トム坊主

トム、トム、トム坊主。

火事

蝸牛

ねんねの小鳥

一つの石に

犬は

泣け泣け

算術

ルラバイ

干支……新島瑞風

北原白秋によるマザーグースの訳詩が一挙に18編、掲載された1920年1月1日付の福岡日日新聞

がこぞってマザーグースを訳していくのですが、ここでクイズを。マザーグースの一つ「ソロモン・グランディ」を三人の著名な詩人や劇作家が訳しております。さて、白秋の訳はどれでしょう。

①ソロモン・グランディは、／月曜日に生《うま》れて、／火曜日に洗礼受け、／水曜日に嫁とったが、／木曜日には病気になり、／金曜日にづんと重《おも》つて、／土曜日におつ死《ち》ぬちふと、／日曜日には埋められた。／ソロモン・グランディの御一代。／そこでおしまひ、ちやァんちやん。

②ソロモン・グランディ／げつようにうまれて／かようにせんれい／すいようにけっこんして／もくようにびょうき／きん

ようにきとく／どようにしんで／にちようにはかのなか／はいそれまでよ／ソロモン・グランディ

③月曜日に誕生／火曜日に命名／水曜日に恋愛／木曜日に発病／金曜日に悪化／土曜日に死亡／ソロモン・グランディ／これでおしまい

いずれも非常に特徴的な訳ですなあ。①は饒舌《じょうぜつ》で、少し飛び跳ねた印象を受けます。②は子どもにも分かるよう平易な表現に心を砕いた跡が見て取れます。③は大変シンプルです。さて、その答えは次の回で。

大きな赤ん坊の遊び

北原白秋が先駆けの一人となったマザーグースの日本語訳。その一つ「ソロモン・グランディ」について、次の三つのうち白秋の訳はどれかというクイズです。訳文は前回をご覧ください。

まず③は誕生、命名……と漢字二文字でそろえたところがこだわりですね。簡潔で哲学的な印象を受けます。若者に「書を捨てよ、町へ出よう」と呼びかけた劇作家寺山修司の訳です。寺山は短歌も作っており、有名なのはこの一首。

マッチ擦るつかの間海に霧ふかし身捨つるほどの祖国はありや

哲学的な人物像が浮かんできませんか。

さて、残るは①と②です。大人の目線で見ると、②は漢字を使わずに平易な言葉を連ね、十分に子どもに配慮していることがうかがえます。これは詩人谷川俊太郎さんの訳です。谷川さんは言わずと知れた「二十億光年の孤独」でデビューされた大詩人。とても調子の良い言葉を連ねた子ども向けの絵本もたくさん出しておられます。その自由自在な言葉の操り方は、白秋を彷彿とさせますね。

ということで白秋の訳は、残った①でした。①より②が優れていると思う方も多いかもしれませんが、もう一度、声を出して両方を読み返してください。子どもが面白がるのは断然、①ですよ。「づんと」とか「おつ死《ち》ぬ」とか、少し刺激的な言葉で興味を引く仕掛けがあります。そして締めはあっけらかんとした「ちゃァんちゃん」。遊び心満載でしょう。これが白秋流なのです。

三十代の頃の白秋がずっと愛読していたのが、平安時代末期に後白河法皇により編まれた歌謡集「梁塵《りょうじん》秘抄《ひしょう》」でした。有名な一節がありますね。

遊びをせんとや生まれけむ／戯れせんとや生まれけん

そう、遊びと戯れこそ白秋の真骨頂。二人目の妻章子《あやこ》は白秋を「大きな赤ん坊」と記したほどです。

そんな白秋が初めてマザーグースを訳した十八編が西日本新聞の前身、福岡日日新聞に一挙掲載されたことを前回、ご紹介しましたね。この貴重な直筆原稿は北原白秋生家・記念館が所蔵しております。二〇一八年の「赤い鳥一〇〇年」展でご披露しましたが、次に公開される際はお見逃しなく。

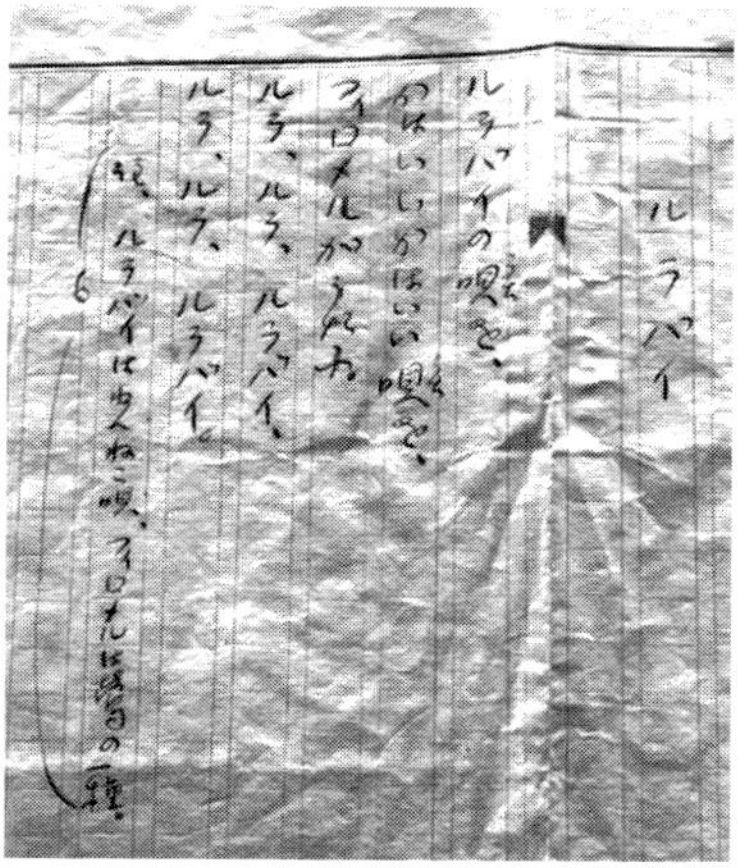

北原白秋が初めてマザーグースの訳詩を発表した際の直筆原稿。18編の最後を飾った「ルラバイ」（★）

三番目の妻　安息得る

神奈川・小田原に住まいの洋館を建てることにした北原白秋ですが、その地鎮祭の夜、二番目の妻章子《あやこ》に突然去られました。再び「婆《ばあ》や」の三田ひろさんを呼び寄せ、わびしく暮らしていたところ、見かねた知人の美術評論家夫妻の仲介で縁談が舞い込みます。

お相手は大分市出身の佐藤菊子。実家は時計商で、一番目の妻俊子や章子とは違い、落ち着いた家庭的な女性でした。話はとんとん拍子に進み、一九二一年四月二十八日、二人は新築の洋館で式を挙げました。白秋三十六歳、菊子三十二歳。翌年には長男隆太郎が誕生します。白秋は三度目の結婚にして初めて、家庭という「安息」を得たのです。

そこで生まれたのが、白秋のあまたの詩でも最高傑作の一つ「落葉松《からまつ》」であることは、この連載の最初で話しましたね。弟の鉄雄が立ち上げた出版社「アルス」も軌道に乗り、白秋はこのアルスから童謡集や詩文集、歌謡集を続々と刊行します。アララギ派の歌人斎藤茂吉と組んで、互選集まで出版しました。

家庭円満こそが良い作品を生む秘訣《ひけつ》ですなあ。その一つが一九二二年六月の新潟への講演旅行から生まれた童謡「砂山」でした。

海は荒海、／向うは佐渡よ、／すずめ啼《な》け啼け、もう日はくれた。／みんな呼べ呼べ、お星さま出たぞ。

明るい小田原の海とはまるで違う北国の荒海に、目を見張った白秋の感慨が伝わります。いろんな作曲家が曲を付けましたが、中山晋平の野趣あふれる節も、山田耕筰のもの悲しい旋律も、いずれも名曲です。耕筰と白秋の運命の出会いは近々、たっぷりと紹介しますのでお楽しみに。

一九二三年六月には久々の本格的詩集『水墨集』を刊行。人生の辛酸をなめ尽くした白秋は菊子の愛に温められ、気韻を重んじる清新な創作の境地を得たのです。冒頭の作品「雪に立つ竹」は、純粋な自然観照の精神に貫かれています。


聖《きよ》らかな白い一面の雪、その雪にも／平らな幅のかげりがある。／雪に立つひとつひとつの竹、／それにも緑の反射がある。


絢爛《けんらん》豪華な言葉は消え、まさに白秋の新生ですなあ。

こうして第二の絶頂期を迎えた白秋を襲ったのが、未曾有の関東大震災でした。二〇二三年は震災からちょうど一〇〇年。白秋と家族の身に何が起こったのか、一部始終を話します。

小田原の洋館で結婚式を挙げた北原白秋・菊子夫妻（★）

大震災と「竹林生活」

関東大震災が発生した一九二三年九月一日午前十一時五十八分、北原白秋は神奈川県小田原町（現小田原市）の洋館造りの自宅二階で、ソファに座り原稿を読んでいました。揺れを感じた瞬間、一歳の長男が心配でとっさに立ち上がります。

立つと同時にグラ〳〵揺れた。私は戸口に突進して階段にかかつた。ガラ〳〵〳〵。あつと思う刹那《せつな》に私は中途から揺り落された

階段を転げ落ちた白秋。前後はもうもうたる土煙。いろんな物が頭上に落ちてきます。何とか妻子の無事を確認すると、ただちに家の前の竹やぶに避難しました。枝につかまると、まだ竹が幹から揺れています。どの竹もそうでした。隣の寺はぺしゃんこに。そこで頭に痛みを覚え、手を当てると血が付き、負傷したことに初めて気付きました。

震源は神奈川県西部でマグニチュード（M）七・九でしたから、白秋が住む小田原の近く。小田原の家屋倒壊率は五〇％を超えたといい、揺れのものすごさがうかがえます。余震が続き、地面は揺れに揺れました。

関東大震災で倒壊を免れた小田原の洋館の前で、1929年1月に撮影された記念写真。前列の長椅子に座るのが北原白秋一家（★）

ようやく竹やぶから出ると地蔵堂や山門もつぶれ、町の方からは盛んに火の手が。家々が将棋倒しになった町一面を覆う猛火を見下ろしながら、小田原の全滅を痛感した白秋。こんな感想を記しました。

わたしたちの助かつたのは奇蹟《きせき》のやうな気がした

そして詠み上げたのがこの歌です。

世を挙げて心傲《おご》ると歳《とし》久し天地の譴怒《いかり》いただきにけり

国中の人々が自然を軽視し何年もおごっていると、天地から怒りのしっぺ返しを食らう――。現代にも通じる警鐘です。私たちは謙虚にならねばなりません。
白秋一家は当面の間、「竹林生活」を始めました。洋館は倒壊こそ免れたのですが、内部はめちゃめちゃでした。何より余震が怖かったのでしょうね。それでもその不自由な暮らしを苦にしないのが白秋のすごさです。ササの葉越しに眺める相模湾の朝夕の輝き。咲き始めた秋の花々。夏を終わらすツクツクボウシの声……。こうした秋の気配を楽しみ思索を巡らせます。こんな歌もできました。

篁《たかむら》に牝牛《めうし》草食《は》む音きけばさだかに地震《なゐ》ははてにけらしも

「篁」とは竹林のこと。安全な竹林で牛が草を食べる音を聞き、ようやく地震の終焉《しゅうえん》を実感した安堵《あんど》感がにじみます。白秋は次に生まれる子にこの字を付けると決め、一九二五年六月に生まれた長女を篁子《こうこ》と名付けました。

この回でお話しした白秋の被災体験はおおむね、白秋の「その日のこと」という題の回想文を基にしております。二〇二三年秋、この直筆原稿が震災から一〇〇年を記念して一挙に二十四枚、北原白秋生家・記念館で初公開されましたぞ。数々の推敲《すいこう》の跡から、未曾有の震災を書き残さねばという白秋の文学者としての使命感が伝わってくる、内容の濃い展示だったことを付け加えておきます。

山田耕筰との出会い

世に「名コンビ」といえばいろいろありましょう。私が真っ先に浮かぶのは、腹を抱えて笑わせてもらった漫才師の横山エンタツ、花菱アチャコ。ザ・ピーナッツの伊藤エミ、ユミの双子姉妹の息の合ったハーモニーも忘れられませんなあ。

では童謡の世界で最高の名コンビといえば……。皆さん、お待ちかねでしたね（笑）。詩人北原白秋と作曲家山田耕筰であります。二人が手がけた歌は校歌や社歌も含め何と三一二曲に上りますぞ。固い絆で結ばれた耕筰との関係性というか、あうんの呼吸のことを、白秋は「提琴《バイオリン》と弓」「太鼓と撥《ばち》」に例えました。二人が共鳴し合うことで、極上の音楽とリズムが次々と生まれたのです。

そんな二人のまずは出会いからお話ししましょう。二人をつなぎ合わせたのが、白秋の第二詩集『思ひ出』でした。一九二二年一月、米国とドイツの音楽視察から帰国した耕筰は、病を得て春まで病床にありました。そのとき、この『思ひ出』を読んでいたようです。

それまでも、白秋の詩には「自然の曲」が付いていることを感じ取っていた耕筰。美しい言葉のリズムを壊すのを怖《おそ》れてなかなか作曲には手を出さなかったのですが、『思ひ出』に「柳河風俗詩」の題で収録された作品群に、素晴らしい感興が湧きました。

次々とメロディーが浮かび、この年五月に五日間で「曼珠沙華《ひがんばな》」「ＮＯＳＫＡＩ」「ＡＩＹＡＮの歌」など五編に曲を付けました。ちなみにＮＯＳＫＡＩは遊女、ＡＩＹＡＮは子守娘のこと。

耕筰は思い切って小田原へ白秋を訪ね、この五曲を披露します。感激したのは白秋の方でした。実はそれまで白秋は、他の作曲家が付けた曲に不満を抱いていました。前年のコラムにこんな嘆きを吐露しています。

童謡作家としての憾《うら》みは、真にその童謡を理解してくれる（略）作曲家の殆《ほとん》ど無い事である。（略）さうした人が私に一人位来てくれないか

その「一人位」が目の前に突然、現れたのです。耕筰は、白秋が選び抜いた言葉のリズムを尊重し、海外留学で習得した高度な技法で曲を付けていました。もともと朗らかな性格の二人。その日のうちに意気投合したことでしょう。

そして二人の手をがっちりつなぎ合わせたのが、出版社「アルス」を経営する白秋の弟鉄雄でした。同年九月に芸術雑誌『詩と音楽』を創刊し、白秋を詩、耕筰を音楽の主幹に据えたのです。鉄雄と同じ名を持つ身として誇らしい限りです。では二人が紡いだ名曲をたどっていきましょう。

生涯の盟友となった北原白秋（右）と山田耕筰（★）

からたち、二つの記憶

運命の出会いを果たした北原白秋と山田耕筰。二人の最高傑作といえば「からたちの花」ですね。まず白秋の詩が一九二四年の『赤い鳥』七月号で発表され、翌二五年に耕筰が曲を付けて楽譜が出版されました。

これほど美しい歌がなぜ生まれたのか。それはカラタチを巡って、白秋と耕筰それぞれに少年時代の忘れられない記憶があったからです。そのいきさつを語る前に、まずは歌詞全文を記しましょう。

からたちの花が咲いたよ。白い白い花が咲いたよ。
からたちのとげはいたいよ。青い青い針のとげだよ。
からたちは畑《はた》の垣根よ。いつもいつもとほる道だよ。
からたちも秋はみのるよ。まろいまろい金の玉だよ。
からたちのそばで泣いたよ。みんなみんなやさしかったよ。
からたちの花が咲いたよ。白い白い花が咲いたよ。

「白い白い」の繰り返しが花の清楚《せいそ》さを印象付けて始まるこの歌。二番以降も「青い青い」「いつもいつも」などと規則正しく繰り返しが挿入され、統一感を感じさせますね。この歌に深みをもたらしているのが、歌の中で展開される小さな美しい物語です。白い花が咲く（春の記憶）⇩青い針のとげ（痛みの記憶）⇩いつも通る道（通学路の記憶）⇩まろい金の玉（秋の記憶）⇩そばで泣く（涙の記憶）⇩白い花が咲く（翌春の記憶）――といった構図ですね。四季が一巡りしていく様子も感じさせ、だからこそより日本人の郷愁を誘うのかもしれません。

白秋の故郷、柳川に住む私としましては、特に注目したいのが三番の歌詞。白秋が柳川での小学生時代の体験を率直に歌っていることを示しているからです。

からたちは畑《はた》の垣根よ。いつもいつもとほる道だよ。

北原白秋生家の南東百数十メートルの狭い路地にカラタチの木があります。これは白秋が矢留《やどみ》尋常小学校への通学路で朝夕、目にしていたもの。一九四一年、最後に柳川を訪れた白秋が現地で弟子に「これだよ、この木だよ」と証言しているので、この木が歌のモデルになったことは間違いありません。

現在の木は四代目。土地の所有者の方が大切に育てられ、何とか子孫が残っております。かつては立派な垣根だったそうで、白秋は登下校中に何度も何度も、白い花や青いとげ、金色の丸い実を実際に眺めていたのですね。そして歌のクライマックスは五番で訪れます。

からたちのそばで泣いたよ。みんなみんなやさしかったよ。

小学生の白秋は厳格な父か先生に叱られでもしたのでしょうか。通学路で涙がにじんだことがあったのでしょうな。でも耕筰少年の記憶はもっと切実なものでした。

十歳で父と死別し、親戚へ一時養子に出された耕筰。キリスト教系の寄宿舎に入れられて働きながら勉強します。でも工場での重労働は小学生の耕筰には満足に務まらず、年長者にばかにされいじめられる日々。涙があふれそうになるたびに、工場のそばにあったカラタチの垣根まで走り、その陰で涙をぬぐっていたのです。出版した楽譜の「はしがき」に自らこう記しています。

私は白秋氏の詩のうちに、私の幼時を見つめ、その凝視の底から、この一曲を唱《うた》い出たのであります

少年時代の涙の記憶を呼び覚ました白秋の詩に、耕筰は最大の敬意を払い、曲を付けました。その作曲の秘密を次でじっくりと紹介しましょう。

北原白秋の尋常小学校時代の通学路に今も花を開くカラタチの花

語りつつ歌う作曲法

北原白秋の童謡「からたちの花」のモデルになった木は現在四代目と申しました。私は六、七年前にその実を譲り受けて発芽させ、五代目の木を鉢で育てています。あの辺りは水害も心配でして、白秋ゆかりの木を決して絶やしてはならないと考えたのです。夏場は毎日水やりし、今では高さ二十五センチほどに。手間はかかりますが、いつの日か白秋が詠んだ「まろいまろい金の玉」が実るのが楽しみです。

さて、今回は山田耕筰がこの歌にどう曲を付けたかという話です。作曲する上で耕筰が最も尊重したのが言葉のリズムでした。

からたちの花が咲いたよ。白い白い花が咲いたよ。

この詩は一見「五・七、六・七」調で統一されているようにも見受けられますが、耕筰は、より話し言葉に近い「八・四、九・四」のリズムで捉えました。「からたちの花が／咲いたよ」「白い白い花が／咲いたよ」という区切りです。

こうすることで文節の最後の四文字が、がぜん浮き上がりませんか。「咲いたよ」「いたいよ」「みのるよ」「泣いたよ」。白秋は各番にこうした象徴的な四文字を鮮やかに盛り込んでおり、その意図を耕筰はしかと読み取って、その四文字の部分に余韻たっぷりのメロディーを吹き込んだのですね。

こうやって完成した楽譜には四分の三拍子と四分の二拍子が複雑に交錯していました。そして一番の特徴は、歌詞が六番まであるのに、繰り返しが一つもないこと。各番の歌詞の内容に呼応し、耕筰は微妙にリズムや節を変えました。それは、自然に口を突いて出る言葉をそのまま音符にしたからです。耕筰の言葉を借りれば、「語りつつ歌い、歌いつつ語る」。それがこの、「からたちの花」という歌なのです。

白秋亡き後の一九五〇年、耕筰はこの歌の歌唱法をこと細かに記しています。その内容は執拗《しつよう》といえるほど。「不要のスラーを絶対に使わぬこと」「叙事と抒情《じょじょう》とをはっきり区別して歌うこと」「あくまで品よく、書かれたままに歌われるよう希望する」――。歌う側からすれば「せからしかーっ（うるさい）」と怒鳴りたくなりましょう（笑）。

耕筰にとっては、それほど思い入れがある歌だったのです。白秋にとっても詩人冥利《みょうり》に尽きるエピソードでしょう。

言葉であれこれ説明するより音楽は聴くのが一番。「柳川の歌姫」こと古賀理紗さんは、北原白秋の最高の歌い手です。このQRコードからスマホやタブレットで、彼女が歌う「からたちの花」をご鑑賞ください。

「からたちの花」の楽譜（白秋愛唱歌集より）。四分の三拍子と四分の二拍子が入れ替わり、たくさんの強弱記号が付いている

もう一つの名作「この道」

福岡県柳川市の白秋詩碑苑で、春に白い花を付けるニセアカシア。名作「この道」を思い起こさせる

前回QRコードで紹介した古賀理紗さんの「からたちの花」、視聴していただけましたか。情感がこもり声量も豊かで、素晴らしかったでしょう。北原白秋生家・記念館の〝専属歌手〟として、これからも白秋の歌の魅力を全国に発信してくれることでしょう。

彼女との二人三脚の活動はまた話すことにして、白秋と山田耕筰の話をもう少し続けます。二人に追い風となったのが、「からたちの花」が世に出た一九二五年、日本でラジオ放送が始まったことでした。「からたちの花」を愛唱したのがテノール歌手藤原義江や奥田良三。彼らの美声がラジオで流れて、レコードも売れ、白秋・耕筰コンビの代表作として世に広まったのです。二人は続々と新たな歌を発表します。ちょっと拾いますね。

雪のふる夜はたのしいペチカ。／ペチカ燃えろよ。お話しましよ。／むかしむかしよ。／燃えろよ、ペチカ。

「ペチカ」は、中国・大連にあった南満州教育会から委嘱され、白秋と耕筰が作った歌です。ペチカという異国の言葉を効果的に配した詩といい、昔語りのような穏やかなメロディーといい、これも名作ですな。

待ちぼうけ、待ちぼうけ。／ある日、せっせと、野良かせぎ

「待ちぼうけ」は耕筰の軽快なメロディーが秀逸です。特に私は「♫タータタタッタラタッター」という前・間奏にしびれます。

振り返れば、「からたちの花」は一般の方が歌うにはやや難し過ぎるのが唯一の難点でした。その反省から二人が手がけたのが、「からたちの花」と並ぶ代表作「この道」です。歌詞は四番まであります。

この道はいつか来た道、／ああ、そうだよ、／あかしやの花が咲いてる
あの丘はいつか見た丘、／ああ、そうだよ、／ほら白い　時計台だよ
この道はいつか来た道、／ああ、そうだよ、／お母さまと馬車で行ったよ
あの雲もいつか見た雲、／ああ、そうだよ、／山査子《さんざし》の枝も垂れてる

最初の方でも少し触れましたが、この歌は一九二五年夏、白秋が鉄道省の樺太旅行団の一員として、北海道を旅したときに見た光景が基になっています。歌われている「白い時計台」は当時からずっと札幌のシンボルですね。白秋はそうした北海道の光景に母の実家があった熊本県南関町まで馬車で往来した幼少時の記憶を重ね、ノスタルジックな世界を創造しました。

耕筰は一～四番を同じメロディーの繰り返しにして歌いやすく仕上げました。白秋の織り成す美しい言葉をさらに際立たせる穏やかな旋律ですね。特に一番から四番までの中盤で毎回、「ああ、そうだよ」と高音から低音へと下りてくる調べは、雲の隙間から地上へ差し込む幾筋かの光のように聴く人の心を柔らかく包みます。

幸せな詩人と作曲家

北原白秋と山田耕筰。日本の文学界と音楽界で一時代を築いた人物が、これほど互いを認め合ったことに私は深い感銘を覚えるのです。いくつかのエピソードをご紹介して、二人の物語を締めますね。

一八八ページの写真を見て、あれっと思った読者がおられたのでは。二人の貴重なツーショットですが、耕筰の頭だけ見事にさっぱりしていましたね。白秋は「円満なつやつやとしたお頭である」とユーモアたっぷりに記しました。二人の親密さが分かります。

実際に薄毛を気にしていた耕筰。最初は本名の「耕作」で曲を発表していましたが、ほどなく「耕筰」に改名しました。「作」から「筰」へ。頭に「ケ」を二本載せた、というわけであります（笑）。それが功を奏したのか、作曲家として大成功を収めます。そして白秋が晩年、病を得て失明状態になったとき、こんなふうに助言しました。

　自分も頭にケを二つ載せたから白秋も白に人杖《ひとづえ》をつかせて伯秋とせよ

改名して病が癒えるなら白秋もそうしたことでしょう。でも柳川での文学修業時代から慣れ親しんだペンネーム。それだけは勘弁してくれ、と固辞したのは言うまでもありません。

晩年、病床にあった白秋は口述筆記で文筆活動を続けていました。ですが、一九四二年、女性誌『婦人画報』十月号に山田耕筰の特集記事が組まれた際は、自分でペンを執り、エッセー「芸術と生活　山田耕筰」を書き下ろしました。こんな逸話が載っていました。

ある夜、白秋が耕筰を訪ねたら五線譜を前にパチパチとそろばんをはじいています。詩の表現技巧が微分積分以上の高等数学であることを味わいつくしていた白秋は「ハハアやっているな」と破顔しました。耕筰は夢中でオペラの作曲をしていたのですね。そして白秋はこう記します。

> 道が違つても、極め尽せば行きつくところは同じなのだ。我《わ》が耕筰だからそこまで行けたのだ

最大級の賛辞ですね。「我が耕筰」という呼び方にも涙腺が緩みます。原稿が掲載された翌月、白秋は亡くなります。それから十年を経た一九五二年、耕筰は「白秋を偲《しの》ぶ」の題でこんな文章を残しました。

> 白秋の詩は（略）可視的な音楽だ。それは文字によつて編まれた交響詩であり狂詩曲でもある。時にショパンの麗緻と繊細さで語るかと思へば、ベートゥヴェンの雄渾《ゆうこん》さをもつて人に迫るのである

これほど自分を理解してくれる作曲家と出会えた白秋は、幸せな詩人でした。耕筰も同じでしょう。

北原白秋が詩、山田耕筰が音楽のそれぞれ主幹を務めた『詩と音楽』の創刊号。関東大震災のため1年余りで終刊となったが、2人の密接な関係は終生、続いた

民謡「ちゃっきり節」

これまで北原白秋の活躍を詩、短歌、童謡、歌曲を中心に話してきました。ですがマルチアーティスト白秋が手がけた分野には、日本古来の民謡もあります。白秋は「民謡は卑俗でよい。それこそが日本に伝わる伝統の響き、民衆の言葉だ」と考えていました。

一九二一年十一月、白秋は突然、感興が湧き、続々と民謡を書きます。翌年、雑誌や福岡日日新聞（西日本新聞の前身）に大量の作品を発表しました。その一つが「筑後柳河」です。

筑後、柳河、／柳に燕《ツバメ》、／水にゃ鳰鳥《ケエツグリ》、かきつばた。／「鳰鳥の頭に火ん点《ち》いた、／潜《す》んだと思ったら、ちい消えた。／よか、よか」

カイツブリはかつて柳川の掘割によくいた水鳥で、目や頭部が赤いのが特徴。柳川弁丸出しの合いの手がユニークですな。童心に返って、創作に夢中になった白秋の姿が浮かびます。

そんな白秋に一九二七年、静岡電鉄から「沿線の観光や産物を宣伝する歌を作ってほしい」と依頼が。最初は断ったのですが、担当する部長の熱意にほだされ、静岡へ。電鉄は社を挙げて売れっ子詩人を歓待しました。酒豪で知られた白秋は連日、場所を変えて宴に興じ、作詞を始める気配はありません。電鉄の人たちも「白秋先生はこれで歌が書けるのだろうか」と心配し始めた頃、ある老芸者がふと障子を開け、お国言葉で「きゃあるが啼《な》くんて雨ずらよ」と漏らします。外の田んぼはカエルの大合唱だったのですね。すると白秋が「おい。宿から僕のかばんを持ってきてくれ」。

　届いたかばんから万年筆と原稿用紙を取り出した白秋。芸者が漏らした一言をサラサラと書き留めました。これが全国的人気を呼んだ民謡「ちゃっきり節」が生まれた瞬間です。

北原白秋が静岡電鉄に送った「ちゃっきり節」の歌詞のレプリカ。31番までの原稿用紙が巻紙に貼り付けてあり、白秋の感興ぶりがうかがえる（★）

　　唄はちやっきりぶし、男は次郎長、／花はたちばな、／夏はたちばな、茶のかをり。／ちやっきり〳〵、ちやっきりよ、／きやァるが啼くんて雨づらよ。


　白秋はただ酒を飲んでいたわけではなく、いろんな相手との会話の中から少しでも静岡の名物や人情、風俗を知り、詩想を得ようとしていたのですね。「ちゃっきり」は茶摘みばさみの音。それに絡む静岡弁丸出しの合いの手こそ、白秋が民謡の中で伝えたかった「民衆の言葉」だったのです。

　作曲者は町田嘉章。たまたま白秋が静岡へ向かう東海道線の車中で出くわし、「民謡を作るから曲を頼むよ」と依頼していました。これも巡り合わせですね。

　こうやって誕生したちゃっきり節。白秋の数々の作品で、ピリッとした存在感を放っています。

第六章

私のこと

ブラジルから白秋の母校の校長へ

ベロ・オリゾンテどこ？

私が勤務した福岡教育大学付属福岡小学校で特筆すべき点は帰国子女学級があることでした。当時は昭和の終わり頃で日本経済の最盛期。多くの企業がこぞって海外進出を図り、子連れでの海外赴任はもはや珍しくありません。その子らが帰国したとき、日本の教育に適応していくための受け皿が帰国子女学級なのです。

私はそこで音楽の授業を担当。福教大オーケストラの恩師安永武一郎先生（後の学長）のお孫さん、つまりベルリンフィル管弦楽団コンサートマスター安永徹さんの二人の息子さんも教えました。ドイツ帰りの二人に「先生は君らのお父さんと演奏会に出たことがあるよ」と告げるとけげんそうな表情。ま、演奏力は天と地の差ですからな。

この学級で情熱的な指導をされたのが、後にロンドン日本人学校の校長を務められた山田耕司先生です。口癖は「多文化の視野を持って子どもに接しなさい」。私も大いに感化され、中南米の民族音楽の勉強を始めました。学校では帰国子女学級と普通学級の合同授業に取り組みました。

その山田先生は私と二年間働いた後、パナマの日本人学校へ。そして一九八六年秋、海外日本人学校赴任者の募集がありました。全国にある国立大学付属学校からの派遣枠は十人。少年の頃から漠然と「一度くらい海外で暮らしてみたか」と思っていたこともあり、大いに気持ちが傾きました。

それで、パナマの山田先生に手紙を書きました。現地の安全はどうか、生活に支障はないか、どんな授業をすればいいのか——など質問のオンパレードです。すると丁寧な返信が。「安全や生活のことは国などが配慮してくれるので心配は要らない」とのこと。現地で使っている教材の詳しい資料も送ってくれました。

ただ大きな問題が。出産に立ち会えずにひんしゅくをかった、長男雄一が生まれたばかりでした。妻は案の定、「生後半年の赤ん坊を外国で育てられるの？」と渋りました。でも行きたい気持ちは抑えられず、妻を何とか説き伏せ応募することに。希望する国の欄にはあえて何も記しませんでした。記入してもほぼ通ることはなく、逆にはねられると聞いていましたので。

そして待ちに待った通知が文部省から届きます。赴任先は「ブラジルのベロ・オリゾンテ日本人学校」。「それどこ？」。私と妻の偽らざる第一声でした。

福岡空港からブラジルへ旅立つ際に見送りに来てくれた福岡教育大学付属福岡小学校2年1組の子どもたちと

「美しい地平線」の街

皆さん、ブラジルの都市を挙げなさいと言われて、いくつ浮かびますか？

カーニバルで有名なリオデジャネイロはご存じでしょう。続いて最も人口の多いサンパウロ、首都ブラジリア、さらにはアマゾン川の水運の要衝、マナウスも挙がるかもしれません。ですが、ベロオリゾンテをご存じの方がどのくらいいらっしゃるでしょうか。この地に私は一九八七年春、妻子連れで赴任したのです。

アフリカのナミビアやボツワナと同じ南緯二十度——と言えば、砂漠やジャングルを想像しそうですが、私自身、空港に降り立ってびっくり。そこは当時人口二〇〇万人の大都会でした。標高が八〇〇～一〇〇〇メートルあり年間を通じて過ごしやすく、まるでくじゅうの高原のような気候です。

ちなみにベロオリゾンテは「美しい地平線」という意味。ロマンチックでしょう。英語ならビューティフルホライズン。ポルトガル語では「H」を飛ばしオリゾンテと発音するのです。

そこになぜ日本人学校があるのか、ご説明します。ベロオリゾンテを州都とするミナスジェライス州の名は「あらゆる鉱山」という意味で、豊かな鉱産資源に恵まれています。そこで日本とブラジルの合弁で一九五八年、ウジミナス製鉄所が開設され、日本から鉄鋼、電機メーカーや商社などの社員が駐在していたのです。

空港に着くと「ベロ・オリゾンテ日本人学校」の先生や日本企業関係者が出迎えてくれました。とてもアットホームな雰囲気で、この方々とならうまくやれそうです。そして宿舎の準備が整うまではホテル生活。ところが生後半年の長男が熱を出しました。おまけに水道の蛇口が壊れて水が出っぱなしに。ホテルの人を呼ぶにもポルトガル語が話せません。こりゃあ、はよう言葉ば覚えんと、と柳川弁で痛感したものです。

一週間後、あてがわれた住まいは何とマンションの十五階でした。それまで住んだ一番高い場所は二階でしたので、まるで夢のよう。ハチドリが舞い込むベランダからきれいな街並みを見渡す朝は、とても快適です。すると地元の日本企業の方からこんな忠告が。

「大橋さん、早くメイドを雇いなさいよ」

もう、ぞーたん（冗談）のごつ。そげなぜいたく、めっそうもありませんと答えると、「これがブラジルで外国人が暮らす上での流儀です」。雇わないと現地の人の雇用を妨げているとみなされるとか。いやはや。

で、わが家にやって来た少女がヘジーナでした。

日本人学校の社会科見学で、ベロオリゾンテの南東50キロにあるカパネマ鉱山を訪ねる。川崎製鉄などがブラジル企業と合同で開発した

手伝いの少女　学校へ

ブラジルのベロオリゾンテで、私たち一家が入居したマンションは、キッチンの横に使用人用の小部屋がありました。それがこの地の習わしなのでしょう。

郷に入れば郷に従えということで、わが家が雇ったお手伝いさんは、ヘジーナという十六歳の少女でした。彼女はその小部屋に寝泊まりし、休日に母の待つ家に帰ることになりました。

ヘジーナは気立てのいい優しい子でした。無駄口は全然たたきません。妻に現地の料理を教えたり、長男の子守をしたりして、家族の一員になっていきました。妻は彼女が十分な教育を受けていないことを気にかけ、何度も「学校には行かないの」と尋ねますが、「別に。私はいいの」と答えるばかりでした。

やがてそんな彼女が自分から「洋裁学校に通ってみたい」と申し出ました。学費は給料から天引きの形にし、わが家で負担することに（もちろん天引きした分は後に彼女にボーナスとして渡すのですが）。彼女が少し恥ずかしそうに学校へ出て行く様子を、妻は笑顔で見送ったそうです。

それにしても、彼女がいれてくれたコーヒーのおいしかったこと。別に普通の豆なのですが、あんなコーヒー、日本ではありつけませんなあ。もう音信も途絶えましたが、洋裁上手のお母さんとして幸せに暮らしていればと願います。

異国暮らしの最大の問題は「言葉」でした。柳川育ちの私が知るポルトガル語は「バンコ（夕涼みなどで座る木製の長椅子）」くらいでしたから（笑）。日中に妻は、英語でやりとりしポルトガル語を教わるレッスンに通い、めきめき腕を上げました。ですが私は一日中、日本語で授業をしており、なかなか身に付きません。「なしけ?」に似た「ポルケ?（なぜ）」はすぐ出るのですが、後が続かないのです。

それでも夜の会話はかなり得意になりましたぞ。現地の日本人の方々と夜の街で鍛えましたから。そこではとにかく「ポルファボール」と言えば、通じます。英語でプリーズの意味ですな。どこの国の酒場でも「お願いします」の精神こそ大事です。

数え切れないほど発した言葉が「カイピリーニャ、ポルファボール」。ブラジルの国民的カクテルの名です。ビールなら「セルベージャ、ポルファボール」。そうやって飲み過ぎるとチェーサーが欲しくなりますな。で、水を頼むと聞かれるのが炭酸の有無です。「コンガス」は炭酸入りで「センガス」が普通の水。炭酸入れたりせんでがす、と覚えたものです。

すみません。思い返すと懐かしく脱線しました。私の使命は子どもたちの教育でした。次は日本人学校の話を。

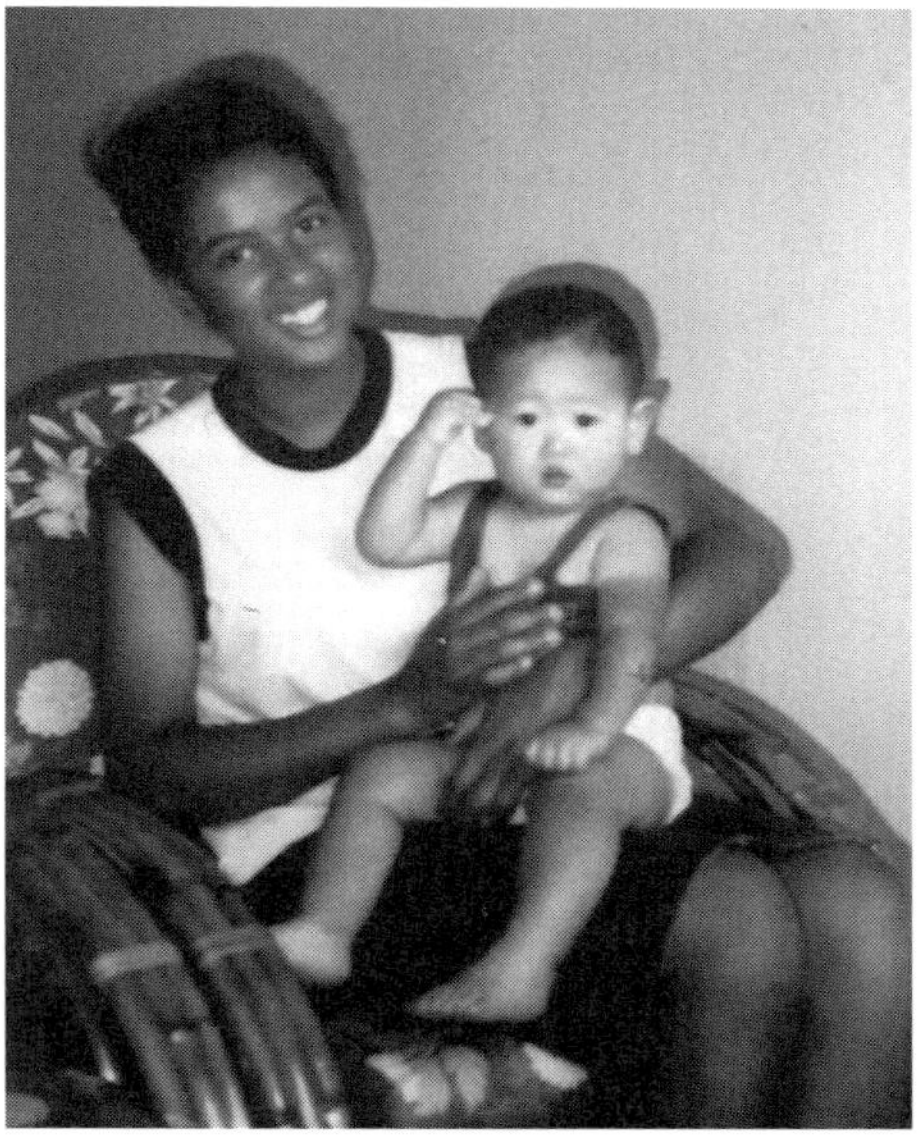

長男雄一を抱っこするヘジーナ

影なくなる神秘体験

私が一九八七年四月、着任した「ベロ・オリゾンテ日本人学校」は全校児童・生徒数二十四人。担任した小三の児童はわずか四人でしたが、少人数学級は振り出しの聾《ろう》学校で体験済み。初心に返り、新鮮な気持ちで授業に臨みました。

実は私、前任の福岡教育大学付属福岡小学校で、ある言葉を胸に刻んでいました。

「一人の子を粗末にするとき教育はその光を失う」

大正、昭和の著名な教育者、安部清美さんの格言。教えてくれたのは副校長だった松永登喜夫先生です。そこで私も異国の地でしっかり一人一人の子に向き合おうと誓い、こんな教育テーマを掲げました。「生きたブラジルに学ぶ」です。

現地でまず私が感動したのが木に咲く花の美しさでした。パイネーラはピンクの花を付け、日本の桜のよう。黄色の花を咲かすイペはブラジルの国旗と同じ色で、国花になっています。ジャカランダはこの上なく美しい紫の花です。

日本のような四季はありませんが、ブラジルの美しい自然に目を向けてほしいと、私は児童に俳句や詩を盛んに作らせました。そしてベロ・オリゾンテ日本人学校三年生が編んだ詩集の題名は『ジャブチカバ』。これは現地のおいしい紫色の果物ですが、ブドウのような実が何と木の幹から直接、実るのです。子どもたちの好奇心は大いに広がりました。

さらに私が驚いたのは太陽の動きです。南半球ではお日様が北の空へ昇るのですな。よく考えれば当たり前ですが、太陽は南へ昇ることが肌に染み付いた私は方向感覚がおかしくなり、よく道に迷ったものです。

さらにベロオリゾンテは南緯約二十度ですから、南回帰線（南緯二十三度二十六分）より少し北に位置します。するとどんな現象が起こるか、想像できますか。一年のうち二回だけ、太陽が天空の真上に来て影が完全になくなる時間があるのです。

それは格好の理科の教材でした。運動場に出て、高さ一・二メートルほどの円筒の影が徐々になくなる様子を観察する授業です。爪の先ほどあった影が完全になくなると、子どもから「先生、消えたーっ」と歓声が。気をつけの姿勢をすると自分の影もほぼなくなって、太陽系の神秘を味わう素晴らしい体験でしたな。

それから太陽は南回帰線に達してまた街の真上に戻ってきますが、その間、お日様は日本と同様に南の空へ昇ります。ようやく南半球に適応した私の方向感覚がまたおかしくなったのは言うまでもありません。

ベロオリゾンテ郊外のサバンナで黄色の花を満開にしたイペの木

現地の子守歌で授業

私が一九八七年から三年間勤務した「ベロ・オリゾンテ日本人学校」で特筆すべき出来事は、一九八八年の新校舎完成です。大きな民家を借りていましたが、前身の日本人補習授業校の開設から十二年を経て、初めて自前の校舎を持てたのです。

原動力となったのが地元の日本企業の方々。総工費一億二〇〇〇万円のうち八三〇〇万円を企業各社が負担。学校に通う子がいない社員も建設に骨を折ってくれました。このご厚意に教師は応えねばなりません。

そこで私は専門である音楽の授業に「ブラジル色」を出すことに。まず現地の遊び歌を探してみました。日本で言えば「かごめかごめ」のような童歌ですな。ところが全然見つかりません。考えてみるとブラジルの子はひたすらサッカーばかりしていますからね。

そんなとき、ポルトガル語担当の同僚アドリアーナ先生が赤ん坊の息子に子守歌を優しく歌い聞かせるのをたまたま耳にしました。これだと直感し、ブラジルの子守歌を集めてみました。するとほとんどが泣いたり寝つかなかったりする子を脅かす内容で、これは日本との国民性の違いなのでしょうか。面白いですなあ。

そのうち授業に取り上げた一曲が「ボイ・ダ・カラ・プレタ（黒い顔の牛）」です。「ボイ」は牛のこと。冒頭の「ボイ、ボイ、ボイ」だけポルトガル語で歌い、以下は私が日本語で作詞しました。

♬ボイ、ボイ、ボイ／黒い牛が／つかまえるぞ、泣き虫の子どもを／どうか来ないでください／この子はとってもいい子だから

明るくのどかな感じの曲はリズムも良く、すぐに子どもたちは覚えてくれました。さらには歌いながら人さし指で牛の角をつくったり、泣くしぐさをしたり、音楽劇のようにして楽しんだのです。それぞれの国や風土で培われた子守歌の力は偉大ですなあ。

生活科の授業では「メルカード」と呼ばれる大きな市場の探検へ。野菜に果物にありとあらゆる物が売っています。児童に野菜の種を買わせました。ポルトガル語でお店の人と自分でやりとりし、お金も払ったのです。その野菜は学校の畑で育て、収穫と調理体験もやりましたぞ。

さらには学校でヤギを飼ってヤギと毎日お散歩。湖でバーベキューも楽しみました。鉱山を見学して鉄鉱石の取り方を学び、日本から移民として渡られた方が開いたコーヒー農園にも訪れました。

日本人学校での日々を一番満喫していたのは、この私だったかもしれません。

ブラジルの子守歌を題材にした音楽の授業の様子。右後ろが大橋

ありがとう　ブラジル

ブラジルで暮らした三年は、今も濃密な思い出として残っております。実は個人で馬も所有していたのですよ。競馬ではなく乗馬用。世話は牧場にお任せでしたが。少年時代に西部劇を見て以来、愛馬で草原を駆ることに憧れていたのです。夢が実現できたブラジルは本当にいい国でした。

現地では七～八月の冬休みは短いですが、十二～一月の夏休みと三～四月の秋休みがたっぷりあり、家族でよく旅行しました。日本の二十倍以上の国土面積を持つブラジルは、とにかく飛行機代が安かったのです。

世界三大瀑布《ばくふ》の一つ、イグアスの滝はものすごいごう音と水しぶき。例えが下品ですみませんが、象のおしっこを連想しました。あれに比べると日本の滝はネズミのおしっこですな。

アマゾン川の支流をさかのぼる旅では、幸運にもモルフォチョウに遭遇しました。大きな羽が青色に輝き妖精のようでした。アルゼンチンの南米大陸南端部にあるペリト・モレノ氷河も訪ねました。青白く光る巨大な氷が美しかったです。

でも最も大切な思い出は妻がベロオリゾンテの病院で次男良平を無事産んだこと。長男のときに立ち会えなかった私。今度こそ誕生の瞬間を見届けましたぞ。

実は妻は現地で出産した日本人女性にこんな話を聞いて、入念な準備をしていました。「現地の人は勤勉で親切だから何の心配も要りません。ただ自分や胎児に異常があった場合、症状をきちんと医師に伝えるため、ポルトガル語を医療用語まで話せるようになっておかないと」――。そこで語学レッスンに励んでいたのですな。

妻の先生はジッパさんという女性。ポルトガル語でこんな質問をされました。「あなたの哲学は何？」。妻が答えられずにいると、「私の哲学は一生学び続けることです」。その言葉が出産のための語学学習の支えになったとか。どの国でも女性はすごいですな。

ただ一つ、ブラジル生活中に残念だったのは、先に日本へ帰国した児童から「ベロオリゾンテに戻りたい」と手紙が来たこと。「ブラジル帰り」といじめられているそうで、すぐ励ましの手紙を送りました。「頑張ります」と返信が来て安心しましたが、本当にいじめは学校現場からなくさねばなりません。

かくして私は妻と三歳になった長男、生後六カ月の次男を連れ帰国しました。どこまでも広がる地平線や美しい花々に心洗われた三年間。現地の人々は優しく温かく親切で、日本人が忘れかけた美徳を思い出させてくれました。オブリガード（ありがとう）、ブラジル。

4人になった家族。ブラジルから帰国する前の記念撮影

ブラジルにも古代土笛

遊びをせんとや生まれけむ——。北原白秋が「梁塵秘抄」に凝っていた話をしたのを覚えていますか。童謡作りやマザーグースの翻訳で、白秋が最も大事にしたのが「遊び」の精神でありました。

実は私にも、四十年来のライフワークともいえる「遊び」があります。浅学非才の身でお恥ずかしい限りですが、それは古代の「土笛」の探求です。

少年の頃からフルートをはじめ笛という笛が大好きだった私。一九八二年六月と記憶しますが、福岡県宗像市の光岡長尾遺跡で弥生時代前期終わり頃の土笛が出土していたとの西日本新聞の報道に興味をかきたてられました。

早速、見学へ。笛は卵形で高さ九・八センチ。上に直径二・二センチの円形の吹き口があり、指穴が四個開いていました。二千年以上前の人がこれを演奏していたのかと思うと胸が高鳴ります。どんな音が鳴るか、手に取って吹いてみたい衝動を抑えるのが大変でした。

不思議なことに、こうした弥生の土笛の出土例は日本海側の山口、島根、鳥取県に集中していました。で、私は夏休みに一人で山陰地方を巡る旅へ。山口県下関市の綾羅木郷遺跡、松江市の西川津遺跡などの笛をこの目で見ました。いずれも吹き口は円形。ルーツは中国のようで、稲作伝来に伴い祭祀《さいし》に使ったのでしょうか。

太平洋側でも一個だけ土笛らしき物が出土していることも知りました。場所は浜松市の伊場遺跡。年代は日本海側の弥生前期より遅い弥生後期。吹き口の形状は円形ではなく、唇形というか葉っぱ形というか、いわゆる紡錘《ぼうすい》形です。取りあえずその情報を頭の片隅に入れておきました。

その後、私はブラジルへ赴任することに。土笛の探求は三年間、お預けと思っていたら、現地でたまがるごたる（驚くような）出合いがあったのです。

私が住んでいたベロオリゾンテの北三十キロにブラジル最古級の人骨が発掘されたラゴアサンタがあります。ラゴアは「湖」でサンタは「聖なる」という意味。人骨はその大きな湖の近くの洞窟で見つかりました。一九八八年二月、その洞窟を訪れると、ラピーニャ博物館という小さな施設がありました。入ってみると、ショーケースに展示された古代の焼き物の中に直径三センチほどの球状の物がありました。吹き口らしき穴と二つの丸い穴が人為的に開けられています。思わず声が出ました。

「土笛だーっ」

よく観察すると、吹き口は紡錘形。伊場遺跡の出土品と、形状といい大きさといいそっくりです。封印していた私の土笛への探求心が、がぜん燃え上がりました。

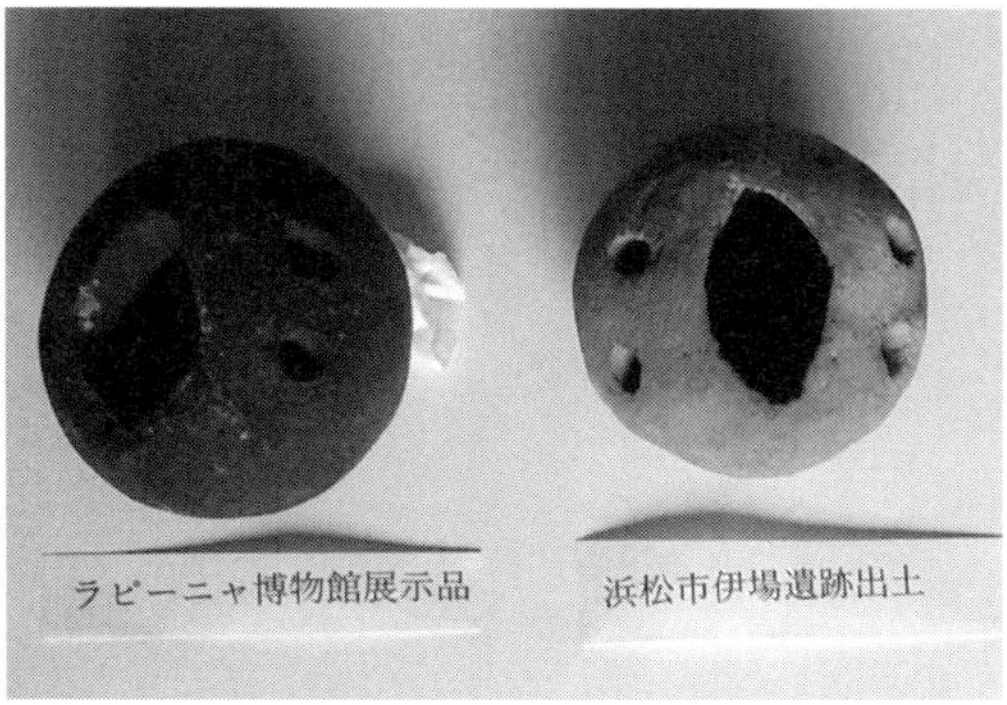

私が後年、忠実に復元したブラジル・ラゴアサンタの土笛と、伊場遺跡の土笛。大きさや形が酷似している

土笛と「チューリップ」

浜松市の伊場遺跡の出土品と酷似した土笛がなぜブラジル・ラゴアサンタの小さな博物館にあるのか――。その謎解きはさておいて、私はこの楽器がどんな音を奏でるのか、何としても確かめたくなりました。

たどたどしいポルトガル語で博物館の担当者に取材し、スケッチを書き、寸法を割り出しました。お次は近くの植木鉢工場へ行き、焼き物に適した土のありかを教えてもらいました。

材料がそろえば成形です。陶芸の手びねり方式が最適でした。何せおちょこくらいのサイズですから。粘土を手のひらでくるくる回しつつ、指で中に空洞を作ります。半乾きになったら箸で穴を開けるのです。

お次は焼き方。「ベロ・オリゾンテ日本人学校」の同僚の図工の先生に尋ねると、「テラコッタという焼き物を作る素焼きが古代の製法に合致していますよ」とのこと。上下に二つ重ねた植木鉢の中に土笛を据え、炭で一晩蒸し焼きにするのです。

最初は何度焼いても割れたのですが、少量の砂を土に混ぜると割れないことが判明。試行錯誤の末、ようやく何個か土笛が復元できました。ところがいくら吹いても期待した音は出ません。笛吹けど踊らずならぬ、笛吹けど鳴らずですな。

「一年もかけて実寸通りに作ったのに……」。落胆する哀れな父親の傍らで、努力の結晶である土笛は、当時二歳の長男のおもちゃになっておりました。そんなある日のこと。

「ヒュー」。長男の口元から、木枯らしのようなかすかな音が出たのです。驚いてその吹き方を見て、理由が分かりました。吹き口が紡錘《ぼうすい》形だったのを覚えていますか。私はその穴の長い方と平行に唇を当て、音を出そうとしていました。フルートの要領ですね。そうではなく、吹き口に直角に唇を当て演奏しないといけなかったのです。

息を吹き込む角度を変えつつ、二つの穴をふさいだり開けたりして、ドからラまでの六音が出ました。そこで演奏した曲は——。

♬ドレミ、ドレミ、ソミレドレミレ

「チューリップ」です。古代の南米人がこの笛でどんな曲を演奏したかは、残念ながら分かりません。ですが日本の子どもに今も愛される童謡を奏でると、柔らかく優しい音色が響き、何千年たっても音楽を愛する人の心は変わらないのだと実感しました。

ついでに南米のペルーやアルゼンチンでもいろんな笛を収集した私。帰国後にある展示会を開いたら、思わぬ反響があったのです。

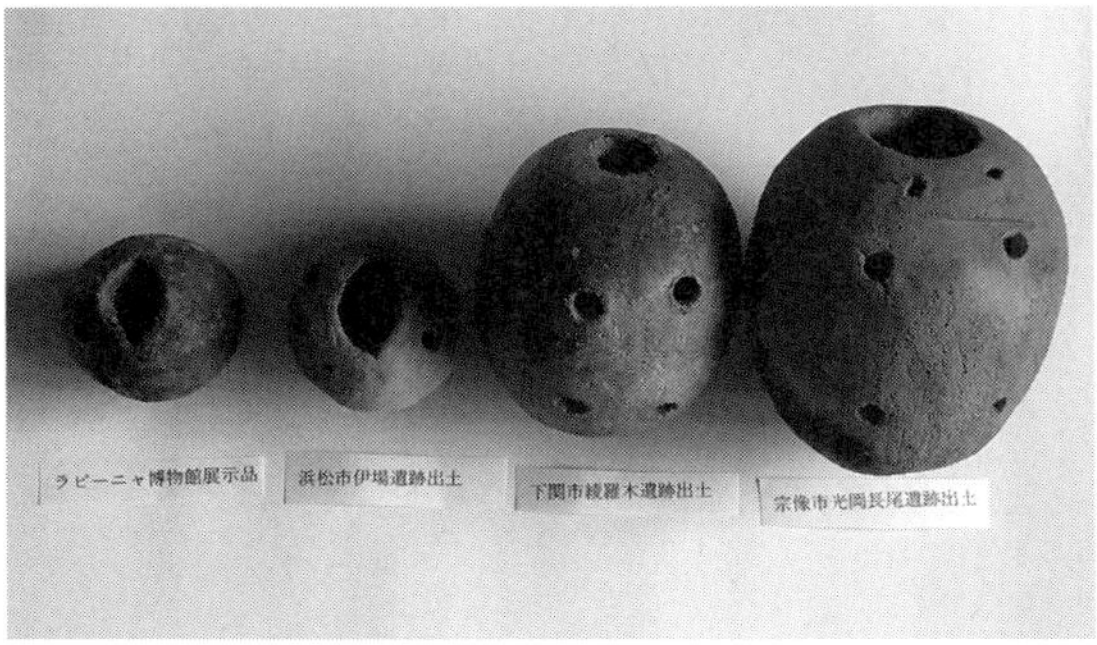

復元した古代の土笛。出土場所は左から、ブラジル・ラゴアサンタ、伊場遺跡、綾羅木郷遺跡、光岡長尾遺跡

古代人は海を渡った⁉

幼い長男のおかげでブラジル・ラゴアサンタの古代の土笛を復元して音を出すことができた私。一九九〇年に帰国すると、福岡県小郡市立味坂小学校に教務主任として配属されました。学級担任から外れたのでいくらか余裕もでき、土笛の探求にまっしぐらです。

真っ先に足を運んだのが浜松市。伊場遺跡で出土した土笛らしき物をこの目で見るためです。吹き口は当然、ラゴアサンタと同じ紡錘《ぼうすい》形。指の穴はラゴアサンタの二つより多くて四つ。上から観察すると、吹き口が横に開けた口に見え、まるで子どもの笑顔のようです。寸法を確認して帰り、日本海側で出土した各種の土笛と一緒に素焼きで復元しました。

それで確認できました。日本海側は全て吹き口が円形で、紡錘形のように息を吹き込む角度で音程を変えることはできません。やはりラゴアサンタや伊場遺跡の土笛の方がより発達した楽器といえそうです。

こうして復元した土笛の発表の場が欲しいと考え、同時にブラジルの日本人学校から九州へ戻ってきた教師二人と共に、福岡市・天神は新天町のギャラリーで同年八月、「ブラジルの光と土と水展」を開きました。サンパウロにいた松本慶子先生が写真、マナウスにいた山野芳朗先生が水彩画、そしてベロオリゾンテにいた私が土笛を披露しました。西日本新聞が「ブラジルの緑と太陽、土の匂いを感じてほしい」との私たちの思いを記事にしてくれました。

これで話は終わりません。朝日新聞の記者が私の土笛探求の話にがぜん興味を抱き、「土笛が結ぶ古代日本とブラジル」の大見出しで特集記事を掲載したのです。私が考察するに、日本と北米・南米大陸は、黒潮－北太平洋海流－カリフォルニア海流で結ばれています。古代、日本人が黒潮に乗って太平洋を渡った可能性は大いにあると思うのです。その一つの物証が日本の太平洋岸とブラジルで出土したそっくりの土笛ではありませんか。エクアドルでは縄文土器に似た文様の土器も発掘されています。

すると、何とテレビ出演の依頼が舞い込みました。テレビ西日本（TNC）の「テレビスパイス」という情報番組で、テーマは「土笛は語る‼　古代人は太平洋を渡った⁉」。私のこれまでの土笛の探求と考察を正面から取り上げてくださるそうで、うれしかったです。でもさすがに三十分近くの生放送は緊張しましたぞ。復元した土笛を私が演奏し厳かにコーナーを締める段取りでしたが、息が震えてしまいました。

1990年9月12日に放送されたTNCの「テレビスパイス」で、土笛の演奏を披露

「疾風に勁草を知る」

古代の土笛の話を長々としてしまいました。私にとって、北原白秋の次のライフワークですのでご容赦ください。あと一つだけ申し添えたいことがあります。

私が復元し演奏までした伊場遺跡（浜松市）の出土品ですが、浜松市博物館は今も土笛ではなく「土製品」との位置付けです。用途が定かでないとの理由ですが、それは鑑定者に音楽の専門家がいなかったからでは。この構造で音は鳴らないと、笛を吹けない人が決めつけている気がします。近年は「音楽考古学」というジャンルの研究も進んできたそうで、考古学者には音楽家の視点も持ち合わせてほしいと切に希望しますぞ。

では心置きなく話を進めます。一九九一年、私は柳川に念願のマイホームを建てました。と同時に、福岡県教育庁北筑後教育事務所指導主事として、小郡市教育委員会の担当になりました。トップの市教育長は福田大助先生。私が大原小学校に吹奏楽クラブをつくったとき、高価な楽器の購入に骨を折ってくれた校長でした。

福田教育長は寡黙な方でした。私が訪問先の学校から帰ると、なぜか私のデスクに座っていて、立ち上がる気配がありません。私が教育長の椅子に座るわけにはいきませんので、仕方なく再び学校回りへ出て行く日々が続きました。

すると市内十一小中学校の校長と顔なじみになり、茶飲み話を楽しみにしてくれる校長もできました。「あの先生は悩みを抱えている」とか「あの学校は児童に落ち着きが出てきた」とか、教育長に報告できることが増えたのです。学校を常に回って現場の状況を把握しておくのが指導主事の役割だと、ようやくふに落ちました。

と話したところで、相方から「サツ回りと同じですね」と合いの手が。新聞社も、新人記者にまず警察を担当させ関係性づくりを覚えさせるとか。福田教育長は私のフットワークを磨くため、わざと私の席を占拠したようです。

そんな教育長に感銘を受けた出来事がその年の台風襲来です。自宅の応急措置を終え何とか昼前に出勤すると、教育長から「直ちに校長会を開くぞ」と指示が。校長十一人を緊急招集しました。すると、教育長の第一声がこうでした。

「疾風に勁草《けいそう》を知る」

強烈な風が吹いたときに草の強さが分かるとの意で、「急を要するときこそ人の値打ちが決まるんだ」と対策徹底を指示されました。さらには教育長は既に全十一校の視察も済ませておられて、一同、ぐうの音も出ませんでした。

小郡市教育委員会の記念写真。前列右が福田大助さん、中列左から2人目が私

園歌で作曲家デビュー

一九九一年から福岡県小郡市教育委員会に指導主事として勤めた私。福田大助教育長の鶴の一声で、いろんなことをやりました。あるときはこんな指示が。

「本間四郎先生のところに行って、作曲の打診をしてこい」

当時の小郡は福岡、久留米市のベッドタウンとして児童数が急増中で、この年に新設された東野《あずまの》小学校にはまだ校歌がなかったのです。

本間さんは同県久留米市の医師で、久留米音協合唱団常任指揮者などを務める音楽家。「上を向いて歩こう」などで一世を風靡《ふうび》した作曲家、中村八大さんとは旧制明善中学校（現明善高等学校）からの大親友でした。

実は私、大原小学校時代に音楽教育講座で八大さんとセッションしたことがありますぞ。フルートで「ドナドナ」「遠くへ行きたい」などを吹き、八大さんがピアノで伴奏されたのですが、その演奏は自由自在。私が「ビートルズのミッシェルが好きです」と言うと、「じゃあ、それもやろう」。アレンジをどんどん展開させ、相手を乗せてくれるのです。音楽とは「音を楽しむ」ことですが、その大切さを教わりました。

また話が脱線しかけました。そんな八大さんと長年の音楽の同志だった本間さん。快く校歌の作曲を引き受けてくれました。「できれば作詞もしたいね」と言われたので、教育長に報告すると「作詞はもう頼んである」。

その相手は、女優栗原小巻さんの父で劇作家の栗原一登さんでした。栗原さんは作曲家團伊玖磨さんとのコンビで合唱組曲「筑後風土記」「唐津」「北九州」などの名作を残された作詞家です。教育長の狙い通り素晴らしい校歌に仕上がりました。するとまた教育長から指令が。市立三国幼稚園から園歌作成の要望が上がっていて、「その園歌はおまえが作れ」とのこと。東野小学校の校歌作りに金額を張り込んだもので、もう市教委には予算がなかったのですね。

作詞は山下嘉勝園長先生にお願いし、私が作曲することに。「ことりがチュン　バッタがピョン」という詞を受け取りましたが、軽快さがいまひとつ。「園長先生、少し作り替えていいですか」と持ちかけると快く了解を頂き、「ことりがチュンチュクチュン　バッタがピョンピョコピョン」としました。

そう、これが北原白秋が言う「童心」ですね。その頃は私もかなり白秋の童謡の本を読み込んでいましたから。先生方にも好評でしたが、残念ながら同園は二〇一八年度末で廃止に。今では幻の園歌ですが、私にとって忘れられない作曲家デビューとなりました。

在りし日の中村八大さん。ジャズもピアノ協奏曲も簡単に弾きこなされ、その技巧はすごかった

三橋音頭と大河ドラマ

福岡県小郡市教育委員会時代の出来事で一つ話し忘れておりました。一九九一年のお盆、親戚が集まった中、妻がおなかを抱え「あいたた」。その夜、三男が誕生しました。長男、次男、三男と男ばかり順番に生まれてきたので、命名は「順太郎」。出生地が違う三人ですが、仲良く健やかに育てばと願ったものです。

そして一九九五年、教頭として同県北野町（現久留米市）の弓削小学校に異動しました。教頭は奮闘する教師たちの黒子役で、ウサギの世話も大切な役目でした。数匹が数十匹に増え、餌やりに往生しましたが（笑）。

一九九五年末、母校三橋中学校の中山秀俊教頭から「この話は大橋さんがうってつけと思うのですが」と打診が。私が住む同県三橋町（現柳川市）が新しい音頭を作るので作曲を担当してほしいとのこと。町から依頼に来られたのが総務課長の金子健次さん。後の柳川市長です。まさかその十九年後、私が北原白秋生家・記念館の館長となり、金子市長に散々お世話になるとは予想もしませんでした。人の縁とは不思議なものですね。

「三橋町を歌で元気にしてください」と金子さん。「ブラジル帰りなので、民謡風でなく新しいサンバ調にしたいのですが」と提案すると「いいですよ」。それで完成したのが「みつはし踊ろい音頭」です。

金子さんと大阪に行き、レコーディングに作曲家として立ち会いました。プロ歌手の嶺よう子さんに「最後は『おーどーれー』と声を張り上げてください」とお願いし、ノリの良い曲に仕上がりました。CD化もされ、いくらか古里に恩返しできたかと思います。

ここからは余談になりますが、嶺さんは百を超える市や町のご当地ソングを歌い、「地域おこしの歌姫」といった存在でした。そこで金子さんはある計画を思い付きます。嶺さんと関係がある他の自治体も巻き込んで、嶺さんをＮＨＫの紅白歌合戦に出演させようというのです。確かに、もし紅白で嶺さんが「みつはし踊ろい音頭」を歌うことになりでもすれば、町の宣伝効果は大変なものです。金子さんはＮＨＫに粘り強く働きかけ、かなりいい線まで行ったそうですが、残念ながらあと一歩で日の目を見ませんでした。

「みつはし踊ろい音頭」を収録したスタジオで。左から大橋、嶺よう子さん、金子健次さん（1996年）

ですが、その経験が金子さんの大きな「財産」になりました。時を経て柳川市長となり、三期目に突入した二〇一七年、さらに大きな挑戦を始めます。初代柳川藩主立花宗茂と妻誾千代《ぎんちよ》をＮＨＫ大河ドラマの主人公にしようという運動です。宗茂は豊臣秀吉に「西国無双」とたたえられた勇猛さで名高い戦国武将。柳川では何百年も人々に慕われてきた存在でして、北原白秋も短歌の中で「殿」と表現しておりました。

金子さんは福岡県をはじめ関係自治体に周到に根回しをした上、県庁での記者発表に度肝を抜く姿で登場しました。柳川藩主旧別邸「御花」に伝わる江戸時代の甲冑《かっちゅう》を着込んで現れ、戦国武将のようなだみ声で「戦」ならぬ運動の開始を宣言したそうです。

実現すれば水郷柳川のみならず福岡県全体にさらに多くの観光客が訪れ、格好の地域おこしとなるでしょう。金子さんの夢がいつの日か実現するよう、相方共々、切に願っております。

おっと、余談のはずがかなり長くなりました。話を私の方に戻しますね。一九九九年に私は新設校の小郡市立のぞみが丘小学校教頭になり、安部ミチ子校長と共に校歌を作るよう指示されました。ですが、以前、東野《あずまの》小学校の校歌を作曲してもらった本間四郎さんが作詞も希望されていたことを覚えていたので、本間先生に作詞作曲を依頼するよう教育委員会に提案したのです。

本間さんは何度も学校周辺を視察し、精力的に制作されました。ところが完成直後に体調を崩され、翌年に死去。生涯で十もの校歌を手がけられ、のぞみが丘小学校が最後となりました。

その歌詞は異例で、普通の校歌では定番のはずの肝心の校名が入っていません。「この校歌を地域の人々の財産にしてほしい」との思いからでした。詞は一~三番とも「ぼくもわたしものぞみの子」で始まり、「そして未来へはばたこう」で終わります。子どもに望みある未来を——。そんな本間さんの願いが凝縮されていると、教育者としてしみじみ感じます。

郷土訪問へ飛翔の地

不思議なことに北原白秋は、私の人生のいろんな場面に顔を出します。二〇〇〇年、初めて校長として着任した福岡県大刀洗町立菊池小学校もその一つ。この町には、かつて「東洋一」とうたわれた大刀洗飛行場がありました。この飛行場から白秋は一九二八年七月、日本初の「芸術飛行」に飛び立ったのです。私の十三年間の校長生活を振り返る前に少しその話を。

芸術飛行は大阪朝日新聞が企画。文学者に日本上空をリレー飛行させ、空から見た紀行文を連載しました。トップバッターに選ばれたのが白秋でした。

ただ白秋は、莫大《ばくだい》な借金を返せずに実家が破産したため、二十年近く故郷に帰れない状態でした。このため同紙の整理部長で早稲田大学時代の詩友だった原田譲二が帰郷を後押ししようと、この企画のおまけとして、芸術飛行の前日に柳川への「郷土訪問飛行」を持ちかけたのです。

白秋は七歳の長男隆太郎を伴って搭乗します。父としてわが子に故郷の風景を見せたかったんですな。飛行機は一路柳川へ。人々は窓や屋根から手やハンカチを振り、歓迎しました。白秋は「柳河へ柳河へ」の見出しでこう記します。

ああ、私は感謝する。故郷の山河よ人々よ、許してくれ、私は空中から、空中から絶えて久しい切

なる挨拶《あいさつ》を投げる

飛行の前に白秋はいったん柳川入りし大歓迎を受けておりました。会う人ごとに懐かしく、感涙を禁じ得ません。十七年前に編んだ詩集『思ひ出』は白秋の、いわば望郷の念の塊でした。以来、多くの困難を越え、文壇で踏ん張ってきた甲斐がありましたなあ。

この帰郷の話はまた後でやるとして、私の話に移りましょう。菊池小学校校長となった私は筑後地区小学校音楽教育研究会の会長を仰せ付かりました。そこで二〇〇三年、四十周年記念の筑後地区小学校音楽祭に、かねがね尊敬している作曲家橋本祥路《しょうじ》さんを招きました。この方の合唱曲はどれもすがすがしくて優しげで、少年少女の愛唱にぴったりなのです。代表作の「夢の世界を」は、吹奏楽クラブを指導した大原小学校時代、子どもから「先生、こんないい歌があるよ」と教えてもらった歌。ブラジルのベロオリゾンテでは、大草原にぴったりの「草原《くさはら》で」を、子どもたちと合唱したものです。

筑後地区小学校音楽祭に出演した橋本祥路さん（右）と

橋本さんへ出演要請に行き「私の出身は柳川です」と告げると、「おお、白秋と同じですね」。ざっくばらんな人柄に感激しました。橋本さんには音楽祭への出演にとどまらず、教師向けの音楽授業研究会でも指導していただきました。筑後地区の音楽教育の財産になったのではと考えます。

繁二郎の講習会廃止

　福岡県大刀洗町立菊池小学校の校長時代、私は暇を見つけては福岡市の雑餉隈《ざっしょのくま》駅周辺を歩き、「環水荘」なる建物の跡地を探しておりました。北原白秋が町内にあった大刀洗飛行場を拠点に「芸術飛行」に臨んだ際、妻子と滞在した加野宗三郎の別邸です。

　酒造業を営んだ加野は芸術家のパトロンで、青木繁や与謝野寛（鉄幹）と晶子、吉井勇らと交流しました。白秋もその一人。芸術飛行の紀行文に、雑餉隈の環水荘は二つの大きな池の、中の島にあるわらぶきの芸術の城、などと書き残していました。それで私は、池を目当てに相当歩き回ったのですが、痕跡すら見つけられませんでした。

　ところが先日、ふと目にしたある研究者の論文にその答えがあったのです。環水荘の跡地は現在のＪＲ南福岡駅のすぐ近くで、池は埋め立てられてマンションになっているとのこと。見つけられなかったはずです。それにしても白秋が「日本に二つとない抒情《じょじょう》風景」と記した池と水荘は、どんな景色だったのでしょうか。

　あと、菊池小学校にはなかなか教員試験に合格できないＫさんという女性臨時講師がいました。「音楽の高い技術があるのだから、自信を持って」と励ましたものです。Ｋさんは後に教員試験に合格し、今では何と参議院議員になっています。学校現場では教師の過重な負担を減らすことが急務。現場で苦労したあなただからできることがあると、期待していますよ、Kさん。

話を進めます。二〇〇四年、私は同県大和町立豊原小学校の校長に転任しました。ちょうど旧柳川市、大和町、三橋町が合併し新・柳川市が発足する前年で、学校行事についても存廃協議が進んでいました。合併する一市二町の校長が集まって話し合っていたのですが、まず廃止のやり玉に挙がったのが、旧柳川市で一九四八年から続く夏休み図画講習会でした。

これは、白秋とも「パンの会」で交流した洋画家の坂本繁二郎が、亡くなる二年前の八十五歳まで、講師と審査員を務めた由緒ある講習会です。画壇の大家がこうした役目を担ったのは極めて異例。当時の教師の熱意にほだされたのでしょうね。ですが、夏休みの催しは児童にも教師にも負担が大きいと、廃止が決まりました。誠に残念でした。

続いて廃止協議の対象になったのが、旧柳川市の小学校白秋音楽まつりでした。私は「柳川から白秋音楽まつりばなくしたら、何が残るとですか!」と廃止に猛反対したのですが……。

1952年、柳川の小学校で図画を指導する坂本繁二郎。ゆかりの夏休み図画講習会は市町合併に伴い廃止された

白秋音楽祭は脈々と

三市町対等合併による新・柳川市（福岡県）の発足を前に廃止協議の対象になったのが、旧柳川市の小学校白秋音楽まつりでした。私は猛反対したのですが、集まった校長の多くは冷ややかな反応。結局、存続するが参加は希望制とする、との結論が出ました。

そして新・柳川市が始動した二〇〇五年、私が校長を務める豊原小学校は旧大和町から唯一参加しましたが、旧柳川市からも不参加の学校が出る始末。翌二〇〇六年、私はこの音楽祭の実行委員長に就任。不参加校の校長の説得に奔走しましたが、らちが明きません。上村好生教育長へ直訴することを決意しました。

「音楽祭を全校が参加する市主催行事に格上げしてください。白秋の地元の市として、子どもたちに白秋を歌い継がせることは大切な責務ではないですか」

この訴えに教育長が応じてくださり、二〇〇七年の三十回記念音楽祭でようやく市内の全小学校がそろいました。

その後、音楽祭は新型コロナ禍でオンライン開催を余儀なくされましたが、二〇二二年十一月十六日、三年ぶりに市内全校が集って開催。二〇二〇年末に完成した市民文化会館の「白秋ホール」に地元児童の歌声が響くのは初めてです。無論見に行きました。

コロナのため声を出すことすら制限されてきた子どもたちが晴れ晴れと歌います。「すかんぽの咲くころ」「南の風の」。柳川の子だからこそ出せる味わいです。トンカ・ジョンとゴンシャンたちのきれいな歌声に喜びをかみしめるうち、涙が頬を伝っておりました。

話を校長時代に戻します。豊原小学校からまた異動になった私は二〇〇七年、柳川市立蒲池小学校の校長に。同じ校区の蒲池中学校の山北岩男校長とブラジルの話で意気投合するのです。伝習館高等学校一年のときのクラスメートだった山北英二君は「俺は卒業したらブラジルに渡って一旗揚げる」と公言しておりました。卒業したら本当に単身でブラジルへ。その後の消息は皆知りません。山北という姓は少ないので、初対面のとき、山北校長に尋ねてみました。

「ひょっとして英二君のお兄さんですか」

「ええ、そうですよ」

互いにびっくり。ブラジルのサンパウロの近くで親戚が農場を開いており、山北校長自身、何度もブラジルに行っているとか。山北校長がブラジルから持ち帰ったセルベージャ（ビール）を酌み交わす仲になり、同一校区の一小一中なので連携をもっと深めようと盛り上がりました。それで一緒に取り組んだのが「仕事体験学習」です。

2022年、新装の「白秋ホール」で初開催された「柳川市小学校白秋音楽まつり」で、白秋の童謡を生き生きと歌う児童（柳川市提供）

白秋の母校の校長に

福岡県柳川市立蒲池小学校で二〇〇九年度に実施したのが、六年生を対象にした仕事体験学習でした。下準備は校長の私の仕事。受け入れ先探しに校区内を回りました。やはり私は現場が性に合っています。田舎の田園地帯と思っていたわが校区にもいろんな職場がありました。保育園、幼稚園、高齢者施設、障害者授産施設、冷凍食品会社、窯元、うどん店、コンビニにガソリンスタンド。お堅い信用金庫や郵便局まで、快く児童を受け入れてくださり驚きました。働く意義を学ばせようと、蒲池中学校と連携しての試みでしたが、地域のご理解のおかげでうまくいきました。

ＰＴＡ役員やＯＢの方々とも、ホタル観賞会などを通じて深くお付き合いさせてもらいました。校区内で空調工事業を営む江口弘喜さんの趣味は骨董《こっとう》収集。酒席で「集めた物の収拾がつきません。どうしたらいいでしょう」と漏らします。「郷土の偉人、北原白秋に絞っては」と答えておいたら、江口さんはその言葉通り収集に励み、白秋の有数のコレクターに。二〇一九年には北原白秋生家・記念館で「江口弘喜コレクション展」が開かれました。大した方です。

書道教室を営む山口裕子さんには私から校長としての悩みを打ち明けました。「字が下手なので毎年、卒業証書を揮毫《きごう》するのが苦痛なんです」。すると「大橋先生、私に任せて」。今だから白状しますが、以来毎年、こっそりと卒業証書を代筆してもらいました（卒業生の皆さん、黙っていてごめんなさい）。白秋記念館が

「この道」Tシャツを制作したときも、山口さんが見事な書を提供してくださり、胸の素晴らしいデザインになりました。

そして二〇一〇年、校長として最後の赴任先となったのが柳川市立矢留《やどみ》小。白秋の母校です。内示を受けたときは本当に感激しましたね。「一世紀以上前に幼い白秋が通った学校の校長に自分がなるんだ」と。福岡教育大学で平井建二先生の薫陶を受けて以来、白秋の勉強を続けてきた甲斐がありました。

一九二八年、四十三歳になった白秋が「芸術飛行」で悲願の帰郷を果たした話をしましたね。そのときの紀行文に、矢留小学校で講演した模様をこう記しています。

> たうとう私は帰ってきましたと泣いた（略）さうじやらうさうじやらうと凡《すべ》ての目が、私に答へた。児童たちは、白秋さんな泣けべすと家に帰つて告げた

演台で泣きじゃくる白秋。「そうじゃろう」とうなずく故郷の人々。「何といふよい日を私は授かつたらう」と白秋は感激を記しましたが、矢留小学校校長への内示は、私にとっても最高の授かり物になりました。

蒲池小ではホタル鑑賞会などでPTA役員らと親密な交流が続いた。2列目左から2人目が大橋、その左が山口裕子さん、その前が江口弘喜さん

母校児童が「ヤ」の字

私の校長時代の最後の職場となった福岡県柳川市立矢留《やどみ》小学校は、北原白秋の母校です。校歌はもちろん白秋、山田耕筰コンビの作詞作曲。一番で海の向こうの雲仙岳、二番で有明海、四番で筑紫平野を歌い、三番はこんな歌詞です。

鮠《はや》の子走る我《わ》が里の／水を柳の堀に見て

白秋は水郷で少年時代に見た情景をそのまま歌にしたのでしょうな。何より四番の締めが感動的です。

栄《はえ》あり、我等《われら》、我が希望《のぞみ》、／声あり、矢留、我が母校

多くの校歌を作詞した白秋ですが、「我が母校」と記したのはこれのみ。同時に応援歌も作っていて、白秋作の歌を二つ持つ学校は東京帝国大学（現東京大学）と矢留小学校だけです。白秋の母校愛ですな。

それもそのはず。白秋が一九二八年、「郷土訪問飛行」で悲願の

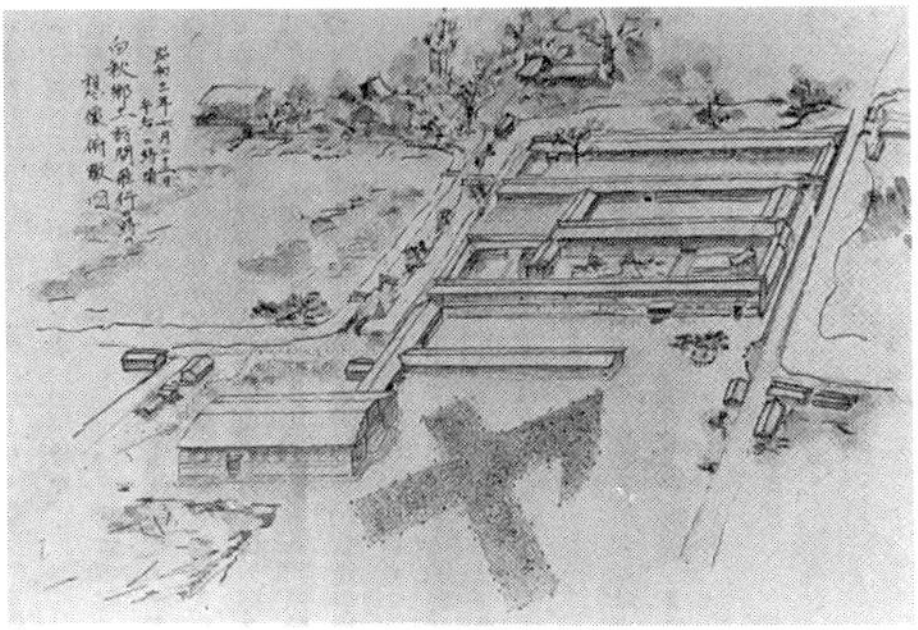

白秋郷土訪問飛行時の想像俯瞰（ふかん）図（矢留小学校創立百年誌より）。左上の区画が現在は「白秋詩碑苑」になっている

帰郷を果たした話をしましたね。そのときに矢留小学校の児童は校庭に「ヤ」の人文字を作り、小旗を振って歓迎したのです。機上から見た白秋は感激の涙を流し、こう記しました。

あ、見える見える、児童の一人一人の姿までも。ああ、矢留校。泣くな泣くな、小使の駒爺《じい》

白秋の感激が伝わりますな。矢留小の児童は戦後、顕彰拠点の「白秋詩碑苑《えん》」の建設でも土運びや整地作業を手伝いました。苑には晩年の白秋が望郷の念を詠んだ「帰去来」の詩碑がありますが、その建立に奔走したのが、柳川出身の芥川賞作家長谷健でした。

長谷は戦前に東京へ出て教師と作家の二足のわらじを履きます。問題児に寄り添いつつ葛藤する教師の姿を描いた『あさくさの子供』で一九三九年、芥川賞を受賞しました。ですが戦況の悪化に伴い柳川へ疎開。終戦後、地元の人々に推され、白秋詩碑建設委員長の大役を担うことになりました。

頭をひねったのが建設費集め。全国に疎開している著名な詩歌人に献詩歌を呼びかけると、五、六十人が賛同。それをまとめて詩集と歌集を発行し、印税を建設費に充てたそうです。

九州文学界の仲間も後押しします。長谷の二年前に『糞尿譚』で芥川賞を受賞した若松の火野葦平、小倉の劉寒吉らが建設委員に名を連ねました。さらには『まぼろしの邪馬台国』が後に大ヒットする盲目の作家宮崎康平も石の手配や軟弱地盤の改良に活躍しました。

こうやって出来上がった詩碑がお披露目されたのは白秋没後六年の命日、一九四八年十一月二日。その地は白秋が愛した矢留小学校のすぐ隣でありました。

白秋歌い継ぐ小学校

私が校長として最後に勤めた福岡県柳川市立矢留《やどみ》小学校には大切な使命があります。それは北原白秋の母校として白秋を「歌い継ぐ」こと。このため、矢留小学校の校内行事は一年を通じて、白秋と共にあるのです。最も力を注ぐのが白秋の命日、十一月二日午後の「校内白秋祭」です。その日が土日祝日なら登校日にしてまで開催します。児童たちが白秋の童謡や詩の群読を保護者や地域の方々に体育館で披露するのです。「白秋先生に届けよう」を合言葉に練習に励む子どもたち。開催日が近づくにつれ、「待ちぼうけ」「あわて床屋」などの歌が小鳥のさえずりのように各教室から響いてくるのは、私にとっても至福の時間でした。

十月には三年生が校区の敬老会、十一月には四年生が市小学校白秋音楽まつりに参加し、白秋の歌をあれこれと歌います。

そして六年生が重要な役割を担うのが、毎年十一月一～三日の「白秋祭」。柳川中が水上パレードでにぎわうこの催しの中心行事である「白秋祭式典」が二日午前、白秋詩碑苑であります。この場で六年生が帰去来詩碑の前に白いシャツを着て整列し、白秋の「砂山」「この道」などを合唱します。まるで教会の聖歌隊のような透き通った歌声に、参列者たちは毎年、感心して帰られますよ。

そして五年生が主役となるのが、白秋の誕生日の一月二十五日の「白秋生誕祭」。六年生は白秋の写真を飾った大八車を引きます。その後ろで五年生がマーチング隊を組んで白秋の童謡を演奏します。白秋生家を出発し沖端《おきのはた》の掘割を巡り、白秋詩碑苑までマーチングするのです。トランペットも入ったなかなかの楽器編成でして、卒業していく六年生が五年生に演奏法を教え伝えるのが、学校の伝統になっています。

私の校長時代、その指導に奮闘してくれたのが音楽担当の堤朱美教諭でした。私が長年、会長を務めてきた筑後地区小学校音楽教育研究会は筑後地区小学校音楽祭を主催していますが、私が校長最後の年となる二〇一二年も十二月に開かれることに。たまたま抽選で矢留小学校がトリになりました。すると堤先生から「大橋校長、今年はやりますよ」と頼もしい言葉が。

楽しみに客席でトリの登場を待ちました。堤先生が選んだ最後の歌は白秋の「落葉松《からまつ》」。長いので通常は三番で終わるのですが、何と八番の歌詞を付け加えて歌ってくれたのです。

世の中よ、あはれなりけり。／常なけどうれしかりけり。／山川に山がはの音、／からまつにからまつのかぜ。

この連載・書籍の題名『白秋うれしかりけり』の由来にもなった、私が一番好きな歌詞でした。あれは校長冥利《みょうり》に尽きましたなあ。

矢留小学校の5、6年生が毎年、北原白秋の誕生日の1月25日に沖端を行進する「白秋生誕祭」（2017年）

オカリナ校長の言葉

十三年の校長生活では失敗もありました。特に恥ずかしかったのが、福岡県大和町（現柳川市）立豊原小学校の二〇〇五年度卒業式。校長がいくら偉そうな言葉を連ねても、卒業生の記憶にはあまり残りませんよね。そこでフルートで、ゆずの「栄光の架橋」を演奏することにしたのです。

「では卒業生に贈る歌を」と、かしこまってフルートを手に。ところが、たびたび「ヒュー」と空気が抜けてしまい、演奏はめちゃくちゃです。その日は冷え込んでいて、机に置いたフルートが氷のように冷たくなっていたためでした。

卒業生も来賓も保護者も教職員も、校長の演奏を笑うわけにもいかず、厳粛な式の会場に終始、微妙な空気が流れ続けました。栄光ならぬ、失敗？の架け橋……誠に失礼しました。

深く反省し、翌年度からは卒業式でオカリナを吹くことに。これなら小さいので、上着の内ポケットで温めておけます。ＮＨＫの「プロジェクトＸ」の主題歌だった中島みゆきさんの「地上の星」や、卒業生の幸せが百年続くようにと一青窈さんの「ハナミズキ」を、いわゆる耳コピで覚えて披露しました。これは受けましたな。今でもたまに卒業生に会うと「オカリナの校長」と呼ばれます。

二〇一一年三月十一日には東日本大震災が発生しました。私は福岡県校長会の副会長を務めていたもので、十二月の現地視察団に参加。津波の被害がひどかった宮城県名取市の閖上《ゆりあげ》地区などを見て回りました。

大きな船がぽつんと地上に残り、町は空襲の後のよう。声を失うとはこのことでした。それで二〇一一年度の柳川市立矢留《やどみ》小学校の卒業式では、被災地復興の願いも重ね、オカリナで松任谷由実さんの「春よ、来い」を演奏しました。「♫春よ　遠き春よ」のフレーズに万感の思いを込めました。

あと、始業式でよく語ったのが「おかねの話」です。おかねとは「おもいやり」「かんがえる力」「ねばり」のこと。「心のおかねを貯金しよう」と児童に呼びかけました。今は大人が貯金不足の時代ですね。そして、特に卒業式などここぞという場面で伝えたのは、『昆虫記』の著者ファーブルの言葉です。

この世に生まれた運命は変えられないが、運命を変える機会は誰にでもある

機会とは、何かとの出会いです。ファーブルはその第一が良き先生、第二が良き友、第三があなたが選ぶ一冊の本だ、と語ったそうです。私は「そこに音楽も加えてください」と言い添えました。

こうやって三十七年の教職生活を終えた私。一年置いて二〇一四年春、柳川市の北原白秋生家・記念館の館長に就任するのです。

矢留小学校での最後の卒業式でオカリナを披露。「写真はぼけていますが、生涯大切な一枚です」

生家・記念館の館長に

二〇一三年三月いっぱいで校長を定年退職して福岡県柳川市教育委員会に勤務していた私に、いよいよ「大役」が回ってきました。翌二〇一四年四月、柳川市の黒田一治教育長の要請を受けて、北原白秋生家・記念館の館長に就任したのです。白秋生家をまだ訪れたことがないという方のため、まずは施設のご紹介を。

生家は明治維新前後の建築とみられますが、お話しした通り一九〇一年の沖端《おきのはた》の大火で倉など建物の大半を焼失。残った母屋も北原家の破産後は所有者が転々とし、取り壊し寸前になりました。そこで一九六八年、柳川市は生家保存の募金運動を始めます。そのときに大きく貢献したのが、あの「パンの会」で白秋と交流した洋画家坂本繁二郎でした。亡くなる前年、馬のスケッチ二枚を「白秋君のためならば」と提供。三二〇万円で売却され、貴重な資金になりました。

専門家が同県みやま市の酒造家に嫁いだ白秋の異母姉加代から、当時の家の構造を聞き取って復元。一九六九年に公開が始まったのが今の生家です。木造二階建ての建物は、国指定名勝「水郷《すいきょう》 柳河」を構成する一つで、県指定史跡。酒造業を営んだ北原家の明治の様子を伝える展示になっています。

その奥にあるのが北原白秋記念館（市立歴史民俗資料館）。一九八五年、白秋生誕一〇〇年記念事業で北原家跡地の一角に開館しました。明治、大正、昭和に至る白秋の生涯を①柳川②青春③遍歴④壮年⑤豊熟――

の五つの時代に分け、ストーリー性を前面に出し紹介。デビュー作『邪宗門』や出世作『思ひ出』などの初版本や直筆原稿はもちろん、愛用のすずり箱など貴重な品々を公開しております。ぜひ一度、おいで召せ。

と、PRが済んだところで、館長になった私を温かく迎えてくれたのが二人の女性です。白秋研究一筋の学芸員で事務局長の高田杏子《きょうこ》さん（現館長）と、経理・営業担当の西田江利子さん（現事務局長）。他のスタッフも全て女性ですが、私、五年間の教頭時代はずっと女性校長に仕えたので何とかなるでしょう。

まずは館長として己に何ができるか考えました。文学的素養といえば、短歌を中学時代に一首しか作ったことがないほどのお粗末さ。そこで得意の「音楽」の分野から、白秋の業績に光を当てていこうと決意しました。

そこにいきなり悲しい訃報が舞い込みます。白秋の長女岩崎篁子《こうこ》さんが四月十五日、八十八歳で亡くなられました。「篁」の字は関東大震災発生時に白秋が逃げ込んだ篁《たかむら》（竹林）にちなむこと、話しましたね。父・白秋を愛し、敬い、顕彰に心を砕かれた生涯でした。そこから私の初仕事が始まります。

北原白秋生家の内部。右側の朱塗りの酒樽（さかだる）などが、酒造家の雰囲気を醸し出す

番外編

最愛の「松子」と「レディ」

教員は案外狭い世界に住んでいるものです。互いに「先生」「先生」と呼び合いながら、外の世界からは区切られた学校の中で一日を過ごしていますからね。

そんな私の人生経験の場となったのが、西鉄柳川駅前にあった小料理屋「松子」です。振り返れば三十代後半からずっと通っていました。カウンターしかない狭い店は七、八人も入ればいっぱい。そこにはいろんな職業の人が集いました。教員に役場職員、ノリ漁業者、政治家と、客層はばらばら。カウンターに並べられた大皿から手料理を自分で取って、酒を酌み交わす。そんな家族的な店の雰囲気が、皆をすぐに仲良くさせてくれました。隣に座った福岡県土木事務所の職員に私が「○○川にカヤが生い茂って環境が悪い」と漏らすと、すぐに撤去してくれたこともありました。

客の一番のお目当ては、ママの原松子さんとのコミュニケーションでした。彼女の客への応対は、相手が国会議員や市会議員だろうと全く一緒。生意気なことや斜に構えたようなことを言うと「あんた、そげん口きいちゃいかんよ」とすぐに叱られます。酒癖が悪い客は即刻、出入り

小料理屋「松子」の店内。右がママの原松子さん。一番奥が大橋

禁止になりました。私は意外に気に入られまして、お勘定するときよく「あんたは千円でよかよ」と言ってくれました。安月給で子ども三人を大学や高校に通わせている懐具合を気遣ってくれてのことだったかもしれません。

そんな居心地の良い店には毎晩でも通いたいものですが、いったん夕方、帰宅してしまうと、ちょっと外には出づらいですよね。そんなときに私は愛犬「レディ」を散歩に連れ出しました。ついでに松子にちょっとだけ顔を出すのです。え、どっちがついでかって？（笑）

大橋家の愛犬「レディ」

レディはゴールデンレトリバーの雌で、とても頭が良く聞き分けが良い犬でした、私が「待て」と指示すれば、六十分間は吠えずにおとなしく座って待つことができました。で、レディに「待て」と指示して私は店の中へ。そして私の調子が出てきた頃、きっかり六十分たって、レディが「ワン！」と吠えるのです。すると松子さんが「ほら、帰宅命令が出たよ。すぐ帰らんば」と言ったものです。私たち家族とキャンプにも行き、たくさんの思い出を残してくれたレディは十四歳で天国へ旅立ちました。そして「松子」も数年前に閉店になったのです。最愛の場所と愛犬が消えて、私は胸に小さな穴が開いた気分でした。

ただ、この聞き書きの連載を西日本新聞で始めると、思わぬ方から電話がありました。『白秋うれしかりけり』、よかねー。毎日読みよるよ」。昔と全く変わらないざっくばらんな松子さんの口調に、心が温まりました。

第七章

白秋と私のこと

次代へと受け継がれる「白秋」

長女の思い未来へと

私が北原白秋生家・記念館の館長になった二〇一四年四月、白秋の長女岩崎篁子《こうこ》さんが亡くなり、記念館から丁重な弔電を送りました。その三カ月後、篁子さんの夫で、明治の実業家岩崎弥之助の孫の英二郎さんが、長男の透さんと、お礼のため来館されました。

篁子さんはその九年前の二〇〇五年十一月、六十四年ぶりに柳川を訪れ、生家や白秋詩碑苑を見学されていますが、そのときの思い出をうれしそうに語っておられたとか。

ちなみに六十四年前の訪問とは一九四一年三月、白秋が西日本新聞の前身の福岡日日新聞から文化賞を受けたときです。腎臓を患い視力をほぼ失っていた白秋。最後の帰郷と覚悟しつつ、当時十五歳の篁子さんら家族を伴ったのでしょう。こんな感慨を同紙に記しています。

私は日本最古の文化の発祥地である北九州の、私の郷土の福日から文化賞を贈られる。これは中央の如何《いか》なる団体或《あるい》は新聞社より受くる輝かしさよりも、私には以上の幸福が感じられる（略）私の隠れた助力者たる妻子を少しでもねぎらっていただけば私の眼《め》が開くやうに思はれる

晩年の白秋が薄明の中でも文筆活動を続けられたのは、口述筆記の記録者を務めた妻菊子や二人の子どもらの全面的な協力があったからです。その感謝の思いを込めての受賞であり、帰郷だったのですな。

白秋の死後、柳川には白秋詩碑苑をはじめ、いろんな顕彰施設が造られました。半世紀以上の時を経て、初めてそれらを自分の目で確認した篁子さんの感激ぶりは容易に想像できます。

川下りの舟で私たちに「妻は北原白秋の娘であることが一番の誇りでした」と語られた英二郎さん。「白秋顕彰に役立ててください」と、記念館の運営財団に一〇〇万円を寄贈して帰られました。

さて、これをどう活用するか。白秋の血を引いた女性の夫から託された貴重な浄財です。浪費するようなことはできません。関係者と時間をかけて協議を重ね、私たちが出した結論は「未来への種まき」でした。

毎年、白秋の命日に合わせ詩を公募して選考する「白秋献詩」という大切な行事があります。一九五三年に始まりましたが、もう七十年以上も脈々と続き、海外からも詩が届きます。入賞者には柳川の白秋詩碑苑で作品を朗読してもらい、白秋にささげてもらうのです。二〇一五年はちょうど白秋生誕一三〇年でしたので、それを記念して新たに「白秋長女岩崎篁子賞」を設けました。白秋の業績を後世に——。父をこよなく愛した篁子さんの思いは、未来へと末永く引き継がれるはずです。

64年ぶりに柳川を訪れ、白秋詩碑苑に足を運んだ北原白秋の長女岩崎篁子さん。当時80歳だった（2005年11月）

『花子とアン』の校歌

ＮＨＫの朝ドラ『花子とアン』を覚えていますか。ちょうど私が北原白秋生家・記念館の館長となった二〇一四年春、放送が始まりました。主人公のモデルは『赤毛のアン』の翻訳者村岡花子。花子が歌人柳原白蓮と友情を育んだ学び舎が東洋英和女学校でした。

その後輩の東洋英和女学院高等部二年生が風薫るこの年の五月、修学旅行で当館を来訪することになりました。一九三四年から歌い継ぐ伝統の校歌を作詞したのが白秋だから続いている研修です。歌詞は乙女の学び舎にぴったりの美しい内容ですぞ。

風にそよぐ、／うつくしきもの、／楓《かえで》よ、楓の園、／仰げよ、この蒼空《あおぞら》（略）椎《しい》よ、樫《かし》よ、共に／日かげ織るこの窓

もちろん作曲は山田耕筰でして、楽譜を調べると、校歌としては非常に珍しい三部合唱曲です。よくぞこんなに難しい歌を校歌にしたものですな。そこで私は学校側に厚かましくもお願いしました。「ぜひ校歌を記念館のロビーで歌ってください。他のお客さんも喜ばれますし、何より天国の白秋へのこの上ない贈り物になります」。本当は私が一番聴いてみたかったのですが（笑）。

当日、代表して三十四人の生徒さんがロビーで校歌を歌ってくれました。とても清らかで心洗われるよ

う。まさに天使の歌声でした。日頃から歌い込んでいることがありありと分かります。耕筰は礼拝堂で歌われることを想定し、こんな賛美歌のような曲を作ったのでしょうな。ある生徒さんが「誇りの校歌です」と笑顔で語ってくれました。

校歌作成の経緯を尋ねてみると、同校は創立五十周年に当たり、第一人者の白秋・耕筰コンビに校歌を依頼。白秋は一日学校を視察し、シイやカシの木陰で女生徒が語らう光景などを歌詞に盛り込んだそうです。「楓の園」としたのは、カナダ人宣教師が開いた学校だから。確かにカナダ国旗にはメープル（カエデ）の赤い葉っぱが描かれていますな。心憎い詩人の気配りです。

こうした縁で同校から寄贈された白秋直筆の校歌の歌詞の複製を、当館で常設展示しています。またコロナ禍で当館の客足が落ち込んで以来、同校は毎年、寄付も続けてくださっています。何より生徒さんが毎年、白秋をしのんで修学旅行で訪れてくれていること、うれしく思います。

音楽から白秋を顕彰する――。館長に就任したときに私はそんな目標を掲げましたが、この調子ならうまくやっていけそうです。その頃、実は朝ドラに続く追い風が吹いていました。世界遺産です。

北原白秋生家・記念館で、白秋が作詞した校歌を歌い上げる東洋英和女学院高等部2年生（2014年）

「世界遺産」に乗っかれ

朝ドラ『花子とアン』のモデルになった東洋英和女学校の校歌を北原白秋生家・記念館で実際に歌ってもらったことから、私は館長として一つ、大切なことに気付きました。それはブームに乗っかること。世間の注目を集める事象に沿った企画をいかに迅速に準備するかが、展示企画者の腕の見せどころなのですな。

と考えていたところで、二〇一四年六月、群馬県富岡市の富岡製糸場が世界遺産に登録されました。新聞やテレビがひっきりなしに報じ、富岡に観光客が詰めかけます。昭和の初め、世界最大級だったこの製糸工場には全国から選抜された約六百人の女子工員がいました。当時の重要な外貨獲得手段だった生糸生産を支えたのが彼女たち。寮と工場を往復する際、口ずさんだのが白秋作の「繰糸の歌」でした。

箒《ほうき》しづかに索緒《くちたて》しやんせ、／繭《まゆ》は柔肌、絹一重。／わたしやお十七、花なら蕾《つぼみ》、／手荒なさるな、まだ未通女《おぼこ》。

索緒とは、湯で煮た繭を傷つけないように注意を払いつつ、箒《ほうき》でそっと最初の一本の糸を引き出すこと。絹糸作りで最も大事な工程を歌い出しに持ってくるあたり、さすが白秋ですな。作曲は「鯉《こい》のぼり」や「春よ来い」で知られる弘田龍太郎。白秋と弘田は、富岡製糸場行進歌「甘楽《かんら》行進歌」も作詞作曲しています。

「世界の富をば引き寄せた」という歌詞が、世界遺産決定のお祝いにぴったりです。取りあえずは記念館の一角に、東洋英和女学校の校歌の歌詞と合わせて、富岡製糸場の歌の展示コーナーを設けました。

実はこれはある意味、試運転でした。私が照準を定めていたのは「明治日本の産業革命遺産」。九州・山口を中心に、北は岩手県から南は鹿児島県まで二十三の構成資産から成り、その中には白秋が所歌を作詞した施設が二つあるのです。それは三菱長崎造船所（長崎市）と、官営八幡製鉄所（北九州市）であります。富岡製糸場も含め、日本の近代化を支えた産業施設群の歌作りを次々と依頼されたことは、白秋の「国民詩人」たるゆえんでしょう。

まずは一九三〇年五月、四十五歳の白秋は八幡製鉄所歌の選者として八幡を訪れました。欧米列強に肩を並べるのが悲願だった日本にとって「鉄」は最重要の産業。製鉄所が所員の生産士気を高めるべく歌詞を公募すると三七〇編が集まり、白秋にその選が託されたのです。

現地で二日にわたる精力的な視察を終えた白秋は部屋にこもって長時間審査しました。ですが結論は「入選作はない。自分が書く」。いかにも白秋らしい逸話だと思います。一言一句まで徹底的に突き詰めないと気が済まないのが白秋なのです。

八幡製鉄所の招きで八幡を訪れた北原白秋（1930年5月）

巨大アームに触発され

一九三〇年五月、八幡製鉄所の所歌を自ら書くと宣言した北原白秋。その前に製鋼、分塊、条鋼工場などをくまなく見学。溶鉱炉を見上げ、その巨大さに「驚いたなあ」を連発しました。白秋の目には近代化の象徴と映ったことでしょう。翌日は河内貯水池を視察し、最後は洞海湾から船で工場を巡覧しています。これだけ入れ込んで視察した白秋のお眼鏡にかなう詞が、一般公募作の中にあるわけがありません。書き上げた所歌の題名は「鉄なり秋《とき》なり」。作曲はもちろん盟友山田耕筰です。

鉄なり、秋なり、／時代は鉄なり。／高鳴れ、この腕、世界の鉄腕（略）天をも焦さむ此《こ》の火を見よや。

ものすごい高揚感に満ちていますな。興が乗った白秋は「立てよ鉄人」と題し八幡製鉄所の応援歌も作詞します。さらには何と延々と四十八番にわたる「八幡小唄」まで残しています。白秋を爆発させる何かが、富国強兵の最先端の地、八幡にはあったのでしょう。

ちなみにこの後、白秋は柳川や唐津、呼子、南関などへ足を延ばしました。船小屋温泉では、旧制中学伝習館時代の文学仲間、白仁秋津をはじめとする「常盤木」の懐かしい同人と旧交を温めました。ほんなこつ良かったですなあ。

お次は三菱長崎造船所です。私と相方は二〇一八年十一月に現地を訪れ、三菱の担当者の方に話を聞いてきました。白秋が所歌を作詞するため、長崎を訪ねたのは一九三五年五月、ちょうど五十歳のときです。建造中の大船の船底にもぐりこんだ白秋は、底板を両手でなでて、大発見でもしたかのように繰り返しました。

「船底は平らだった!」

柳川の有明海などで小舟に親しんでいたので、船底はV字形と思い込んでいたのでしょう。白秋がなでた大船は何だったのか。担当者に資料をめくって調べてもらった結果、巡洋艦「利根」とみられるとの回答でした。全長が一九〇メートル近くあり、当時としては相当に大きな船です。目を丸くする白秋の様子が目に浮かびますな。翌年、こんな所歌を書き上げました。


海に噴き立つ積雲の／際涯《はたて》に遠く我呼ばん。／皇道光高うして／時代は俟《ま》てり、この腕《かいな》（略）造船の業《わざ》ここにあり。


八幡製鉄所の歌に比べるとかなり落ち着いた感じですね。一年ほど間を置いたからでしょう。こちらも作曲は耕筰です。

何より注目してほしい歌詞が「この腕」。一九〇九年に造船所に設置され、一一〇年以上たった今も現役

稲佐山から見下ろした三菱長崎造船所の「ジャイアント・カンチレバークレーン」。1909年に設置され今も現役だ

で動いている「ジャイアント・カンチレバークレーン」の巨大なアームに触発された言葉ではと、私は感じたのです。このクレーンは世界遺産の構成資産の一つになっていますが、間近で見るとほんにでこーして、私もたいがいたまがったとですよ（驚いたら柳川弁が出ます）。白秋の興奮ぶりが目に浮かぶようです。

ただ「皇道光高うして」の歌詞は、日本が戦争へ突き進んだ当時の時代を反映していました。この部分は戦後、白秋の遺族の了承を得て「平和の光高うして」と改訂されています。

九州人の燃える血が

大見出しが躍る西日本新聞の朝刊を見て、私は正直、胸をなで下ろしました。二〇一五年七月五日、九州を中心とする「明治日本の産業革命遺産」の世界文化遺産登録が、国連教育科学文化機関（ユネスコ）で正式に決まったのです。

というのも、世界遺産決定を見越してわが北原白秋記念館では、五月十六日から企画展「明治日本の産業革命遺産と白秋展」を始めていました。フライング？　何をおっしゃいます。同月四日に国際記念物遺跡会議（イコモス）が登録を勧告したので展示を開始したのです。が、徴用工問題を巡る韓国側の反発があり、成り行きに気をもんでいたという次第です。

世界遺産を形成するのは官営八幡製鉄所（北九州市）など二十三の構成資産。三菱長崎造船所（長崎市）からはジャイアント・カンチレバークレーンなど四つも入りました。日本の近代化を担った両輪が同製鉄所と同造船所です。その両施設の生産を鼓舞した所歌が、いずれも白秋の作だったということは、大きな意味を持つと思います。

さて、世界遺産決定に向けて私は事前に両施設を調査し所歌の楽譜などを入手。どんな曲か誰でもすぐに聴けるよう、メロディーのみですが、パソコンで音源を制作しました。さらにはテレビ局を通じ、造船所側から当時のレコード盤の音源も提供を受けました。

そして企画展では、二つの所歌の音源の試聴コーナーを目玉に、白秋が制作に関わった経緯や歌詞の内容をパネルや写真で展示。先に世界遺産となった富岡製糸場の白秋作の行進歌なども紹介しました。すると来館者の反応はすこぶる上々。展示期間は延長を重ね、翌年三月までの長期展になったのです。世界遺産の吸引力は大したものですな。

あと、同様に構成資産に入った三池炭鉱・三池港に含まれる万田坑（熊本県荒尾市）にも白秋は縁があります。一九〇七年八月、「五足の靴」の旅で詩人の一行が潜ったのが万田坑でしたね。白秋はこのときは別行動で南関の母方の実家を訪ねていますが、昭和になり坑内に潜ったことを示すかっぱ姿の写真が当館にあります。日本鉱山協会に委嘱されて一九三六年には「日本鉱夫の歌」も作詞しています。

北原白秋記念館で好評を博した「明治日本の産業革命遺産と白秋展」（2015年8月）

かつて炭鉱や製鉄や造船で栄え、日本を足元から支えた九州。そんな九州人の燃えたぎる血が白秋には人一倍、流れていたのでしょう。そうでなければこれほど熱血な歌の数々を生み出せるわけがありませんよね。白秋作の八幡製鉄所所歌「鉄なり秋《とき》なり」の熱いサビを紹介して、何回か続いた世界遺産の話を締めることにします。

製鉄、製鉄、フレー、フレー、フレー、／フレー。

社会経済と発展共に

数々の校歌や社歌の作詞に携わった北原白秋。北原白秋記念館の調べでは、その数、校歌だけでも満州や台湾の海外校を含め少なくとも一〇一に上ります。

中には「幻の校歌」もありました。白秋と山田耕筰が一九三一年に作った新潟県魚沼市立伊米ヶ崎《いめがさき》小学校校歌は、こんな歌詞でした。

正しく仰げ、八海の／雪にかがやく空のいろ（略）守れ、訓《おしえ》の星と稲、／われらが母校、伊米ケ崎。

この歌詞に待ったをかけたのが当時の文部大臣鳩山一郎です。元首相の鳩山由紀夫さんの祖父ですな。「母校」とは卒業した学校という意味なので、在校生が歌う校歌には適さないとの指摘だったようです。子どものための新しい童謡を日本に広めた白秋は常々、文部省唱歌を国のお仕着せと批判しており、その影響もあったかもしれません。

学校は文部省の見解を白秋に伝えますが、白秋は「母なる大地、母なる川と言うので、『母校』で一向に差し支えない」と一蹴。困った学校は戦後までこの校歌を使うのを控えたとか。

え、白秋は福岡県柳川市立矢留《やどみ》小学校校歌にも「母校」を使っていたじゃないかって。その歌詞は「我《わ》

カルピスの関係者から北原白秋生家・記念館に寄贈された1枚。1925年、カルピスが小学生から童謡を募集した際の選者4人と創業者三島海雲が写っており、右端が北原白秋

が母校」で、作詞者白秋自身の母校でもありますから、仮に文部省が指摘したくてもできなかったのではないでしょうか。

社歌も、ブリヂストン・タイヤ（現ブリヂストン）、伊藤萬商店（現イトマン）、福助足袋（現福助）など多彩な業種に提供しました。さらには乳酸飲料カルピスのＣＭソング「初恋小唄」も作詞しました。

いとし前髪、／李《すもも》の花よ、／せめて初恋、／また一と目。／汲めよ、カルピス、命の泉、／春はみなぎる、血はたぎる

『明星』時代に培った白秋の叙情性がたっぷり生かされた詞ですな。一九三五年に新聞広告で作曲が公募され、話題を呼びました。

一九三九年には、日本で初めてドライクリーニングを始めたクリーニング会社「白洋舍」から社歌作りを依頼され

ました。五十四歳の白秋は視力をほぼ失っていたのですが快諾。「人類が洗濯する最初の動機は宗教的なもので、神の前で汚れなき身でいるため」との担当者の説明に興味を覚えたようです。自ら要望して工場も視察し、「始業終業のベルは鐘に変えた方が良い」と助言しました。

出来上がった歌詞には「神とある朝夕の勤勉《いそしみ》」「鐘は鳴る　朝夕の平和《やわらぎ》」などの言葉がちりばめられ、同社の関係者は大詩人の心配りに感激したそうです。

日本の社会や経済と、発展と隆盛を共にした白秋。まさに「国民詩人」でした。

ななつ星コンサート

二〇一六年四月十四日夜、福岡県柳川市でも大地が大きく揺れました。熊本地震の前震です。十六日未明にはさらに大きな本震が発生し柳川でも観測史上最大の震度五強を記録。私は北原白秋生家がつぶれていないか心配で、眠れぬ一夜を過ごしました。

夜が明けて駆け付けると大切な生家は無事でした。礎石の上に柱が載る昔ながらの構造のため、逆に揺れに強かったようです。先人の知恵に感心しました。

この地震の影響で柳川への観光客は半減。わが白秋生家・記念館も来館者がまばらな状態だった四月下旬のことです。ＪＲ九州の担当者からこんな依頼が。

「ななつ星の早期復活のためご協力ください」

社の看板の豪華寝台列車「ななつ星in九州」を巡る相談でした。地震で豊肥線が一部不通になったため、目的地の一つを阿蘇から柳川へのバスツアーに変更し、当館と旧柳川藩主立花家別邸「御花」でツアー客を受け入れてほしいとのこと。乗客はものすごいお金持ちばかりというイメージがあり、気後れしましたが「九州観光のお役に立てるなら」と引き受けました。

当館の持ち時間は約一時間。その間、三十人ほどのツアー客にどう楽しんでもらうか。思い付いたのが、白秋の童謡のミニコンサートです。

格好の人材が柳川にいました。ソプラノ歌手の古賀理紗さん。たまに当館で練習を兼ねて歌っていました。初めて彼女の歌を聴いたとき、私はその声の艶と声量にびっくりし、「家はどこなの」と尋ねると何とご近所さん。おまけに次男の小中学校の同級生でした。

早速、彼女に打診の電話をすると「私で良ければ喜んで歌います」。司会進行とたまにフルートの伴奏を私がして、ピアノ伴奏は市内の長野恵理さんに依頼。最初が「からたちの花」、真ん中あたりで「この道」、最後は「落葉松《からまつ》」という曲設定を定番とし、あとは季節や気分次第で曲を入れ替えることにしました。理紗さんが織りなす白秋の豊かな歌の世界をたっぷり味わってもらうのです。

大型連休が明けて当館ロビーでの「ななつ星コンサート」がスタート。最初は緊張しましたが、私は元校長なので人前で話すのは慣れています。自己紹介を失念して一曲終わったところで「大変、申し遅れました。館長の大橋です」とやると逆に大受け。「白秋の歌の魅力を伝えたい」と三人が心を合わせ、毎週金曜日のステージに励みました。

毎週金曜日に北原白秋記念館ロビーで「ななつ星コンサート」に励んだ。古賀理紗さん（中央）、長野恵理さん（右）と

友にささげた落葉松《からまつ》

熊本地震で阿蘇へ向かうＪＲ豊肥線が一部不通になったことで始まった北原白秋記念館での「ななつ星コンサート」。白秋作の童謡に、この場で披露するのに格好の曲がありました。「南の風の」です。

♬三つ星、四つ星、七つ星

と、古賀理紗さんが歌うとツアー客は大喜び。「童謡のＣＤが欲しい」と要望が出始めました。そこで理紗さんが自主制作したＣＤを無料で提供すると、「代金を取らないなら被災地支援に回してください」とお金を残していく方が。こうして熊本地震への義援金が約八万円集まり、被災した阿蘇地方もかなり復旧したということで、柳川へのななつ星ツアーは終了しました。

振り返れば二年近く金曜のミニコンサートを続けるのは大変でしたが、忘れられない演奏になったのが二〇一七年十月十三日。前日に伝習館高校時代の友、鳥巣英治君が亡くなったのです。いつも文庫本を手にしたひょうひょうとした男でした。葬儀では遺言通り、映画『男はつらいよ』の主題歌が流されました。演奏前に私が「今日は鳥巣君に白秋の『落葉松《からまつ》』をささげたい」と頼むと、理紗さんは出だしを難しいアカペラで歌ってくれました。ときおり声がかすかに震え、情感のこもった歌は鳥巣君にも届いたことでしょう。次ページのＱＲコードからその演奏が鑑賞できますのでぜひ試聴してください。

こうして忙しい日々を過ごしていた二〇一七年春、ある新聞記者から提案が。「九州・山口の白秋ゆかりの地を訪ねて記事を書きたいので大橋さんが案内人を務めてください。残念ながらノーギャラです」。こんなずうずうしい頼みをするのはもちろんこの聞き書きの聞き手です。西日本新聞の「もっと九州」面で「二足の靴　白秋ぶらり旅」という連載を二人で手がけることになりました（四十回も続くとは思いもしませんでしたが）。ただ私もちゃんと皮算用をしておりました。翌二〇一八年は、白秋が選者を務めて近代童謡の礎を築いた『赤い鳥』の発刊から一〇〇年。私はこれに合わせ、白秋や『赤い鳥』ゆかりの詩人、児童文学者らの顕彰施設のネットワークづくりができないかと考えていたのです。

渡りに船ですな。それとも呉越同舟ですか（笑）。

ということで二〇一七年五月、五足の靴ならぬ「二足の靴」の連載が「柳川編」で幕を開けました。最初の泊まりがけの訪問先は私がずっと訪ねてみたかった地にしました。この詩の作者、お分かりですか？

朝焼小焼だ／大漁だ／大羽《おおば》鰮《いわし》の／大漁だ。
／浜は祭の／ようだけど／海のなかでは／何
万の／鰮のとむらい／するだろう。

「ななつ星コンサート」で亡くなった鳥巣英治さんへの追悼の念を込めてフルートを奏でた。右は歌手の古賀理紗さん

みすゞが憧れた「片恋」

前回の詩の筆者、お分かりになりましたね。金子みすゞです。浜で人々がイワシの大漁に沸き立つとき、海の中では生き物たちが命を奪われたイワシを弔っている――。いろんな命を慈しむ視点が素晴らしいですね。

みすゞは大正末期、童謡雑誌『童話』などに詩が掲載され、西條八十《やそ》に「若き童謡詩人の中の巨星」と称賛されますが二十六歳で自殺。没後半世紀を経て、ようやく脚光を浴びました。二〇一一年の東日本大震災直後に繰り返しテレビで流れた公共広告機構のＣＭを覚えていますか。みすゞの詩「こだまでせうか」が朗読されていました。

そうして、あとで／さみしくなって、／「ごめんね」って言うと／「ごめんね」って言う。／こだまでしょうか、／いいえ、だれでも。

二〇一七年六月、私は相方と、みすゞの故郷、山口県長門市の仙崎へ。なぜ私がこの地をずっと訪ねたかったのかといえば、みすゞが北原白秋の熱心な愛読者だったからです。

みすゞがこの世に残した一冊の手帳があります。題名は「琅玕集《ろうかん》」。琅玕とは青緑色の美しい石、つまり翡翠《ひすい》のこと。みすゞはいろんな作者の一九九編もの童謡や小曲をこの手帳に書き写していました。いわば、みすゞの宝箱ですな。師と仰いだ八十《やそ》の作品は十八編でしたが、白秋の作品は何と二十九編に上ったのです。

かつて捕鯨で栄えた港町の仙崎に着くと、至る所にみすゞの面影がありました。実家が営んだ「金子文英堂」を再現した金子みすゞ記念館をはじめ、公園などには詩碑が。地元の人々の「みすゞ愛」に感心して、記念館におじゃました私。ものすごい展示品に目がくぎ付けになったのです。

それは白秋の詩「片恋」の楽譜でした。「あかしやの金と赤とがちるぞえな」で始まる叙情的な詩で白秋の代表作の一つと、前にご紹介しましたね。十八歳のみすゞがこの詩に憧れ、曲を付けてくれと弟の上山《うえやま》正祐《まさすけ》に頼んだのです。五線譜ではなく音階を一～七の数字で表した昔の楽譜なので、直ちにどんな曲かは私にも分かりませんでした。必ずいつかこの歌をよみがえらせるぞと、久々に音楽教師の血が騒ぎましたぞ。

みすゞの「すかんぽ」という詩には、『赤い鳥』に白秋が発表した「酸模《すかんぽ》の咲く頃」の影響があると私はみています。白秋の代表曲と言えば「この道」ですが、

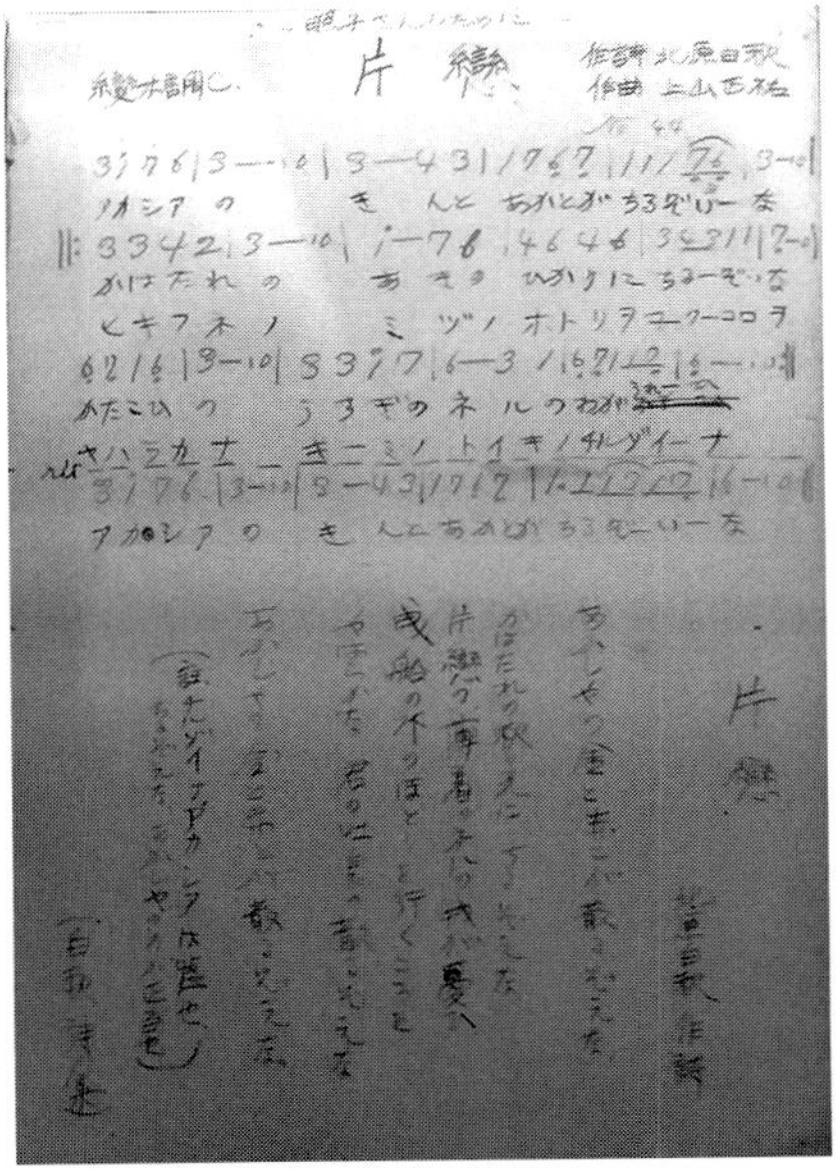

金子みすゞの弟、上山正祐が北原白秋の詩「片恋」に曲を付けた楽譜（金子みすゞ記念館所蔵）

みすゞにも「このみち」という詩がありますぞ。一人ぼっちの榎や、カエルや案山子などに、みんなで「このみちをゆかうよ」と呼びかけ、未来への明るさと友情にあふれた内容です。

さらに、この旅では、仙崎と橋で結ばれた青海《おおみ》島にも足を延ばしました。お目当ては「鯨墓」。かつて捕鯨で栄えたこの地に、鯨の供養のため建てられたそうです。丘の中腹にある墓には数十頭の鯨の胎児が埋められ、今も年に一度、住民の方々が鯨を弔う法要を開かれているとか。みすゞはその風習を「鯨法会《ほうえ》」という詩にして、親を亡くして海の中に一頭で残された子鯨に思いを寄せております。

この地球を支配したかのように振る舞っているわれわれ人間ですが、人間は自然のほんの一部に過ぎません。そのことをみすゞはよく理解していたのでしょうね。

鯨にも、カエルにも、すかんぽにも人間と等しい愛情をそそいだみすゞ。その魅力の一端に触れた上、彼女の「白秋愛」の深さも確認できて、大収穫となった仙崎への旅でした。

金子みすゞ

白秋の分身　残した信頼

北原白秋と金子みすゞを語る上で、忘れてはならない人物がいます。皆さん、この童謡をご存じですね。

小鳥はとっても／うたがすき。／かあさんよぶのも／うたでよぶ。／ぴぴぴぴぴ／ちちちちち／ぴちくりぴ

「小鳥のうた」。作詞したのは童謡詩人で児童文学者の与田準一。白秋の助手兼長男の家庭教師として三年近く白秋一家と暮らした、白秋の一番弟子です。あとこの回の本筋ではないのですがどうしても付け加えたいことが一つ。この歌に曲を付けたのは、私が直筆楽譜を頂いたあの人気作曲家、芥川也寸志さんです。まさしく小鳥のさえずりのようなサビのメロディー、さすがでしょう。

ということで心置きなく(笑)、与田とみすゞのつながりから話します。長い間「忘れられた童謡詩人」だったみすゞ。その死から二十七年後の一九五七年、与田は児童雑誌『赤い鳥』に始まって白秋を核に発展した童謡の歩みを後世に残そうと『日本童謡集』を編集しました。この本に、前に紹介したみすゞの詩「大漁」も拾い上げて掲載していたのです。

時を経て、現在の金子みすゞ記念館館長の矢崎節夫さんが『日本童謡集』を読み、この詩に深い感銘を受けました。そしてみすゞの手帳に残された三つの童謡集を一九八二年に探し当て、そのことを与田に伝

与田準一

えました。かくして一九八四年、児童文学界の重鎮となっていた与田がその遺作全五一二編をまとめて『金子みすゞ全集』が出版されたのです。

話がややこしくてすみませんね。与田と矢崎さん。二人の存在がなければ、今なお続く「みすゞブーム」もなかったことでしょう。

では、与田の生涯を話します。生まれは一九〇五年、福岡県瀬高町（現みやま市）。白秋の故郷柳川のお隣で、福岡県南西部に広がる筑後地区の同郷ですな。与田は苦労の末に小学校教員となり、白秋が選者を務めた『赤い鳥』に熱心に童謡を投稿しました。その才能を見いだした白秋。同郷のよしみもあって、一九二七年にこんなはがきを与田に送ります。

> 今度の家も手狭で（略）窮屈だらうと思ふが、とにかく出京して見たまへ（略）私の助手なり書生なりの覚悟でないと

与田はやがて『赤い鳥』の編集記者になり、童謡や童話を精力的に発表します。実直な人柄の与田を白秋は実に信頼していました。与田の第一詩集『旗・蜂・雲』に寄せた白秋の序文が、与田の人物像を言い尽くしております。

わたくしの童謡の種々相を、多面に細かに理解し感光する者は、彼を措いて先づ他に無い（略）わたくしは最も親しい分身として、彼を世に推薦することを喜ぶ

「最も親しい分身」ですぞ。この言葉に、白秋にとっての与田が凝縮されています。

白秋の死後、与田は児童文学界をまとめ、日本児童文学者協会長になりました。もちろん、白秋の帰去来詩碑が柳川に建立された際は建設委員を務めています。戦時中から戦後の混乱期、瀬高に疎開していた頃には、一人目の妻に先立たれた作家檀一雄のことを心配して、二人目の妻との仲人も務めています。

周囲の信頼を集めた白秋の「分身」が残したのが「小鳥のうた」。その詩碑は、母校の旧下庄《しものしょう》小学校に建立され、今は瀬高小学校の校庭で子どもたちの成長を見守っています。

与田準一の顕彰活動を続ける大田黒初枝さん（中央）、吉開忠文さん（右）と「小鳥のうた」の詩碑を見学する

童謡一〇〇年　五施設連携

西日本新聞の連載「二足の靴　白秋ぶらり旅」の取材で、金子みすゞの故郷、仙崎（山口県長門市）を訪ねてから二カ月。二〇一七年八月に金子みすゞ記念館の矢崎節夫館長から、うれしい便りが届きました。

私がこの連載を足掛かりに、児童雑誌『赤い鳥』一〇〇年に合わせ、九州・山口の童謡詩人の顕彰施設をつなげないかと考えていたことを話しましたね。矢崎さんはその具体的な連携策を示してくれたのです。手紙は要約すればこんな内容でした。

佐藤義美

「来年に迎える『赤い鳥』創刊一〇〇年とは「童謡一〇〇年」を意味します。わが国の「三大童謡詩人」に数えられるのが北原白秋、西條八十、野口雨情。その後継者が与田準一、佐藤義美、巽《たつみ》聖歌、まど・みちお、そしてみすゞです。この八人のうち、福岡県は白秋と与田、大分県は佐藤、山口県はまどとみすゞが生まれた地です。よってこの三県は日本の童謡の中心といえましょう。三県の五つの顕彰施設を結んで、童謡一〇〇年のトライアングル展を開きませんか――」

直ちにＯＫの返事をしたのは言うまでもありません。私が漠然と考えていたことを行動へと導いてくれた矢崎さん。さすが「みすゞの甦《よみがえ》り」の仕掛け人です。

与田とみすゞについては話しましたね。まどは童謡「ぞうさん」などで今も広く親しまれている詩人です。ただ佐藤のことは「誰？」とおっしゃる方が多いかもしれません。でも、佐藤のことは知らなくても、この童謡は知っているはずです。


まいごのまいごのこねこちゃん／あなたのおうちはどこですか

「犬のおまわりさん」ですね。他にも「グッドバイ」「おすもうくまちゃん」「アイスクリームのうた」などを佐藤は作詞しています。皆さん、聞き覚えがあるでしょう。

佐藤は大分県竹田市生まれ。白秋が選者を務めた『赤い鳥』などに熱心に投稿して頭角を現

北原白秋生家・記念館での企画展「童謡誕生百年──トライアングル展」で、ずらりと陳列された『赤い鳥』の復刻版

し、投稿仲間だったみすゞらと童謡誌も出版しました。一九二八年には白秋が少人数の若手を集めて結成した『赤い鳥』童謡会」に与田らと参加しました。彼らの成長を白秋はこう喜んだものです。

十年前にわたくしの蒔《ま》いた種子が第一の黎明《れいめい》の開花を輝かしたのである

かくして二〇一八年、企画展「童謡生誕百年――トライアングル展」が三県五詩人の顕彰施設で順次、始まりました。参加したのは福岡県の北原白秋生家・記念館（柳川市）と与田準一記念館（みやま市）、大分県の佐藤義美記念館（竹田市）、山口県の金子みすゞ記念館（長門市）、まど・みちおを顕彰する山口県周南市美術博物館――でした。

わが白秋記念館での展示は七月一日にスタートです。もちろん目玉はあの歌です。

みすゞの「片恋」復活劇

九州・山口五施設合同の「童謡生誕百年――トライアングル展」が二〇一八年七月一日、北原白秋生家・記念館でも始まりました。私どもはちゃーんと目玉イベントを準備しておりました。金子みすゞが弟上山《うえやま》正祐《まさすけ》に作曲を頼んだ白秋作「片恋」の歌を本邦初公開するのです。もちろん歌うは「柳川の歌姫」こと古賀理紗さん。

みすゞ記念館で保管されていた古い数字譜を私が五線譜に起こし、理紗さんがピアノの伴奏を付けて完成させました。片恋は團伊玖磨による舟歌調の曲が有名ですが、上山の曲は大正ロマンあふれる佳品でした。

♫あかしやの金と赤とがち
るぞえな

忘れられた童謡詩人みすゞが時

金子みすゞの弟が作曲した白秋作の「片恋」を歌う古賀理紗さん

を経て鮮やかに復活したように、理紗さんがみすゞが憧れた「片恋」に生命を吹き込んでいきます。その歌声を聴きながら私は感無量でした。児童雑誌『赤い鳥』の選者を白秋が引き受けたことを機に産声を上げたわが国の童謡が、与田準一、佐藤義美、まど・みちお、みすゞら後進に脈々と受け継がれ、一〇〇年後も輝いているのですから。

企画展では、白秋の選で『赤い鳥』に掲載された与田、みすゞらの作品をたっぷりと紹介しました。さらには『赤い鳥』の復刻版全一九六冊を一堂に並べました。壮観でしたぞ。

まど・みちお

これと並行し、西日本新聞の連載「二足の靴　白秋ぶらり旅」で、佐藤と与田の記念館も訪ねました。私にとっては、いわば『赤い鳥』を結ぶ旅です。最後に、まどを顕彰する山口県周南市美術博物館を訪れたのは二〇一九年五月でした。

台湾にいたまどを童謡詩人へ導いたのが白秋です。一九三四年夏、白秋は台湾総督府に招かれ台北で講演します。演題は「児童自由詩」。童心に根を張った真の童謡を日本に興す意義を児童の詩を引用しつつ、面白く語りました。これを最前列の席で聴いていたのが総督府の道路港湾課で働く二十四歳の青年、までした。

「詩を作ることは眼前の世界から新しい美を発見すること」と思い知ったまど。講演に大いに触発され、初めて書いてみた童謡「雨ふれば」などを児童雑誌『コドモノクニ』に投稿すると、選者の白秋から特選に選ばれました。終戦後、まどが帰国すると既に白秋は他界していましたが、今度は白秋の弟子の与田や佐藤が、才能豊かなまどを援助しました。そして生まれた歌が「ぞうさん」「やぎさんゆうびん」「一年生になったら」……。今の子どもたちにとっても、どれもが宝物ですね。

一昔前の映画解説者じゃないですが、「童謡って本当にいいですね」。「白秋先生を想《おも》う」の副題が付いた、まどの詩「虹」で童謡一〇〇年を巡る一連の話を締めましょう。

お目を病まれて／おひとり、／お目をつむって／いなさる（略）虹が出てます／先生（略）見ているのだよと／おひとり／やさしく笑って／いなさる

番外編　椋鳩十が愛した詩集

あれは二〇一九年の暮れのことでした。私はこの聞き書きの相方が西日本新聞「もっと九州面」で執筆していた連載「二足の靴　白秋ぶらり旅」の、案内人なるものを務めていました。二〇一七年春に始まって三十回を超え、そろそろ着地点が見え始めた時期でしたが、九州で一つだけ行けていない県がありました。鹿児島県です。

そもそも白秋は九州出身なのに鹿児島へ足を踏み入れたことがなく、どう探しても接点が見当たらなかったのです。あの五足の靴の旅でも最初は鹿児島も候補に入っていたようですが、結果的に熊本止まりでしたからね。そうした理屈を私は説明するのですが、相方はそれくらいで諦めるような手合いではありません。「何かあるでしょ。大橋さんが好きな鹿児島ゆかりの作家とかいませんか」と粘ります。

そこで思い出したのが鹿児島で文筆活動を続けた椋鳩十の名作「大造じいさんとガン」でした。猟師の大造とガンの頭領「残雪」が知力を尽くし正々堂々と渡り合う物語。私は小学校教諭時代、この作品に惚れ込みまして、国語の授業でそれは一生懸命、教えたものです。

それで椋鳩十をテーマに鹿児島へ取材に行くことに。ですが、白秋と椋の接点については完全な出たとこ勝負。楽天的（能天気？）な二人のなせる業でありました。

そして相方の車ではるばる到着した椋鳩十文学記念館（同県始良市）。初日の取材はあまり成果がなく、気の毒に思った記念館の方が椋のお孫さんに連絡を取ってくださり、翌日に記念館でお会いできることになりました。

次の日、現れたのが椋と鹿児島市で暮らしていたお孫さんの久保田里花さん。すごいお宝を持参してくれました。それは白秋の詩集『思ひ出』の柳河版。昭和四十年代に白秋顕彰のため福岡県柳川市で復刻・販売されたものです。

「中学生のときに『これはいいぞ』と祖父がプレゼントしてくれました。祖父が私にくれた本はこの一冊だけなので、私にとって特別な本です。その頃、祖父に連れられ柳川の白秋生家にも行きましたよ。おいしいうなぎも食べました」と久保田さん。そして「白秋の詩と渡し舟」という題の椋のエッセーを見せてくれました。

長野県出身の椋は中学時代に天竜川を渡し舟で通学していて、その舟で読みふけったのが『思ひ出』でした。「私はこの詩集を宝物の如く愛した」と記しています。『思ひ出』の詩の一編を読み終える頃、舟が「ごと〜ん」と舟底を岩に打ち付け止まると、その音が詩のピリオドのように肉体と心に響いたそうです。そしてこんな一文が。

記念館の復元された椋鳩十の書斎の前で、椋の思い出を語る久保田里花さん（右）

『思ひ出』の詩の、一語一語が、光る露のように、パリン、パリンと音をたてて、心の中に落ちこんでくる

私と相方は歓喜しました。何せ「パリン、パリン」ですぞ。言葉の魔術師白秋ばりの表現力だと思いませんか。まるでガラス細工のような中学生の心に、白秋の美しくリズミカルな詩はそれほどみずみずしく響いたのでしょう。だからこそ椋は中学に上がった最愛の孫に白秋を読ませたかったのですな。「改めて祖父の深い愛情を感じます」と涙ぐんだ久保田さん。無謀と思われた鹿児島取材は大成功に終わりました。

ただ、別れ際に久保田さんから気になる言葉が。「幼い私を膝に抱き、祖父がよく歌ってくれた子守歌があったのです。『ねんねんこじまの何とかおとめ……』のような歌でしたが、今となっては題名も分からないんですよね」

ここは私の出番ですな。柳川に戻って、『日本伝承童謡集成』(三省堂刊)を当たってみました。ちょっとこの本の説明をします。一言で言えば、この本は大変な労作です。『赤い鳥』の選者となって以降、白秋は全国各地に伝わる童謡の収集を続けておりました。失われゆく地域独特のわらべ歌を残したいとの思いだったのでしょう。白秋の没後、弟子の藤田圭雄《たまお》がその志を引き継ぎ、白秋が集めた膨大な歌を六巻に編纂しました。これほど全国各地を網羅して伝承童謡を集めた書物は他になく、白秋の隠れた偉業と言えます。

で、その本の第一巻が「子守唄編」でして、私は「あるならこの巻だろう」とにらみ、慎重にページをめくっていきました。するとこんな歌詞が目に飛び込んできました。

寝いんねんこじまの、きゃんきゃら乙女、
乙女が大きくなりゃお江戸へやるぞ、
お江戸じゃちり縮緬《ちりめん》、ちりめん育ち。

「これだ、間違いない」と、思わず叫びました。題名は「伊那谷地方の子守唄」。伊那谷は長野県南部の天竜川沿いに広がる盆地です。ここで生まれた椋は幼い頃、おばあさんらからこの歌を聞かされて育ち、自分がおじいちゃんになってからは南国・鹿児島の地で孫に歌ってあげていたのですな。

早速、このことを久保田さんにメールで伝えると、ご丁寧なお礼のメールが返ってきました。「祖父が子どもの頃を思い出し歌ってくれたのだと思うと、ますます祖父の愛情を感じます」とのこと。祖父と孫との固い絆に胸がジーンとしました。

久保田さんのおかげで椋が慈愛あふれる人物だったことがよく分かりました。これからも国語の授業では、多くの小学校教師が「大造じいさんとガン」を教えていくことでしょう。その全ての教師たちにぜひ、その物語の作者である椋鳩十の「慈愛の精神」も知っておいてほしいと思います。

椋鳩十（久保田里花さん提供）

橋本淳さんの思い出

私が北原白秋生家・記念館の館長を務めたのは二〇一四年四月〜二〇二一年三月ですが、その七年間にも多くの著名人が来館されました。さすが大詩人の吸引力ですな。

サザンオールスターズの原由子さんがお忍びで来られたのは確か二〇一九年五月。当館の女性スタッフは平均年齢がやや高めでしてご活躍をデビュー当時から知っており、静寂な館内が一時騒然となりました。柳川で長期ロケの末、掘割の歴史と価値を伝えるドキュメンタリー映画『柳川堀割物語』を世に出された故高畑勲監督は、やはり知的な方でした。杉田かおるさんは『3年B組金八先生』の妊娠した少女役のイメージが強かったのですが、大変気さくな方でたちまちファンになりました。

私の館長時代での生涯の思い出は橋本淳さんと会えたこと。少年時代に憧れ抜いた「ブルー・シャトウ」の作詞家ですから。実はこの方、童謡一〇〇年を巡る話でたびたび登場した白秋の一番弟子、与田準一のご長男です。さらには本名の「準介」を命名したのは白秋ですぞ。驚いたでしょう（笑）。

二〇一九年十月、お隣の福岡県みやま市にある与田準一記念館の開館十周年記念対談に出演され、前日に当館へもお越しになりました。数々のヒット曲の生みの親ですから派手な人物を予想していたら、素朴で誠実な感じの方。館内を案内しながら白秋の生涯を説明すると、熱心に聞いておられました。

橋本さんは、父である与田の膨大な遺品を与田記念館に寄贈・寄託されていますが、その中にものすごいお宝がありました。白秋の代表作「からたちの花」の全文が記された豪華な掛け軸。もちろん白秋の直筆です。歌人でもあった白秋は短歌の書を数多く残していますが、童謡をしたためることは非常にまれでした。それも歌詞の全文が書かれた書を、私は初めて目にしました。

感心しつつ経緯を尋ねると、橋本さんの説明はこうでした。長男を準介と名付けてもらった与田の妻は「ぜひ白秋先生に命名の揮毫《きごう》をお願いして」と望みました。ですが、弟子である与田は「恐れ多くて言い出せない」と拒み続けます。業を煮やした妻が自分で頼んでみると、届いたのがこの掛け軸だったというわけです。

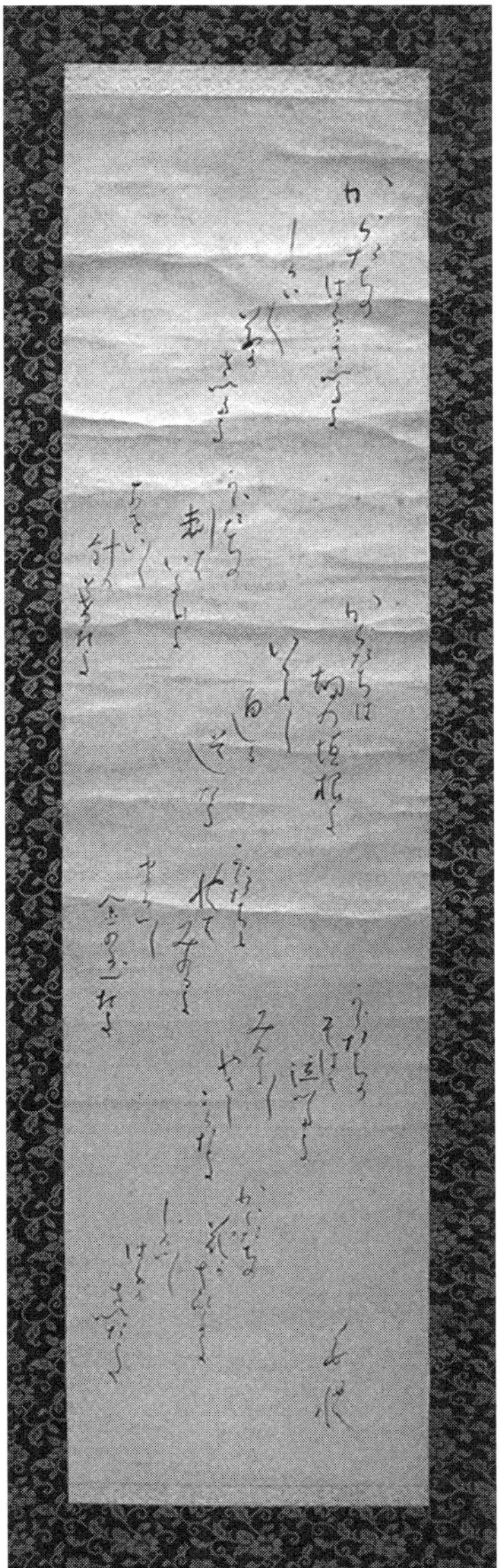

北原白秋が与田準一に贈った「からたちの花」の書（与田準一記念館所蔵）

与田は白秋一家から「準家族」と呼ばれる存在でした。その晴れの祝いだったからこそ、白秋は趣向を凝らした書を送ったのでしょう。橋本さんが誕生された一九三九年は白秋が没する三年前。病により視力が薄れゆく中、気力を振り絞りこれほど流麗な字をしたためた白秋の「家族愛」の深さに、私は胸が熱くなります。次回はそんな家族愛の話をしましょう。

ちなみに橋本さんに書いていただいた「ブルー・シャトウ」の色紙は、わが家の家宝として、亡き母が買ってくれたピアノの上に今も鎮座しております。

北原白秋生家・記念館を訪れた橋本淳さん(右)と

異母姉への「家族愛」

サヨリをご存じですか。少しサンマに似てくちばしの突き出た細身の魚。北原白秋は童謡「さより」で、銀色に輝く美しい姿を自分の異母姉に例えています。

サヨリはうすい、／サヨリはほそい。／ぎんのうを、サヨリ、／
おねえさまににてる

姉の名は加代。白秋の三歳上で、際立った美貌が近在に知れ渡る沖端《おきのはた》一のゴンシャン（良家の娘）でした。半分血のつながらない美しい姉がそばにいたことが、白秋が少年時代の官能の記憶を詩集『思ひ出』に結実させる重要な触媒の一つになったのは確かでしょう。

加代が、福岡県瀬高町（現みやま市）で酒造業を営む江崎家へ嫁いだのは白秋が十五歳のとき。私と相方は「二足の靴　白秋ぶらり旅」の取材で二〇一九年十一月、加代のひ孫で菊美人酒造社長の江崎俊介さん方へ伺いました。一二〇年以上前の加代の結婚式のときとみられる献立表が残っていました。その品数何と約二十。「伊勢ゑび」「岩茸《いわたけ》」「焼鯛《たい》」など

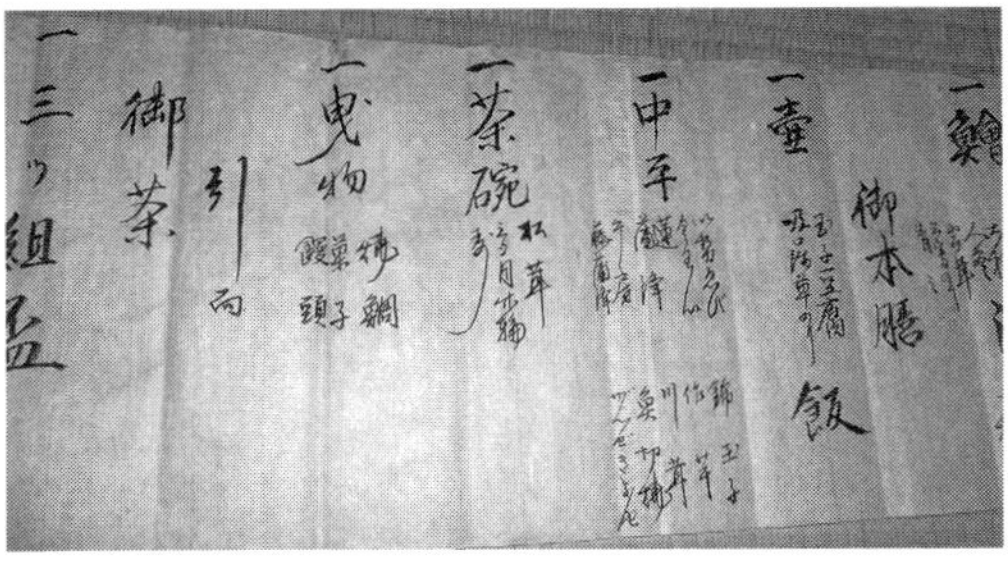

加代の結婚式とみられる献立表。「伊勢ゑび」などの記載がある

関東大震災の翌年（1924）、東京で撮影された北原家と江崎家の記念写真。前列右から4人目が加代、後列左から2人目が白秋（★）

高級食材がずらりと並び、やけに空腹を感じたものです。

加代が嫁いだ後、北原家が破産したのは話しましたね。白秋は上京してきた父母や弟妹の面倒をみます。一度は父と反目したのに意外な感じですが、跡取り息子の自覚はあったのでしょう。思えば白秋の一人目の妻俊子も二人目の妻章子《あやこ》も離婚の大きな原因は白秋の両親や弟との不和でした。妻を取るか、親きょうだいを取るか、となったとき、いずれも白秋は後者を取ったわけです。北原家は「家族愛」が強かったのですなあ。

柳川に帰る実家がなくなった白秋の心のよりどころが、柳川と同じ筑後地方に残って酒蔵を守る加代の存在でした。一九二三年の関東大震災では白秋の住む小田原に甚大な被害が出て、加代もさぞ心配したことでしょう。翌年、上京して無事を喜び合った際の記念写真が残っております。

一九二八年に白秋が念願の帰郷を果たした後は、加代の家が実家代わりになりました。最後の帰郷は一九四一年、五十六歳で福岡日日新聞（西日本新聞の前身）の福日文化賞を受賞したとき。これに合わせ白秋が主宰する歌誌『多磨』の九州大会が柳川で開かれて、加代が一肌脱ぎました。打ち上げ会場の清水山山頂へ四斗（七十二リットル）だるの清酒を二つも運ばせ、盛大な宴《うたげ》を開いたのです。お弟子さんに囲まれて盃を傾ける白秋の傍らで、加代も誇らしげだったことでしょう。ちなみにこの清水山は歴史豊かな名所でして、山頂には白秋のこんな歌碑があります。

雲騰《あが》り潮《うしお》 明るき海のきはうまし邪馬台《やまと》ぞ我の母国《おやぐに》

普通なら「やまと」は旧柳川藩領の「山門」と書くのでしょうが、「邪馬台」の字を当てていますね。ひょっとして白秋は、この山門の地を、卑弥呼が治めた邪馬台国と信じていたのかもしれませんな。おっとまた話が脱線しかけました。白秋にとって安らげる母のような存在だった加代は、美しく心根が真っすぐな女性だったそうです。白秋は加代にこんな詩をささげています。

姉上、ああ姉上、あなたこそは善良です。／あなたの美こそは思無邪の美です（略）ああ、世の母に祝福あれ

思無邪とは邪念のない正しい心のこと。白秋の「家族愛」がにじみ出ています。

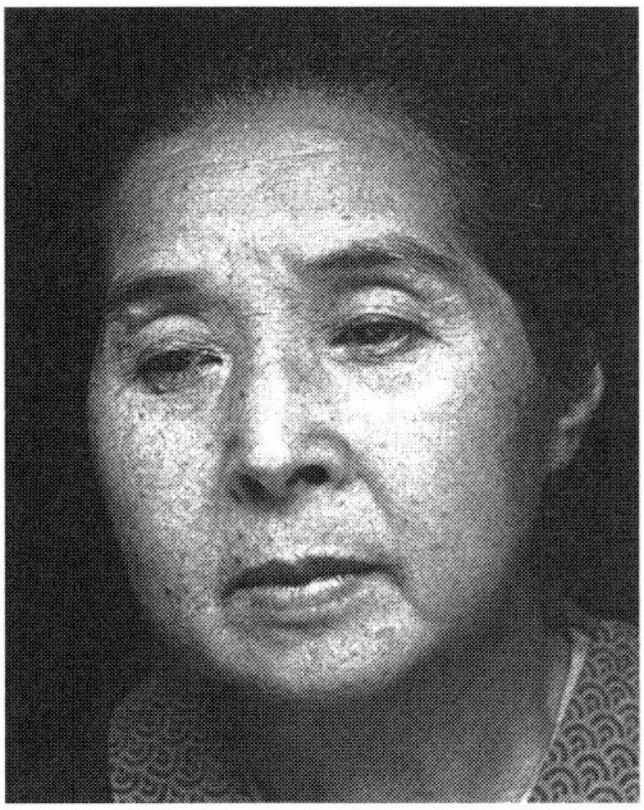
白秋の遺作「水の構図」に掲載された加代の肖像。「酒屋には酒屋よけむと嫁に来しお加代姉さもただの古孀（ふるづま）」の白秋の短歌が添えられている

芸術性は損なわれず

この聞き書きもあとわずかなので、少し踏み込んだ話をします。北原白秋と戦争についてです。

白秋没後八十周年の二〇二二年十二月、福岡県柳川市で、ある歌にスポットを当てたコンサートが上演されました。「海道東征」。視力をほぼ失った白秋が渾身《こんしん》の力で書き上げた日本初の交声曲《カンタータ》です。作曲は「海ゆかば」の信時潔《のぶとききよし》で、一九四〇年、皇紀二六〇〇年奉祝曲として発表されました。元号が令和になったのを機に、新設される柳川市民文化会館の「白秋ホール」でお披露目することになり、新型コロナ禍を経てようやく実現しました。

この歌は戦後長らく公的施設での演奏がタブー視されがちでした。国造りや神武天皇の東征神話を題材としていたため、天皇主権の戦前の政治体制を賛美していると取られる恐れがあったからでしょう。ですが歌詞も旋律も「和」の精神で貫かれたこの歌は日本音楽が西洋の模倣から抜け出した記念碑的な作品です。夏目漱石や森鷗外の長編小説に相当するほどの価値があると私は思うのです。

そんな白秋のことを戦争に協力した詩人と批判する人がいます。確かに白秋は「明治天皇頌歌《しょうか》」「大陸軍の歌」など皇室や軍にまつわる歌も作っています。

当時、白秋には軍を含めたあらゆる団体から作詞依頼が殺到しました。校歌をはじめ造船所や製鉄所などの話はしましたね。警察や消防の歌に生活賛歌まで。「ぜひ日本一の作詞家に」と頼まれるたび白秋は現地を視察し想を練り、計数百もの歌詞を提供しました。そうやってひた走った末にほぼ視力を失ったのです。

白秋がそこまでやったのは己を「国民詩人」と自負していたからです。国民詩人は国と国内のあらゆる団体、何よりも国民へ励ましの言葉を届けねばなりません。このカンタータを集大成に——。そう決めた薄明の白秋が、妻子を自分の目にして『古事記』や『日本書紀』に当たり、口述筆記で残したのが「海道東征」なのです。

一九三六年の国民歌謡集『躍進日本の歌』に、白秋はこんな思いを記しています。

国民詩人の一人として（略）此《こ》の祖国の山河を我《わ》が母胎とし（略）躍進日本の全戦線に参加せむ

注目してほしいのは「山河」という言葉。山河とは故郷です。己を育んだ故郷が大切だからこの国も大切にする——。それが白秋の偽らざる心境だったのでは。

最後にこれだけは訴えたいのですが、白秋が結果的に戦争に協力した一面があったとしても、残された作品の芸術性が損なわれることは断じてありません。

「海道東征」の功績により福日文化賞を受け、記念講演をする北原白秋（1941年3月16日）

人生の収穫期「白秋」

名残惜しいですが最終回です。語りそびれていたエピソードを一つ。

二〇一七年終わり、福岡県柳川市で薬局を営む川野文子さんから北原白秋生家・記念館に、白秋直筆の未公開の手紙が二通、寄贈されました。養父の三郎さん宛てで一九三六年六月十五日と十七日付。作曲家山田耕筰が同月下旬、柳川を訪ねることを伝えています。こんな一文がありました。

柳河と白秋との精神的なつながりを耕筰にも十分理会さしたく、是非熱烈なる御歓待を願上ます

「理会」とは今ではあまり使わない言葉ですが、物事の道理を悟ること。己が愛する柳川の人情や風土を盟友の耕筰にとくと伝えてほしいという、白秋の思いがにじみ出ています。

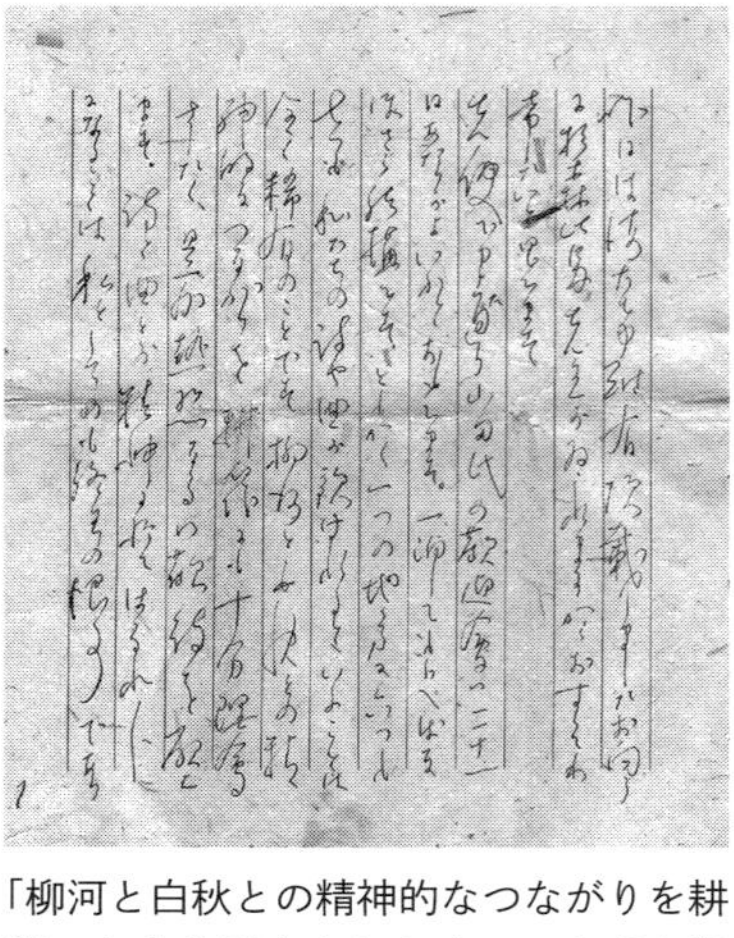

「柳河と白秋との精神的なつながりを耕筰にも十分理会さしたく…」などと書かれた1936年6月17日付の手紙

柳河商工会会長を務めた三郎さんは熱心な白秋の支援者でした。白秋は三郎さんを「我《わ》が心友」と称し

て「川野薬館の歌」を作詞しています。作曲を耕筰に頼んだので、歓待を希望する手紙には、その慰労の意味合いもあったのでしょう。それから約八十年もの時を経て、新型コロナ禍で当館の運営が苦境に陥ったときは、三郎さんの遺志を継ぐ文子さんから多額の寄付を頂きました。人を集める施設やお店を運営されてきた方ならお分かりでしょうが、あのコロナ禍は考えられないほどの逆境でした。私どもも本当に助かりました。

同様に、白秋の顕彰事業を長年、脈々と担ってきた方々が柳川にはいらっしゃいます。息長く続く「柳川白秋会」の皆さんです。誕生日の毎年一月二十五日、白秋生誕祭を一九五三年から欠かさず主催されています。大城昌平会長は白秋の母校矢留《やどみ》小学校で白秋の講話もされていて、児童たちが白秋の後輩であることに自信と誇りを持つきっかけになっています。元校長としてもお礼申し上げます。

こうした顕彰活動をわれわれが続けているのは白秋を次世代へ継承するため、その一語に尽きます。その点でうれしかったのが二〇一五年度版教科書改訂でした。教育芸術社の小学五年生の音楽の教科書に、「音楽の歴史をつくった人」として白秋がポーズ写真付きで耕筰と共に掲載されたのです。ちなみにその写真は当館が提供したものですぞ。

音楽の歴史をつくるのは普通なら音楽家でしょうが、詩人の立場で選ばれたのが白秋の偉大さです。この記載は二〇二〇年度の改訂でも引き継がれ、ほっとしました。現代っ子の「白秋離れ」が危惧される中、最上級の童謡の作り手、白秋を教科書に掲載するよう求め続けていくことも、地元の責務であります。

そんな柳川の誇り、白秋が死去したのは一九四二年十一月二日朝のことでした。享年五十七歳。最後に残

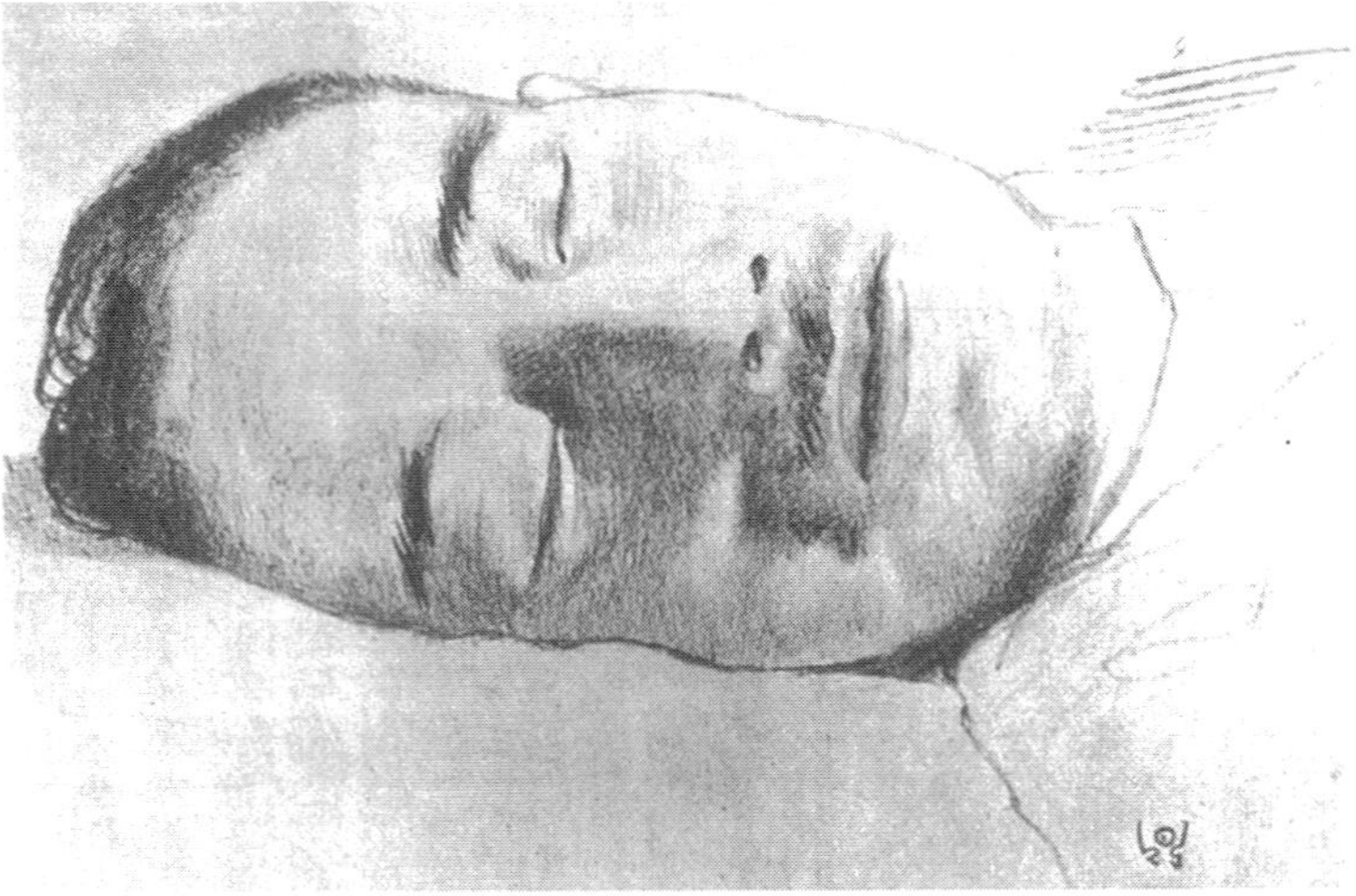

山本鼎・画「白秋終焉の顔」（「近代日本の詩聖　北原白秋」より）

した言葉が、実に白秋らしい内容でした。長男隆太郎が換気のため東の窓を少し開けると、こう言ったのです。

ああ、よみがえった。新生だ、新生だ

消える前に一瞬燃え上がるろうそくの炎のような発語でしょうが、何と前向きな言葉でしょうか。死の直前まで創作意欲を失わなかった白秋は不屈の詩歌人でした。

私は二〇二一年三月で北原白秋生家・記念館の館長を勇退し、無給の広報大使として活動しています。二〇二二年六月には白秋と耕筰が一九四〇年に作った「九大医学部歯科口腔《こうくう》外科教室歌」の調査に携わりました。これからも精いっぱい頑張りますぞ。白秋の弟、鉄雄と同じ名前を授かって柳川で生まれ育ち、同じ高校にまで通った男の、それが務めだと思うのです。

この聞き書きの初めの方で、春夏秋冬を「青春」「朱夏」「白秋」「玄冬」と呼ぶと話したことを覚えていますか。人生一〇〇年時代を四つに分けると、私は今まさに「白秋期」。作家五木寛之さんいわく、人生のハーベストタイム（収穫期）です。この聞き書きも私にとっては思いもよらぬ大収穫でした。長々とお付き合いくださりありがとうございます。一人でも多くの方がこの聞き書き本を手に取ってくだされば、それこそ「鉄雄うれしかりけり」です。

北原白秋記念館に掲げられた白秋の写真の前で聞き書きを振り返る。「白秋とはまさに言葉の巨人です」

執筆を終えて

西日本新聞の「聞き書き」は一九七七年から息長く続く人気シリーズです。その担当デスクを務めて、たまに自分でも書いているうち、二〇二三年春に大きな節目がやって来ました。四十六年がかりで歴代の話し手がついに二〇〇〇人の大台に達するのです。新聞記者の端くれならば、この節目には自分が書かねばと、九州出身の「大物」に絞ってアタックすることにしました。

まずは、福岡市民にはおなじみの能古島《のこのしま》で片思いの感慨に浸るという、これぞ「青春」を歌ったフォーク界の大御所に打診してみました。中学高校時代に大ファンだったからですが、事務所に企画書を送った段階であえなく断られました。

続いては、断層や地質がお好きでいろんな場所をブラブラされていたサングラスのテレビ界の大御所。前回の反省を踏まえ、今も交流がある高校時代の地元の同級生の方に仲立ちを頼みました。手紙や企画書を渡してもらい、口添えもしていただいたのですが、「忙しいので」ということで、また断られました。

これが最後とトライしたのが、「妹」思いで「赤ちょうちん」がお好きな、フォーク界の大御所。今度は大分市でお寺を営む実のお兄様にまず話を持って行き、企画書を送ってみると、具体的な質問が返ってきました。「取材は何回を予定しているか」「一回あたり何時間必要か」。かなり前向きに検討してくれているようです。これは脈がありそう……。「書き出しはあの歌の歌詞から引用するか」などと身勝手な夢想を始めた頃合いに、お兄様から「すみません」と連絡が。「スケジュールの調整が付かないようです」

スマホを手にがっくり肩を落とし……と言いたいところですが、そこは記者キャリア三十云年、ひそかに温めていた代替案がありました。節目の二〇〇人目の聞き書きに登場するのが、九州・福岡が生んだ偉人、北原白秋ならば誰も文句の付けようがないでしょう。その波瀾万丈の生涯を、大きく時代が巡り令和となった世に、改めて読者に詳しく紹介することは、九州に依って立つ西日本新聞としても意義深い企画になります。

ただし、白秋はもちろん戦前に亡くなっていて、「代弁者」が必要です。目星を付けていた語り手が、白秋の弟と同じ名前を持つ大橋鉄雄さんでした。

「えー、おいには二〇〇人記念の聞き書きなんて恐れ多かぁー」

案の定、渋りに渋る大橋さんを拝み倒して最後は半ば押し倒し、話し手になることを了解してもらいました。大橋さんの意向もあり、二〇〇人記念の話し手であることは伏せて、新聞連載を続けました。終了後、二〇二三年十一月に開いた聞き書き読者感謝イベントで、初めてこの事実を紹介したところ、集まった読者から大橋さんに大きな拍手が送られたことは言うまでもありません。

そうやっていわば窮余の策として始まったこの『白秋うれしかりけり』。大橋さんへの取材は週に一回、五～六時間ほど、計二十八回に上りました。

「私のこと」ではいかに本人が恥ずかしがる話まで聞き出すかに力を入れればよかったのですが、「白秋のこと」の取材は、実にいろんなことが起こる柳川出身の芸術家の、巨大な山河のような人生を、「二人づれ」でたどっていく「旅」のような時間でした。「白秋と戦争」をテーマにした回などでは、その業績をどう評価するか、それこそ大橋さんと口角泡を飛ばす議論を重ねたものです。その上で、書きぶりというか捉え方が大橋さんと折り合った事柄を紙面化していくという作業を重ねて、連載は全一一九回となりました。回を重ねていくうちに、自分自身の中では「白秋を記しておくことの使命感」を感じるようにすらなりました。

そんなこんなの日々を経て、連載がようやく一冊の本になった今、こう思っています。あの三人の「大物」よりも、大橋さんに話し手になってもらって本当に良かった——と。

また、新聞連載中から出版に至るまで、丁寧な校閲と的確な助言をしてくださったのが、北原白秋生家・記念館の現館長、高田杏子さんでした。高田さんと同館事務局長の西田江利子さんの全面的なバックアップなくして、この本は成立しませんでした。心よりありがとうございました。さらには、新聞連載のデスクを務めてくれた東憲昭さんと古賀英毅さん、出版を引き受けてくださった集広舎代表の川端幸夫さん、編集者の原良子さん、オーケストラに疎い私に音楽的な助言をくれた妻の理美、そして連載を愛読し励ましの便りまでくださった聞き書き読者の皆様に、深い感謝の念をお伝えします。

最後に、不肖私が五十を過ぎて、柳川の白秋ゆかりの「御花」で開いた子連れ結婚披露宴の話を。余興として披露したのが、白秋作詞の「揺籠のうた」。大橋さんがフルートを吹き、私がキーボードで伴奏しました。

「♪揺籠のうたを、カナリヤが歌ふよ。ねんねこ、ねんねこ、ねんねこ、よ」。出席してくれた方々が演奏に合わせ、私たち夫婦の小さな愛娘のために歌ってくれました。大橋さんが奏でた伸びやかでゆったりとしたフルートの響きは、私の人生で最良の思い出の一つです。

そんなふうに、フルートを吹くときだけはちょっとかっこいいのですが、おっちょこちょいで、ひょうきん者で、驚いたらすぐ柳川弁が飛び出る大橋鉄雄さんへ。ほんなこつ、ありがとうございました。こいからも長生きばして、白秋さんの顕彰へ、ばいーっ、気張らんば。

鶴丸哲雄

白秋による挿絵　詩集『桐の花』より

北原白秋
文学碑マップ
全国
①深川市
②盛岡市
⑥みなかみ町
④安中市
⑤安中市
㉑軽井沢町
⑳上田市
⑱新潟市
③須賀川市
⑪青梅市
⑩八王子市
⑧東京・世田谷区
⑲韮崎市
⑨東京・江戸川区
㉜湖西市
⑦市川市
㉗浜松市
⑫⑬川崎市
⑯⑰三浦市
⑭平塚市
㉓㉔恵那市
⑮小田原市
㉕美濃加茂市
㉚伊東市
㉒岐阜市
㉛下田市
㉖養老町
㉘㉙静岡市

①丸山公園の歌碑
②玉詠六首碑
③須賀川牡丹園の歌碑
④磯部公園の歌碑
⑤碓氷の春の歌碑
⑥湯桧曽公園の歌碑
⑦里見公園の歌碑
⑧ぼろ市のうたの碑
⑨北小岩八幡神社の歌碑
⑩高尾山歌碑
⑪造り酒屋の歌の碑
⑫禅寺丸柿の歌碑
⑬多摩川音頭碑
⑭白鷺塚詩碑
⑮赤い鳥小鳥童謡碑
⑯見桃寺の歌碑
⑰城ヶ島の雨の碑
⑱すなやまの碑
⑲韮崎駅前広場の歌碑
⑳北向観音の歌碑
㉑落葉松詩碑
㉒鵜匠頭山下幹司翁歌碑
㉓恵那峡の歌碑
㉔永田の詩碑
㉕祐泉寺の歌碑
㉖紫蘭の歌碑
㉗舘山寺の歌碑
㉘狐音頭碑
㉙ちゃっきりぶし民謡碑
㉚伊東音頭碑
㉛白浜砂丘の碑
㉜鷲津本興寺の歌碑
㉝川端千枝追悼歌碑
㉞水楢の碑
㉟色生鞘橋歌碑
㊱山の歌歌碑
㊲八幡小唄碑
㊳鉄の都碑
㊴五足の靴文学碑
㊵きじ車の歌碑
㊶五足の靴碑
㊷五足の靴文学碑
㊸五足の靴文学碑
㊹伊王島歌碑
㊺雲仙ヶ原の歌碑
㊻天草切支丹館前庭詩碑
㊼生誕歌碑
㊽索麺（そうめん）歌碑
㊾大津山歌碑
㊿南関第一小学校校歌記念碑
51五足の靴文学記念碑
52少林寺の歌碑
53雨降峠の歌碑
54御塩井歌碑
55帰去来詩碑
56立秋詩碑
57水の構図碑
58水影の碑
59五足の靴ゆかりの碑
60からたちの花詩碑
61矢留小学校校歌記念碑
62唐津小唄歌碑

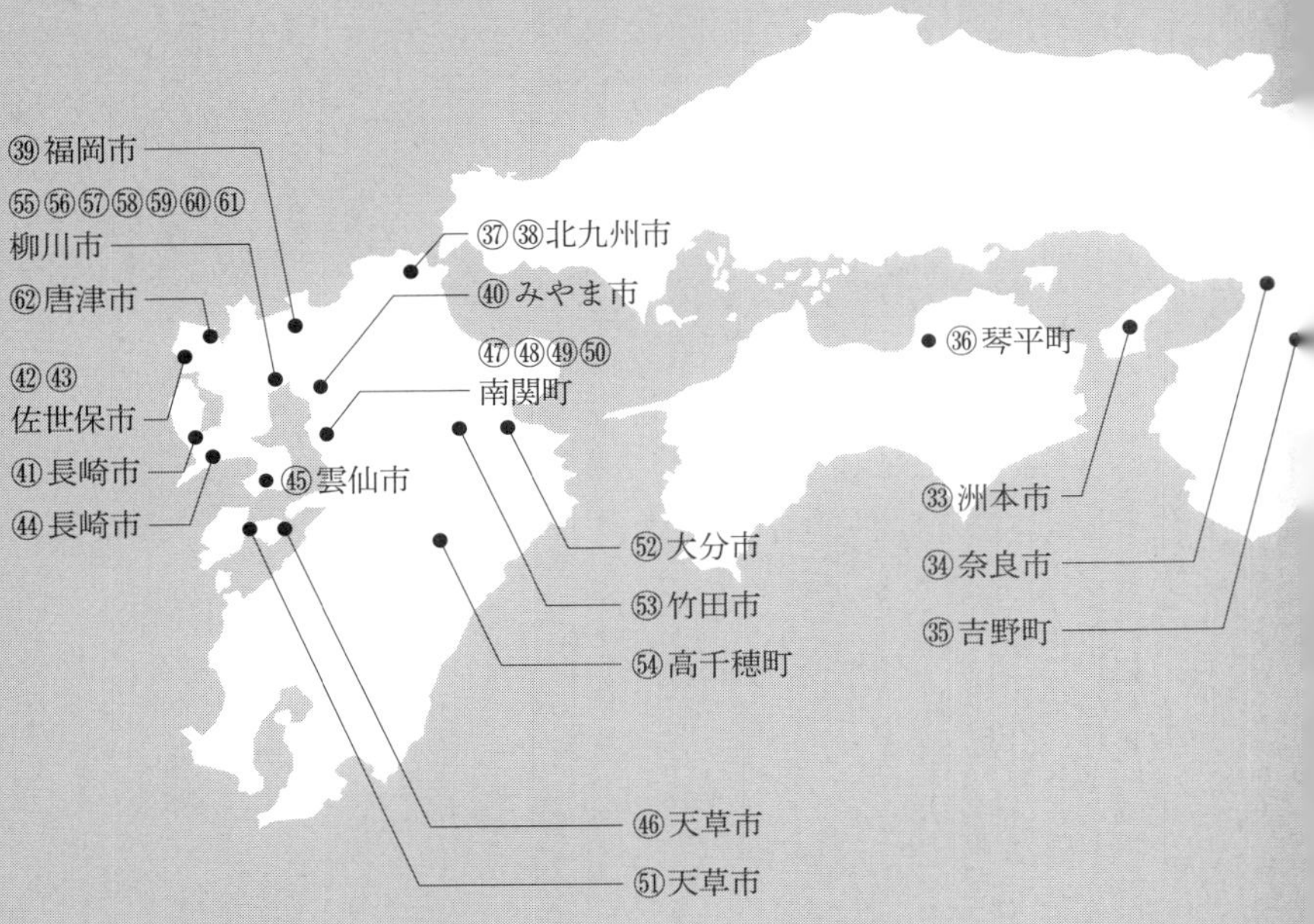

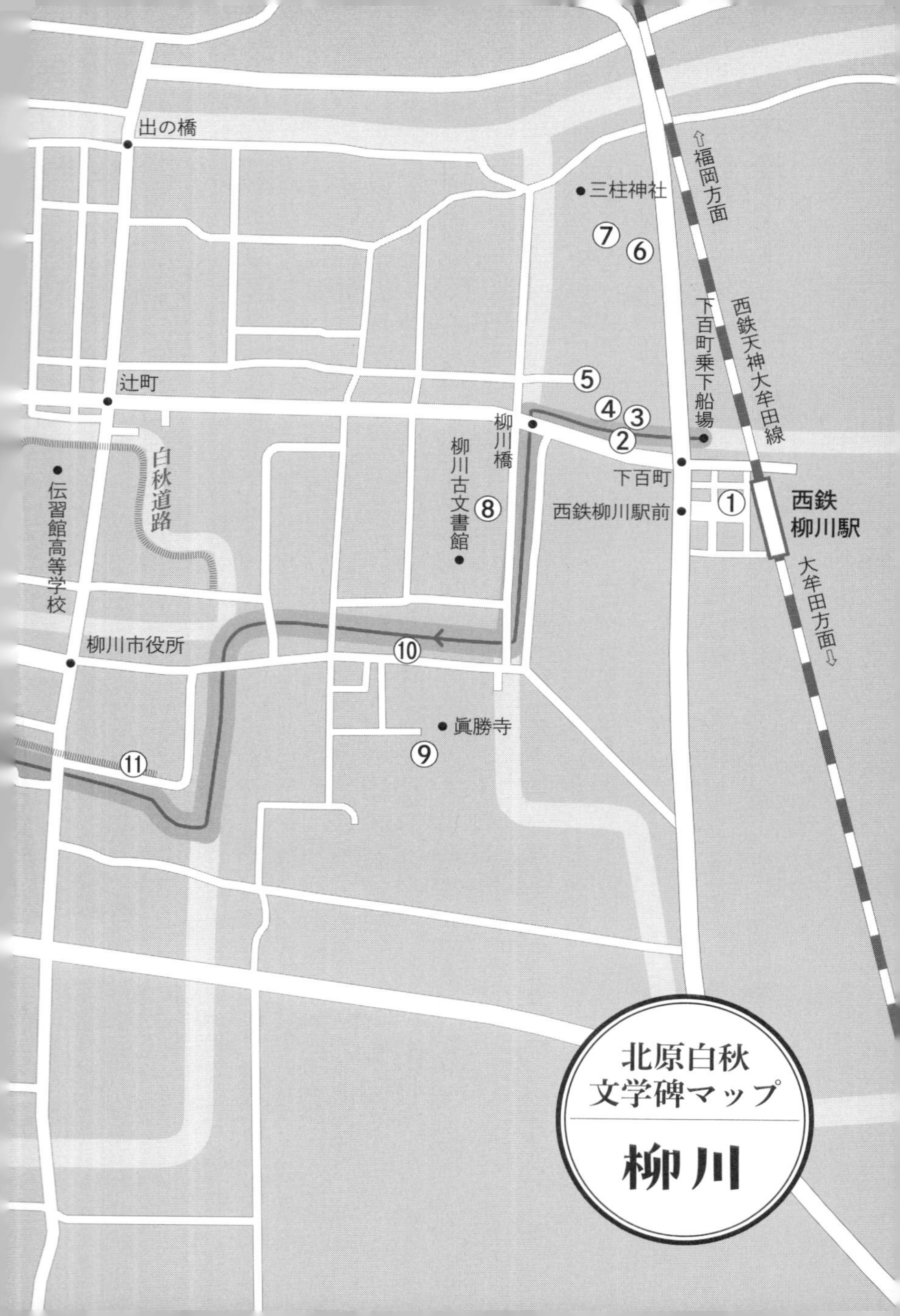
北原白秋
文学碑マップ
柳川
出の橋
三柱神社
福岡方面
下百町乗下船場
西鉄天神大牟田線
辻町
柳川橋
白秋道路
伝習館高等学校
柳川古文書館
下百町
西鉄柳川駅前
西鉄
柳川駅
大牟田方面
柳川市役所
眞勝寺
①
②
③
④
⑤
⑥
⑦
⑧
⑨
⑩
⑪

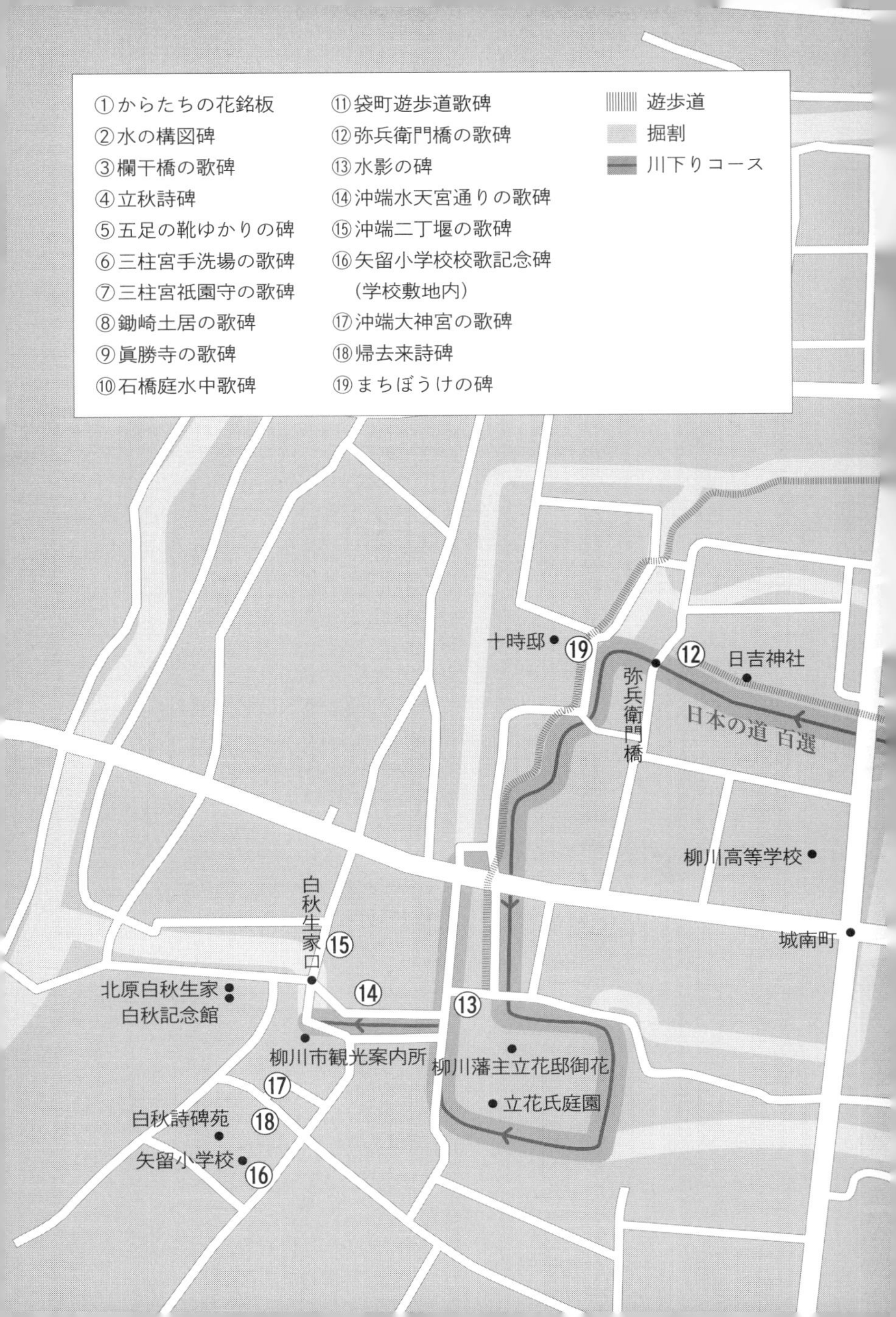
①からたちの花銘板
②水の構図碑
③欄干橋の歌碑
④立秋詩碑
⑤五足の靴ゆかりの碑
⑥三柱宮手洗場の歌碑
⑦三柱宮祇園守の歌碑
⑧鋤崎土居の歌碑
⑨眞勝寺の歌碑
⑩石橋庭水中歌碑
⑪袋町遊歩道歌碑
⑫弥兵衛門橋の歌碑
⑬水影の碑
⑭沖端水天宮通りの歌碑
⑮沖端二丁堰の歌碑
⑯矢留小学校校歌記念碑
（学校敷地内）
⑰沖端大神宮の歌碑
⑱帰去来詩碑
⑲まちぼうけの碑
遊歩道
掘割
川下りコース
十時邸
弥兵衛門橋
日吉神社
日本の道 百選
柳川高等学校
城南町
白秋生家口
北原白秋生家
白秋記念館
柳川市観光案内所
柳川藩主立花邸御花
立花氏庭園
白秋詩碑苑
矢留小学校

北原白秋年譜

＊漢数字はすべて記数法で表記

西暦年	元号年	満年齢	出来事
一八八五	明治一八	〇	一月二五日、福岡県山門郡沖端村（現柳川市）で酒造業を営む北原長太郎の次男として生まれ、長男が夭折したため長男として育てられる。本名は隆吉。母シケは熊本県玉名郡関外目村（現南関町）の素封家石井業隆の次女で、実家で白秋を出産した。
一八八七	二〇	二	腸チフスに感染するが一命を取り留める。九月五日に弟鉄雄誕生。
一八九一	二四	六	矢留尋常小学校（現柳川市立矢留小学校）に入学。
一八九七	三〇	一二	柳河高等小学校から二年飛び級で旧制中学伝習館（現福岡県立伝習館高校）に進学。
一九〇〇	三三	一五	島崎藤村の『若菜集』や文芸雑誌『明星』を愛読。短歌の創作を始める。

			九月、異母姉加代が福岡県瀬高町（現みやま市）の酒造家に嫁ぐ。
一九〇一	三四	一六	三月三〇日、北原家が沖端の大火に類焼し、酒倉などに多大な損害を被る。友人と文学会を始め、雅号「白秋」を名乗り始める。
一九〇二	三五	一七	福岡日日新聞の文学同好会に参加し、「虹」の題の短歌が初めて新聞に掲載される。文芸雑誌『文庫』へ投稿を始め、同誌歌壇の常連となる。
一九〇三	三六	一八	『明星』同人の白仁秋津らと回覧同人誌『常盤木』を創刊。
一九〇四	三七	一九	二月、親友で文学仲間の中島鎮夫が自刃。中学伝習館を退学して文学を志し上京。早稲田大学高等予科文科に入学し、若山牧水と出会う。
一九〇六	三九	二一	与謝野寛の新詩社に入り、『明星』に多数の詩を発表。
一九〇七	四〇	二二	七月末から約一カ月、与謝野寛、木下杢太郎、吉井勇、平野万里と九州北西部を旅し、東京二六新聞に紀行連載「五足の靴」を共同で執筆する。森鷗外邸での観潮楼歌会に出席し始める。

一九〇八	四一	二三	新詩社を脱退。若手詩人や画家たちと交流会「パンの会」を始め、数年間続く。
一九〇九	四二	二四	三月、第一詩集『邪宗門』を刊行。一二月に柳川の生家が破産。
一九一〇	四三	二五	九月、転居先で隣家の松下俊子と知り合う。
一九一一	四四	二六	六月、第二詩集『思ひ出』を刊行。九月に開かれた出版記念会で上田敏らから絶賛される。一一月、主宰する雑誌『朱欒《ザンボア》』創刊。志賀直哉、谷崎潤一郎らが寄稿する。
一九一二	明治四五 大正元年	二七	七月、俊子の夫から姦通罪で告訴を受け訴追されるが、示談金を支払って免訴となる（通称・桐の花事件）。
一九一三	大正二年	二八	一月、第一歌集『桐の花』を刊行。五月、父母、俊子と神奈川県三崎町（現三浦市）に移り住む。七月、第三詩集『東京景物詩及其他』を刊行。一〇月、「城ヶ島の雨」を作詞。一一月、詩歌結社「巡礼詩社」を創立。

一九一四	三	二九	二月末（三月初めともいわれる）、俊子の病気療養のため小笠原諸島・父島へ渡る。八月、俊子と離縁。九月、短唱集『真珠抄』、一二月、詩集『白金之独楽』を刊行。
一九一五	四	三〇	四月、弟鉄雄と「阿蘭陀書房」を創立。八月、第二歌集『雲母《きらら》集』を刊行。
一九一六	五	三一	大分県出身の江口章子《あやこ》と結婚。東京・葛飾に転居し、「巡礼詩社」を「紫烟草舎」と改称する。
一九一七	六	三二	七月、弟鉄雄が出版社「ARS（アルス）」を創立。
一九一八	七	三三	神奈川県小田原町（現小田原市）に転居。鈴木三重吉が主宰する児童雑誌『赤い鳥』の創刊に参画し、数々の童謡を生み出していく。
一九一九	八	三四	小田原に新しい家を建て「木菟《みみずく》の家」と名付ける。九月に初の歌謡集『白秋小唄集』、一〇月に初の童謡集『トンボの眼玉』をアルスより刊行。
一九二〇	九	三五	一月、英国の伝承童謡「マザーグース」の訳詩を福岡日日新聞に掲載。二

			月、詩文集『雀の生活』を刊行。五月、新築した洋館の地鎮祭で起こったいさかいで章子が出奔し、離婚（通称・地鎮祭事件）。
一九二一	一〇	三六	四月、大分市出身の佐藤菊子と結婚。五月に童謡集『兎の電報』、八月には第三歌集『雀の卵』を刊行。一二月、翻訳本『まざあ・ぐうす』を刊行。
一九二二	一一	三七	一月、斎藤茂吉との互選歌集『斎藤茂吉選集』『北原白秋選集』を出版。三月、長男隆太郎誕生。九月、白秋が詩、山田耕筰が音楽の主幹を務める芸術雑誌『詩と音楽』をアルスが創刊。この年に創刊された絵雑誌『コドモノクニ』の童謡顧問に就任し、「アメフリ」などの童謡を発表していく。
一九二三	一二	三八	六月、詩集『水墨集』を刊行。九月一日、関東大震災に被災し、竹やぶ生活を送る。
一九二四	一三	三九	四月、短歌雑誌『日光』を創刊。
一九二五	一四	四〇	六月、長女篁子《こうこ》誕生。八〜九月、樺太・北海道を旅行。

一九二六	大正一五 昭和元年	四一	小田原生活を切り上げ、東京に転居。
一九二七	二	四二	三月、詩論集『芸術の円光』を刊行。一〇月、静岡電鉄に依頼され民謡「ちゃっきり節」を作詞し、以後、多くの地方民謡を作る。
一九二八	三	四三	二月、樺太・北海道紀行文『フレップ・トリップ』を刊行。七月、大阪朝日新聞の依頼で福岡・大刀洗から大阪まで「芸術飛行」。これに先立ち妻子を伴い柳川に悲願の帰郷を果たす。九月、若山牧水が死去し、告別式で弔辞を捧げる。この年、与田凖一が上京して同居、助手（秘書）に。与田や佐藤義美ら少数の若手後進を集めて「赤い鳥童謡会」を組織する。
一九二九	四	四四	八月、詩集『海豹と雲』を刊行。九月、アルスより『白秋全集』全一八巻の刊行始まる（一九三四年まで）。
一九三〇	五	四五	二〜四月、南満州鉄道の招きで満蒙旅行。五月、八幡製鉄所所歌の作詞依頼を受け九州へ。

一九三三	八	四八	六月、前年の仕事と諸記録を集めた『全貌』の刊行開始。
一九三四	九	四九	四月、歌集『白南風《しらはえ》』を刊行。六〜八月、台湾総督府の招きで台湾旅行。全島を巡遊する。
一九三五	一〇	五〇	五月、三菱長崎造船所所歌の作詞依頼を受け九州へ。六月、主宰として歌誌『多磨』を創刊し、歌会を始める。一一月、山田耕筰らの発起で白秋生誕五〇年記念の「白秋を歌ふ夕」が日比谷公会堂で開かれる。
一九三六	一一	五一	一二月、国民歌謡集『躍進日本の歌』を刊行。
一九三七	一二	五二	改造社の「新万葉集」の選歌作業に没頭。一一月、腎臓病から眼底出血を起こし入院、薄明の生活となる。
一九三九	一四	五四	視力が回復しないまま、口述筆記で一〇月、日本初の交声曲「海道東征」の作詞を完成させる。一一月、歌集『夢殿』刊行。
一九四〇	一五	五五	八月、歌集『黒檜《くろひ》』、一〇月、蒼古調の最後の詩集『新頌《しんしょう》』刊行。

一九四一	一六	五六	三月、「海道東征」の功績で、福日文化賞を受賞。九州各地を巡り、柳川へ最後のお国入り。五月、島崎藤村らと共に芸術院会員に。
一九四二	一七	五七	腎臓病と糖尿病が急激に悪化。一一月二日、隆太郎に窓を開けさせ「新生だ」と発した後、午前七時五〇分、死去。没後、水郷柳河写真集『水の構図』、歌集『牡丹の木』などが刊行される。

※この年譜は「白秋全集　別巻」（岩波書店）に収められた北原隆太郎氏らによる年譜を基礎資料にして作成しました

北原白秋作詞の校歌・社歌など

校歌
（校名は当時のもの）

北海道
釧路第四尋常高等小学校校歌
室蘭中学校校歌

秋田
尾去沢小学校校歌
花輪高等女学校校歌

茨城
笠間農学校校歌

群馬
尾島小学校校歌

千葉
野田高等女学校校歌

東京
東京府立農蚕学校校歌
東京府立第三中学校校歌
玉川学園　学園の秋　玉川学園合唱歌
青葉高等女学校校歌
蒲田尋常高等小学校校歌
暁星中学校校歌
駒込中学校校歌
駒澤大学校歌
駒澤大学応援歌
成城高等女学校校歌
成城学園小学部運動歌
世田ヶ谷桜小学校校歌
大正大学校歌
高輪商業学校校歌
高輪台尋常高等小学校校歌
帝国美術学校校歌
東京高等工学校校歌
東京高等蚕糸学校校歌
東京高等獣医学校校歌
東京高等商船学校校歌
東京歯科医学専門学校校歌
東京帝国大学運動会歌
東京帝国大学　ライトブリューの歌
東京文理科大学・東京高等師範学校校歌
明星学園行進歌
東京薬学専門学校校歌
東京商科大学予科会歌
東洋英和女学校校歌
中野高等女学校校歌
業平小学校校歌

日本大学応援歌
豊山中学校校歌
立正商業学校校歌
和光学園校歌

神奈川

川崎尋常小学校校歌
汐入小学校校歌
湘南中学校校歌
三崎実科高等女学校校歌
三崎尋常高等小学校校歌
横浜商業学校端艇部部歌

新潟

伊米ヶ崎小学校校歌
高尾小学校校歌
千溝小学校校歌

福井

春江南小学校校歌

山梨

身延中学校校歌

岐阜

岐阜薬学専門学校校歌

静岡

清見潟商業学校校歌

滋賀

栗太農学校校風振興歌

京都

大谷中学校校歌
同志社大学校歌
松原商務学校校歌

大阪

大阪歯科医学専門学校校歌
四天王寺高等女学校校歌
堂島小学校校歌
豊中中学校校歌

兵庫

関西学院校歌
姫路中学校校歌

鳥取

米子高等女学校校歌
米子商蚕学校校歌

山口

鴻城中学校校歌

福岡

福岡県小倉師範学校校歌
九州医学専門学校校歌
九大医学部　歯科口腔外科教室歌
城内小学校校歌
伝習館校歌
平原小学校校歌
福岡高等学校校歌
門司中学校校歌
矢留尋常高等小学校校歌
矢留尋常高等小学校応援歌

柳河高等女学校校風振興の歌
柳河小学校校歌
柳河盲学校校歌

佐賀
佐賀高等学校水泳部部歌

長崎
長崎女子師範学校校歌

熊本
植柳小学校校歌
熊本医科大学予科校歌
南関小学校校歌

大分
大分県立第一高等女学校校歌

宮崎
県立延岡高等女学校校歌
細島尋常高等小学校校歌
宮崎県立工業学校校歌

鹿児島
国分高等女学校校歌

その他
永安小学校校歌
上海西部日本国民学校校歌
大連朝日小学校校歌
大連第三中学校校歌
大連中学校校歌
京城女子師範学校校歌
清津女学校校歌
北青職業学校校歌
裡里公立農林学校校歌
豊原第一尋常高等小学校校歌
台北州立第二商業学校校歌

市町村歌

福島
福島市歌

茨城
水戸市歌

千葉
千葉開市八百年記念歌

東京
松江町歌
八王子市歌

神奈川
横須賀市歌

長野
米沢村々歌

愛知
岡崎市歌

兵庫
網干町歌

山口

下関市歌

地方民謡
（北原白秋地方民謡集より）

宮城

松島音頭

群馬

桐生音頭

からりこ節

尾島小唄

東京

霊岸島　新曲

新川小唄

海苔の香　新曲

大森海岸小唄

神奈川

平塚音頭

平塚小唄

多摩川音頭

新潟

新潟小唄

よっしょい節

長野

ソイソイ節

松代節

川中島音頭

更科節

静岡

ちゃっきり節

新駿河節

狐音頭

沼津音頭

沼津節

鷲津節

伊東音頭

伊東小唄

湯ヶ島音頭

福岡

鉄の都　八幡新曲

八幡小唄

佐賀

松浦潟　新曲

唐津小唄

社歌・団体歌など
（社名・団体名は当時のもの）

伊藤萬商店の歌

伊藤萬商店の応援歌

王子製紙㈱苫小牧工場歌

岡谷工場歌

カルピス製造会社の歌

川野薬館の歌（柳川）

警察巡邏曲

東京鉄道病院歌

消防小唄

商業組合の歌

児童虫歯防止会の歌

前進座座歌
玉屋店歌（福岡）
大日本警察の歌
大日本消防の歌
大日本青年団々歌
つちや足袋工場小唄
鉄道精神の歌
内閣印刷局の歌
日本電気社歌
日本絹撚工場場歌
日本電報通信社社歌
日本足袋職工の歌
新潟合同自動車（株）株社歌
沼津酒造組合音頭
白洋舎社歌
原、富岡製糸所行進歌（甘楽《かんら》行進歌）
広島電気会社社歌
福岡県歯科医師会会歌
福岡県連合青年団団歌
ブリヂストン・タイヤ行進曲
福助足袋㈱社歌
福助音頭
福助足袋字づくし
不動貯蓄銀行の歌
丸善の歌
満州石油㈱社歌
三菱長崎造船所所歌
武蔵農場歌
明治神宮奉納獅子舞歌
八幡製鉄所所歌
八幡製鉄所応援歌
柳河婦人会々歌
柳河商工会行進歌
ラヂオ讃歌

（北原白秋生家・記念館の資料提供による）

主な参考・引用文献

●『白秋全集1〜39巻、別巻』（岩波書店、一九八四〜一九八八年）
●久保節男『北原白秋研究ノートⅠ——柳河時代の作品とその交友　補訂版』（啓隆社、一九八三年）
●『北原白秋——近代日本の詩聖』（第二版、北原白秋生家・記念館、二〇一六年）
●『北原白秋——新潮日本文学アルバム25』（新潮社、一九八六年）
●文・久保節男、写真・熊谷龍雄『白秋の風景』（西日本新聞社、一九八四年）
●高野公彦『北原白秋　うたと言葉と——詩歌を楽しむ』（NHK出版、二〇一二年）
●五人づれ『五足の靴』（岩波文庫、二〇〇七年）
●小野友道『五足の靴の旅ものがたり』（熊本日日新聞社、二〇〇七年）
●司馬遼太郎『島原・天草の諸道——街道をゆく17』（朝日新聞社、一九九六年）
●詩歌・北原白秋、写真・田中善徳『復刻版水の構図　水郷柳河写真集』（財団法人北原白秋生家保存会、二〇一〇年）
●高野公彦編『北原白秋歌集』（岩波文庫、一九九九年）
●藤田圭雄編『白秋愛唱歌集』（岩波文庫、一九九五年）
●藪田義雄『評伝北原白秋』（玉川大学出版部、一九七三年）
●三木卓『北原白秋』（筑摩書房、二〇〇五年）
●森崎和江『トンカ・ジョンの旅立ち——北原白秋の少年時代』（日本放送出版協会、一九八八年）
●『白秋の文学碑——北原白秋生誕百年記念』（財団法人北原白秋生家保存会、一九八五年）
●『白秋と柳川』（公益財団法人北原白秋生家記念財団、二〇〇六年）

●瀬戸内寂聴『ここ過ぎて――白秋と三人の妻』（小学館文庫、二〇一八年）
●原田種夫『さすらいの歌』（新潮社、一九七二年）
●北原東代『響きあう白秋』（短歌新聞社、二〇一〇年）
●北原東代『沈黙する白秋――地鎮祭事件の全貌』（春秋社、二〇〇四年）
●松永伍一『北原白秋――その青春と風土』（日本放送出版協会、一九八一年）
●今野真二『北原白秋――言葉の魔術師』（岩波新書、二〇一七年）
●与田準一編『日本童謡集』（ワイド版岩波文庫、二〇一〇年）
●金子みすゞ編『琅玕集――童謡・小曲』（ＪＵＬＡ出版局、二〇一五年）
●五木寛之『白秋期――地図のない明日への旅立ち』（日本経済新聞出版社、二〇一九年）
●安武信吾、千恵、はな『はなちゃんのみそ汁』（文春文庫、二〇一四年）
●松本侑子『みすゞと雅輔』（新潮社、二〇一七年）

著者プロフィール

大橋 鉄雄（おおはし・てつお）【話し手】

1952年8月生まれ、福岡県三橋町（現柳川市）出身。北原白秋の母校である伝習館高校を経て福岡教育大学で音楽教育を学び、小学校教員に。福岡聾《ろう》学校（現福岡県立福岡聴覚特別支援学校）を振り出しに、小郡市立大原小学校、福教大付属福岡小学校、ブラジルのベロ・オリゾンテ日本人学校などで教える。最後に白秋の母校、柳川市立矢留小学校の校長を務めた縁などから2014年に北原白秋生家・記念館の館長に就任。7年間の在任中は得意のフルート演奏を駆使して来館者をもてなし、白秋の歌の発掘などに尽力。西日本新聞に鶴丸哲雄が執筆した連載「二足の靴　白秋ぶらり旅」（計40回）の案内人も務めた。現在は同館広報大使として、顕彰活動を続けている。

鶴丸 哲雄（つるまる・てつお）【聞き手（執筆者）】

1963年10月生まれ。佐賀県唐津市出身。九州大学法学部を卒業し、87年、西日本新聞社に入社。大牟田支局を振りだしに、整理部、阿蘇支局長、都城支局長、筑豊総局デスク、北九州本社編集部デスク、社会部デスク、鹿児島総局デスク、柳川支局長、くらし文化部編集委員などを経て、現在は報道センター文化班特別編集委員。著書に『聞き書き　一歩も退かんど――鹿児島志布志冤罪事件』（集広舎、2020）、『ソンヨン一直線――久留島武彦記念館館長金 成妍《キム・ソンヨン》　聞き書き』（集広舎、2022）。

索引

アルファベットは口絵のノンブルです

あ行

か行

さ行

た行

な行

は行

ま行

や行

ら行

わ行

北原白秋生家・記念館の紹介

〒832-0065 福岡県柳川市沖端町55-1　Tel. 0944-72-6773
公式サイト http://www.hakushu.or.jp/index02.php
左のQRコードより当館のFacebookページにアクセスできます

白秋生家

明治34年の沖端大火災で大半を焼失した白秋生家は昭和44年11月に復元され、平成元年2月には母屋に附属していた隠居部屋も復元。現在、この生家内には白秋の著書や遺品、さらには柳川の風物にゆかりの深い資料が数多く展示されている。

白秋記念館

昭和60年白秋生誕百年を記念して、北原家の広大な旧跡地の一隅に建設、開館。館内（1F・2F）では、白秋の詩歌の母体となった水郷柳川の歴史民俗資料の展示と白秋の生い立ち・詩業を紹介。また、1Fロビーでは、白秋の歌のおもてなしコンサートも開催（不定期）。

区分	単位	料金（1人あたり）		
		大人	小人	学生
個人	1人	600円	250円	450円
団体	20人以上	550円	200円	400円
記念館裏に有料駐車場あり（1時間無料／1日500円）				

◎開館時間 9:00～17:00　　◎休館日 12月29日～1月3日

白秋による挿絵「黒猫」

白秋《はくしゅう》うれしおりけり

令和六年（二〇二四年）十月二十三日　初版発行

著者　大橋鉄雄
　　　鶴丸哲雄

発行者　川端幸夫
発行　集広舎
〒八一二-〇〇三五
福岡市博多区中呉服町五-二三
TEL：〇九二（二七一）三七六七
FAX：〇九二（二七二）二九四六
https://shukousha.com/

編集　原良子
装幀・造本　玉川祐治
印刷・製本　モリモト印刷株式会社

ISBN 978-4-86735-055-3 C0095